南北朝·徐陵 撰

徐孝穆全集

（一）

中國書店

詳校官編修臣朱鈐

臣紀昀覆勘

欽定四庫全書　　集部二

徐孝穆全集　　別集類一　陳

提要

臣等謹案徐孝穆全集六卷陳徐陵撰

國朝吳兆宜箋注陵字孝穆東海郯人梁太子左衛率摛之子八歲能屬文既長博涉史籍在梁世已以文章名入陳後累官侍中安右將軍左光祿大夫南徐州大中正建昌縣開

國侯謚曰章事蹟具陳書本傳隋書經籍志
載陵集本三十卷自唐以後久佚不傳此乃
後人從藝文類聚文苑英華諸書內採掇而
成非其原本兆宜字顯令吳江人所注有玉
臺新詠庾信集才調集韓偓集諸書而是編
亦其一種中間有未及注者則其同里徐文
炳所增補也陵為文綺麗與庾信齊名世號
徐庾體史稱其緝裁巧密多有新意自有陳

創業文檄軍書及禪授詔策皆陵所製為一代文宗令其著作什一尚存往往可與史相證如資治通鑑梁武帝太清二年遣建康令謝挺散騎常侍徐陵等聘於東魏胡三省注謂建康令秩千石散騎常侍二千石謝挺不當在徐陵之上葢陵將命而使挺特輔行耳今按陵在北齊與楊僕射書有云謝常侍今年五十有一吾今年四十有四介已知命賓

又杖鄉云云是謝挺實爲正使蓋假散騎常侍以行特通鑑但書其本官故胡三省不免曲爲之説可据此書以釋其疑是亦讀史者之所宜參攷矣乾隆四十九年三月恭校上

總纂官臣紀昀臣陸錫熊臣孫士毅

總校官臣陸費墀

徐孝穆全集卷一

陳 徐陵 撰

吳江吳兆宜箋注

賦

鴛鴦賦

飛飛兮海濱去去兮迎春炎皇之季女漢張良傳注師古曰赤松子仙人號也神農時為雨師服水玉教神農能入火自燒至昆山上常止西王母石室隨風雨上下炎帝少女追之亦得仙去織素之佳人古詩新人工織縑故人工織素織縑日一匹織素五丈餘將縑來比素新

人不如故　未若宋王之小史含情而死　列異傳宋康王理韓馮夫妻宿夕文梓生

有鴛鴦雌雄各一恒栖樹上晨夕交頸　憶少婦之生離恨新婚之無子　玉臺新詠漢建安中焦仲卿妻劉氏為仲卿母所遣其家逼嫁沒水仲卿亦縊人哀之為詩云中有雙飛鳥自鳴為鴛鴦

既交頸於千年亦相隨於萬里山鷄映水那自得　異苑山雞愛其毛羽映水則舞

孤鸞照鏡不成雙　范泰鸞鳥詩序昔罽賓王結罝峻卯之山獲一鸞鳥王甚愛之三年不鳴其夫人曰嘗聞鳥見其類而後鳴何不照鏡以映之鸞都影悲鳴而絕

天下真成長合會無勝比翼兩鴛鴦觀其呀呟浮沈　左思蜀都賦呀呟清渠

輕軀瀺灂　張衡南都賦汰瀺灂兮船容裔

流苻戲而波散排荷翻

雨水落特訝鴛鴦鳥長情真可念許處勝人多何時肯相厭聞道鴛鴦一鳥名教人如有逐春情不見臨邛卓家女祗為琴中作許聲玉臺新詠琴歌序相如遊臨邛富人卓王孫有女文君新寡竊於壁間窺之相如鼓琴歌以挑之其歌曰何緣交頸為鴛鴦胡頡頏兮其翱翔

樂府

驄馬驅

白馬號龍駒晉陸雲傳閔鴻見而奇之曰此兒若非龍駒定是鳳雛雕鞍名鏤衢三輔決錄平陵公孫奮富聞京師梁冀知奮儉悋以鏤衢鞍遺奮從貸五千萬諸兒二千石徐樹

穀曰後漢循吏傳秦彭字伯平扶風茂陵人也六世祖襲為潁川太守與羣從同字為二千石者五人故三輔號曰萬石秦氏小婦字羅敷古樂府秦氏有好女自言名羅敷倚端輕埽史一作吏未詳漢髙五王傳魏勃少時欲求見齊相曹參家貧無以自通乃常獨早埽齊相舍人門外舍人怪之以為物而伺之得勃於是舍人見勃曹參因以為舍人言之悼惠王拜為内史名慕擊休屠漢霍去病傳工曰驃騎將軍收休屠王祭天金人塞外多風雪城中絕詔書空憶長楸下曹植名都篇走馬長楸閒連蹀復連蹹文君白頭吟今日斗酒會明旦溝水頭蹀躞御溝上溝水東西流按蹹音鋪馬蹀跡也中婦織流黄玉臺新詠古樂府相逢行曰大婦織羅綺中婦織流黄小婦無所作挾瑟

上高堂

落花還一作飛井工春機當户前帶衫行幛口覓釧枕檀一作入壇邊數鑷疑作躡經無亂魏志舊綾機五十綜者五十躡六十綜者六十躡扶風馬鈞患其喪功費日皆易以十二躡新聲緯易牽古今注莎雞一名促織一名絡緯促織謂鳴聲如急織絡緯謂其聲如紡績也蜘蛛夜伴織張協雜詩蜘蛛網四屋百舌曉驚眠易緯通卦百舌者反舌鳥也能反覆其舌隨百鳥之音封用黎陽土東觀漢記鄧訓故吏知訓好青泥封書從黎陽步推鹿東過易陽載青泥一襆遺訓書因計吏船揚雄荅劉歆書天子上計孝廉會者雄當提三寸弱翰筆以問其異語欲知夫壻處古樂府東方千餘騎夫壻居上頭

令督水衡錢漢書本始二年春以水衡錢為平陵徙民起第宅注應劭曰水衡與少府皆天子私藏

出自薊北門行樂府遺聲都邑三十四曲有出自薊北門行曹植豔歌出自薊北門薊故燕國

薊北聊長望黃昏心獨愁屈原離騷曰黃昏以為期燕山對古刹代郡隱一作倚城樓屢戰橋恒斷長氷塹不流天雲如地陣漢月帶胡秋漬土泥函谷顧有孝曰後漢隗囂傳王元曰元請以一丸泥為大王東封函谷關挼繩縛涼州朱鶴齡曰漢西域傳烏秅國其西則有縣度縣度者石山也谿谷不通以繩索

相引而度云

平生燕頷相會自得封侯後漢班超傳相者指曰生燕頷虎頸飛而食肉此萬里侯相也後以西域五十餘國悉皆納質封定遠侯

隴頭水崔豹古今注橫吹胡樂也張騫入西域傳其法唯得摩訶兜勒一曲李延年因造新聲二十八解魏晉以來不存見用黃鵠隴頭折楊柳等十曲

別塗聳千仞離川懸百丈攢荊夏不通積雪冬難上枝交隴底暗漢地理志隴西郡注應劭曰有隴坻在其西也石礙波前響回首咸陽中三輔黃圖秦孝公始都咸陽咸陽在九嵕山渭水北山水俱在南故名咸陽唯言夢時往

折楊柳

嫋嫋河堤樹漢溝洫志哀平初平當使領河堤張衡西京賦周以金堤樹以柳杞依依魏主營徐炯曰魏文帝集柳賦序云昔建安五年上與袁紹戰於官渡時余始植斯柳自彼迄今十有五載矣感物傷懷乃作斯賦江陵有舊曲洛下作新聲未詳按晉書謝安石能為洛下書生詠妾對長楊苑三輔黄圖長楊榭在長楊宮秋冬較獵其下天子登此以觀君登高柳城後漢靈帝紀護烏桓校尉出高柳春還應共見蕩子太無情校乘雜詩昔為倡家女今為蕩子婦

關山月二首樂府解題關山月傷别離也

關山三五月張尚瑗曰禮記月三五而盈三五而闕客子憶秦川思婦高樓上當窗應未眠星旗映疎勒晉書左旗九星在河鼓兩旁右旗亦如之河鼓居中後漢耿恭傳恭以疏勒城旁有澗水可固乃引兵據之雲陣上祁連漢書注師古曰天山即祁連山也匈奴謂天為祁連戰氣今如此從軍復幾年

月出柳城東微雲掩復通蒼茫縈白暈漢書高帝七年月暈圍參畢七重是歲高皇帝為冒頓所圍七日乃解蕭瑟帶長風羌兵燒上郡胡騎獵雲中漢五行志文帝後六年匈奴大入上郡雲中烽火通長安將軍擁節起戰士夜鳴弓

洛陽道二首

玉臺新詠梁簡文帝元帝樂府題皆有洛陽道

緑柳三春暗紅塵百戲多後漢安帝紀延平元年罷魚龍曼延百戲東門向金馬張瑩漢南記馬援奏曰武帝時善相馬者鑄作銅馬法獻之有詔立馬於魯班門外則更名曰金馬門南陌接銅駝洛陽記兩銅駝在宮之南街東西相向高尺洛陽人謂之銅駝街華軒翼葆吹江淹詩許史乘華軒曲輈轓車也蜀志先主少時戲言吾必當乘此羽葆蓋車飛蓋響鳴珂通俗文馬勒飾曰珂本草珂貝類皮黄黑而骨白可為馬飾生南海曹植公讌詩清夜遊西園飛蓋相追隨潘郎車欲滿無奈擲花何晉書潘岳字安仁為河陽令美姿儀少常挾彈出洛陽道婦人遇之者皆連手縈繞投之以果滿車而歸

洛陽馳道上 漢賈山傳秦為馳道於天下道廣五十步三丈而樹厚築其外隱以金椎樹以青松三輔黃圖蔡邕曰馳道天子所行道也

春日起塵埃濯龍望如霧 後漢馬皇后紀太后詔曰前過濯龍門上見外家問起居者車如流水馬如游龍

河橋渡似雷 晉書杜預以孟津渡險請建河橋於富平津

聞珂知馬蹀 見上

傍幰見甍開 儀制令諸車一品青油纁通幰朱裏朱絲絡網三品以上青通幰朱裏五品以上青偏幰碧裏六品以下皆不得用幰謝惠連雪賦注甍屋棟也

相看不得語密意眼中來

長安道 玉臺新詠庾肩吾有賦得橫吹曲長安道

輦道乘雙闕 三輔黃圖武帝作建章宮宮在未央宮西長安城外帝於未央宮營造日廣以城中

為小乃於宮西跨城池作飛閣通建章宮構輦道以上下古歌云長安城西有雙闕

豪雄被五都

尹文子魏王得玉名玉工相之工曰此無價以當之五城之都僅可一觀

橫橋象天漢

三輔黃圖秦始皇兼天下都咸陽渭水貫都以象天漢橫橋南渡以法牽牛

法駕應坤圖

疑作輿三輔黃圖鹵簿天子出車駕次第謂之鹵簿有大駕有法駕有小駕大駕則公卿奉引大將軍參乘太僕御屬車八十一乘作三行尚書御史乘之備千乘萬騎出長安郊祠天於甘泉備之百官有其儀注名曰甘泉鹵簿法駕京兆尹奉引侍中參乘奉車郎御屬車三十六乘北郊明堂則省副車小車祠宗廟用之繫辭坤為大輿

韓康賣良藥

後漢逸民傳韓康字伯休嘗采藥名山賣於長安市口不二價

董偃鬻明珠

漢東方朔傳董偃與母以賣珠為事偃年十三隨母出入主家

諠諠擁車騎非但執金

吾後漢百官志執金吾一人中二千石注胡廣曰衛尉巡行宮中則金吾徼於外相為表裏以擒姦討猾

梅花落鮑照吳均江總樂府題皆有梅花落

對戶一株梅新花落故栽燕拾還蓮井風俗通殿堂象東井形刻作荷菱荷菱水物也所以厭火風吹上鏡臺魏武雜物疏鏡臺出魏宮中有純銀參帶鏡臺一純銀七子貢人公主鏡臺四倡家怨一作愁思妾樓上獨褢回啼看竹葉錦龍輔女紅餘志恒豁女字幼製綠錦衣帶作竹葉樣遠視之無二故無瑕詩云帶葉新裁竹簪花巧製蘭女幼庾宣婦也又梁簡文帝冬曉詩帷褰竹葉帶簪一作篸義同罷未能裁

紫騮馬樂府鼓角橫吹十五曲有紫騮馬

玉鐙繡纏鬃齊武帝諸子傳廬陵王子卿作銀鐙金薄褁箭脚按鐙音凳馬鞍踏鐙鬃音鬉馬鬣也金鞍錦覆幪徐樹敏曰初學記宋劉義恭啟賜臣供御金梁橋鞍制作精巧按幪音蠓覆蓋也風驚塵未起揚雄羽獵賦林叢為之生塵草淺埒猶空晉書王濟常買地為馬埒角弓連一作穿兩兔詩騂騂角弓珠彈落雙鴻呂氏春秋以隋侯之珠彈千仞之雀世必笑之日斜馳逐罷連翩還上東

劉生

劉生殊倜儻漢禮樂志志俶儻精權奇任俠徧京華漢游俠傳郭解父任俠解為俠益甚戚里驚鳴筑漢書高祖名石奮姊為美人徙其家長安中戚里又上擊筑自歌曰大風起兮

雲飛揚威加海內兮歸故鄉安得猛士兮守四方平陽吹怨笳未詳按馬融長笛賦序融獨卧郿縣平陽鄔中有洛客舍逆旅吹笛俗儒排左氏漢儒林傳劉歆白左氏春秋可立哀帝納之以問諸儒皆不對歆於是數見丞相孔光為言左氏以求助光卒不肯後漢賈逵傳侍中劉歆欲立左氏不先暴論大義而輕移太常恃其義長詆挫諸儒諸儒內懷不服相與排之新室忌漢家漢元后傳王諫欲諂莽上書言皇天廢去漢而命立新室太皇太后不宜稱尊號當隨漢廢以奉天命高才被擯壓自古共憐嗟

烏棲曲二首樂錄烏棲曲者烏獸二十一曲之一也

卓女紅妝期此夜見鴛鴦賦胡姬酤酒誰論價吳兆宜曰辛延年羽林郎

詩胡姬年十五春日獨當罏 風流荀令好兒郎偏能傳粉復熏香世說劉季和嘗言荀令君至人家坐處嘗三日香見

繡帳羅帷隱燈燭一夜千年猶不足惟憎無賴汝南雞天河未落猶爭啼後漢百官志注蔡質漢儀衛士甲乙徼相傳甲夜畢傳乙夜相傳盡五更衛士傳言五更未明三刻後雞鳴衛士踵丞郎趨嚴上臺不畜宮中雞汝南出雞鳴衛士候朱雀門外當傳雞鳴於宮中

雜曲徐樹穀曰陳后妃傳後主自居臨春閣張貴妃居結綺閣龔孔二貴嬪居望仙閣並複道交相往來以宮人有文學者袁大捨等為女學士後主每引賓客對貴妃等游宴則使諸貴人

及女學士與狎客共賦新詩采其尤豔麗者以為曲調選宮女有容色者衆之其曲有玉樹後庭花臨春樂等大抵所歸皆美張貴妃孔貴妃之容色

傾城得意已無儔洞房連閣未消愁漢李延年歌傾城復傾國佳人難再得後漢梁冀傳堂寢皆有陰陽奧室連房洞戶宮中本造鴛鴦殿飛燕外傳帝居鴛鴦殿便房省帝薄嫕上薄嫕因進言飛燕有女弟合德美容體性純粹可信不與飛燕比為誰新起鳳皇樓三輔黃圖楊震關輔古語云長安民俗謂鳳皇闕為貞女樓綠黛紅顏兩相發千嬌百念情無歌舞衫回袖勝春風歌扇當窗似秋月碧玉宮伎自翩妍樂府有情人碧玉歌一云劉碧玉宋汝南王妾絳樹新聲最

可憐魏文帝集答繁欽書今之妙舞莫巧於絳樹張星舊在天河上天官書注星經云柳星張周之分野三河也從來張姓本連天諸皋記天翁姓張名堅字刺渴漁陽人漢張放傳放取皇后弟平恩侯許嘉女上為放供張賜甲第充以乘輿服飾號為天子取婦皇后嫁女大官私官並供其第兩宮使者冠蓋不絕二八年時不憂度宋玉招魂二八齊容起鄭舞些旁邊得寵誰相妒立春歷日自當新晉禮志太史每歲上年歷立春讀五時令服各隨其方色帝御座尚書已下就席讀訖賜酒一卮正月春幡底須故續漢書立春之日夜漏未盡五刻京都百官皆衣青立春幡施土牛耕人於門外流蘇錦帳挂香囊織成羅幌隱燈光晉摯虞決疑要注天子帳流蘇為飾古詩紅羅複斗帳四角垂香囊只應私

将琥珀枕吳兆騫曰宋武帝紀寧川嘗獻琥珀枕光色甚麗價盈百金冥冥來上珊瑚牀本草珊瑚似玉紅潤生海底盤石上一歲黃三歲赤海人先作鐵網沈水底貫中而生絞網出之失時不取則腐

長相思二首樂府怨思二十五曲其一曰長相思

長相思望歸難傳聞奉詔戍皋蘭漢霍去病傳鏖皋蘭下師古曰皋蘭山名龍城遠漢書將軍衛青出上谷至龍城鴈門寒山海經鴈門山者鴈飛出於其間愁來瘦轉劇衣帶自然寬枚乘雜詩相去日已遠衣帶日巳緩念君今不見誰為抱腰看玉臺新詠惠帝時童謠曰鄴中女子莫千妖前至三月抱胡腰

長相思好春節夢裏恒啼悲不洩帳中起窗前髻梛絮飛還聚本草經梛花一名絮遊絲斷復結沈約詩遊絲映空轉欲見洛陽花董嬌嬈詩洛陽城東路桃李生路旁花花自相對葉葉自相當如君隴頭雪

詩

同汪詹事登宫城南樓

元良屬上德率土被中孚書一人元良萬邦以貞老子上德不德詩率土之濱莫非王臣中孚見周易漢幄朝無怠東觀漢記時明帝年十二在幄後周門夕復趨文王世子文王之為世子朝於王季日三雞初鳴而衣服至於寢門外問内豎之御者曰今日安否何如内豎

曰安文王乃喜及日中又至日亦如之及莫又至亦如之

桓經既受業

後漢書孝明皇帝光武第四子十九年立為皇太子師事博士桓榮學尚書

賀拜且尊儒

晉書賀循世為儒宗除太子太傅命皇太子親往拜之

壯志諧風雅高文會斗樞

西京雜記揚子雲曰廊廟之下朝廷之中高文典册用相如

鏗鏘叶舞蹈照爛等琨瑜河水懸雄伯漳川仰大巫

吳書張紘見陳琳作武軍賦歎之琳荅曰僕在河北少文人易為雄伯故使僕有此談今足下子布在彼所謂小巫見大巫神氣殫矣

鮑魚寧入俎

賈誼書文王使太公望傅太子發嗜鮑魚公不與曰鮑魚不登俎豈有非禮而可養太子哉

釣鼈匪充厨

晉潘尼集鼈賦序皇太子遊於玄圃遂命釣魚有得鼈而獻之者令侍臣賦之

叔譽恒詞屈

汲冢周書晉平公使叔譽

聘於周見晉太子與之言五稱而三窮圍防年疑作嚴豈濫誅後漢馬援傳援謂司馬呂种曰
國家諸子並壯而舊防未立則多賓客則大獄起矣後
帝收捕諸王賓客更相牽引死者以千數种亦豫其禍

走筆戲書應令

此日乍殷勤繁欽定情詩何以致殷勤相嫌不如春今宵花燭淚非
是夜迎人何遜看新婚詩何如花燭夜輕扇掩紅妝舞席秋來卷歌筵無數
塵曾經新代故那惡故迎新片月窺花簟南史王摛傳尚書令王儉嘗集才學之士總校虛實類物隸之謂之隸事唯廬江何憲為勝乃賞以五花簟白團扇輕寒入錦
巾吳任臣曰魏武帝紀注傅子曰漢末王公多委王服以幅巾為雅是以袁紹崔豹之徒雖為將帥皆著縑

巾魏太祖以天下凶荒資財乏匱擬古皮弁裁縑帛以為帢合於易簡隨時之義以色別其貴賤於今施行可謂軍容非國容也秋來應瘦盡偏自著腰身

春情

風光今旦動雪色故年殘薄夜迎新節當壚却晚寒奇一作故香分細霧一作冡石炭擣輕紈竹葉裁衣帶見樂府梅花奠酒盤未詳按四時寶鏡立春日春餅生菜號春盤年芳袖裏出春色黛中安欲知迷下蔡宋玉登徒子好色賦嫣然一笑惑陽城迷下蔡先將過上蘭三輔黃圖上林苑有上蘭宮

春和詠舞　玉臺新詠梁簡文帝詠舞詩戚里多妖麗重聘蔵秦余逶迤節工新舞嬌態似凌虛納花承襵概垂翠逐璫舒扇開衫影亂巾度履行疎徒勞交甫憶自有專城居

十五屬平陽因來入建章主家能教舞　漢衛皇后傳后字子夫為平陽主謳者既飲謳者進帝獨說子夫主因奏子夫送入宮

城中巧畫妝　後漢馬廖傳長安語曰城中好高髻四方高一尺城中好廣眉四方且半額城中好大袖四方全疋帛

低鬟向綺席　漢郊祀志注師古曰漢舊儀云祭天用六綵綺席六重用玉几玉飾器凡七十女樂即禮樂志所云使童男童女俱歌也

舉袖拂花黃燭送空回一作窗邊影衫傳篋裏香當縣

好留客故作舞衣長　景差大招長袖拂面善留客只

和簡文帝賽漢高帝廟原注舊偶作徐擒詩彙作庾肩吾並誤　尚璞曰梁簡文帝集漢高帝賽神詩玉軑朝行動閶闔旦應開白雲蒼梧上丹鳳咸陽來日正江無影城斜漢屢回瞻流知地脉望領匹天台欲袪九愁恨聊舉十千杯

山宮類牛首三輔黃圖牛首池在上林苑中西頭漢寢若龍川漢地理志南海郡龍川縣注裴氏廣州記本博羅縣之東鄉也有龍穿地而出即穴流泉因以為號玉盌無秋酎張載酒賦中山夏啟醇酹秋發金燈滅夜煙後漢李尤有金羊燈銘丹帷迫靈嶽未詳

紺席下羣仙徐樹屏曰漢舊儀皇帝自行羣臣從齋皆百日紫壇幄帷高皇帝配天居堂下西南紺幄紺帝堂虛沛筑響釵低戚舞妍陳銳曰西京雜記高帝戚夫人善鼓瑟擊筑帝

常擁夫人倚瑟而絃歌畢每泣下流漣夫人善為翹袖折腰之舞歌出塞入塞望歸之曲聲入雲霄何殊后廟裏子建作華篇魏曹植集漢高帝贊屯雲斬蛇靈母告祥朱旗既抗九野披攘禽嬰克羽埽滅英雄承機帝世著功武湯

山齋

桃源驚往客晉陶潛集有桃花源記詳與宗室書鶴嶠斷來賓會稽記射的山南有白鶴山此鶴為仙人取箭漢太尉鄭弘嘗采薪得一箭頃有神人至問何所欲弘曰嘗患若邪溪載薪為難願旦南風暮北風後果然復有風雲處蕭條無俗人山寒微有雪石路本無塵竹徑蒙籠巧茅齋結構新燒香披道記後漢襄楷

傳注南陽張津為交州刺史常著絳袙頭鼓琴焚香讀邪俗道書云以助化

懸鏡厭山神抱朴子道士以明鏡九寸懸於背老魅不敢近

砌水何年溜簷桐幾度春雲霞一已絕寧辨漢將秦

詠柑

藝文初學並作徐陵乃劉孝綽舊集載此或誤收也

朱實挺江南包品擅珍淑張衡西京賦朱實離離禹貢揚州厥包橘柚錫貢

上林雜嘉樹西京雜記初修上林苑羣臣遠方各獻名果異樹

江潭聞修竹東方朔七諫便娟之修竹寄生於江潭

萬室擬封侯千株挺荊國漢貨殖傳蜀漢江陵千樹橘渭川千畝竹此其人與千戶侯等吳志李衡遣客於武陵龍陽汎州上作宅種甘橘千株敕兒曰有木奴千

頭不缺汝衣食歲上一匹絹

綠葉萋以布左思吳都賦布濩皐澤素榮芬且郁

得陳終宴歡良垂雲雨育

侍宴

園林才有熱夏淺更勝春嫩竹猶含粉初荷未聚塵承

恩預下席應阮獨何人魏王粲傳文帝為五官將及平原侯植皆好文學粲與北海徐幹字偉長廣陵陳琳字孔璋陳留阮瑀字元瑜汝南應瑒字德璉東平劉楨字公幹並見友善

奉和山池梁簡文帝有山池詩日暮芙蓉水聊登鳴鶴舟飛艫飾羽毦長幔覆緹油停輿依柳息住蓋影空留古樹橫臨沼新藤上挂樓游魚向暗集戲鳥逗槎流

羅浮無定所後漢郡國志南海郡博羅縣注有羅浮兩山自會稽浮往博羅山故置博羅縣鬱島屢遷移未詳按魏志邴原將家屬入海住鬱林洲山中不覺因風雨何時入後池樓臺非一勢臨翫自多奇楚辭層臺累榭臨高山雲生對戶石猨挂入櫚枝

山池應令

畫舸圖仙獸陳啟源曰晉書王濬畫鷁首怪獸於船首以懼江神飛艎挂采斿左傳楚大敗吳師獲其乘舟餘皇顏延之詩祥颸被綵斿注綵斿旗名榜人事金槳曹植朔風詩誰忘汎舟媿無榜人注刺船之人也釣女飾銀鉤細萍時帶檝低荷乍入

舟猿啼知谷晚蟬咽覺山秋

別毛永嘉 英華作別毛尚書 銳曰南史毛喜字伯武滎陽陽武人也魏平江陵喜與宣帝俱還長安及宣帝即位歷丹陽尹吏部尚書委政於喜益見親重喜言無回避時皇太子好酒德喜常言之宣帝太子遂銜之即位後稍見踈遠至德元年授永嘉內史

願子厲風規歸來振羽儀嗟余今老病此別空長離白馬君來哭 後漢范式傳張劭喪至壙將窆而柩不肯進見有素車白馬號哭而來其母曰是必范巨卿也 黃泉我詎知 繆襲挽歌朝發高堂上莫宿黃泉下陸機挽歌呼子子不聞泣子子不知 徒勞脫寶劍空挂隴頭枝 列士傳延陵季子解寶劍挂徐君墓柏樹

秋日别庾正員 藝文 張正見作

征途愁轉旆，連騎慘停鑣。朔氣凌疎木，江風送上潮。青雀離帆遠 古詩 青雀白鵠舫 朱鳶別路遥 後漢郡國志 交阯郡十二城一名朱鳶 惟有當秋月，夜夜上河橋。見樂府

新亭送别應令 晉祖逖傳 晉時南渡過江人士新亭飲宴

風吹臨伊水，時駕出河梁。野燎村田黑，江秋岸荻黃。隔城聞上鼓，迴舟隱去檣。神襟爱 一作憂 遠别，流睇極清漳 地志 漳水二一出上黨沾縣大黽谷名清漳一出上黨長子縣鹿谷山名濁漳

和王舍人送客未還閨中有望

倡人歌吹罷對鏡覽紅顔拭粉留花稱疑作勝北堂書鈔釋名花勝言人形容正等一人著之則勝也除釵作小鬟釋名又枝也因形名之也綺燈停不滅高扉掩未關良人在何處光惟見月還

為羊兖州家人荅餉鏡兆騫曰南史羊侃傳侃字祖忻泰山梁父人也魏正光中為征東大將軍東道行臺領泰山太守初其父祉恒使侃南歸侃至是將舉濟河以成先志魏帝聞之使授侃驃騎大將軍司徒泰山郡公長為兖州刺史侃斬其使大同三年至建鄴授徐州刺史累遷侍中都官尚書侃性豪侈姬妾列侍窮極奢靡有彈箏人陸太喜著鹿角爪

長七寸舞人張靜婉腰圍一尺六寸時人咸推能掌上舞又有孫荊玉能反腰帖地銜得席上玉簪敕賚歌人王娥兒東宮亦賚歌者屈偶之並妙盡奇曲一時無對

信來贈寶鏡，亭亭似團月。鏡久自逾明，人久情逾歇。取鏡挂空臺，于今莫復開。不見孤鸞鳥，香魂何處來。見鴛鴦賦

詠織婦

織織運玉指，脈脈正蛾眉。振躡開交縷，停梭續斷絲。見樂府兆宮曰異苑陶侃嘗漁雷澤得一織梭簷前初月照，洞戶未帷垂。一作未垂帷弄機行掩淚，彌令織素遲。見鴛鴦賦

内園逐涼

昔有北山北樹穀曰後漢逸民傳法真字高卿扶風人也太守請見欲任以功曹真曰以明府見待有禮故敢自同賓末若欲吏之真將在北山之北南山之南矣今余一作來東海東見本傳納涼高樹下直坐落花中狹徑長無迹茅齋本自空提琴就竹篠酌酒勸梧桐

鬬雞

季子聊為戲左傳季郈之雞鬬季氏介其雞郈氏為之金距平子怒陳王欲騁才藝文類聚魏陳思王植有鬬雞詩花冠已銜力南越志雞冠四開如蓮花鳴聲清徹芥爪

復鷩媒鬭鳳羞衣錦兆騫曰鄴中記錦署有鳳皇錦雙鸞恥鏡臺見鸞鸞賦

陳倉若有信為覓寶雞來晉太康地志秦文公時陳倉人獵得獸如彘不知名牽以獻之逢二童子童子曰此名為媦媦亦語曰二童名陳寶得雄曰王得雌者霸陳倉人乃逐之化為雌雉上陳倉北阪為石秦祀之

詠日華

朝暉爛曲池夕照滿西陂復有當晝景江上鑠光儀時從高浪歇乍逐細波移一在雕梁上梁武帝碧玉歌杳梁日始照詎仍扶桑枝淮南子曰拂於扶桑

詠雪

瓊林玄圃葉淮南子崑崙山中有曾城九重有珠樹玉樹桂樹日南華廣志桂出合浦冬夏常青其類自為林間無雜樹交阯置桂園豈若天庭瑞揚雄劇秦美新上陳天庭輕雲帶風斜三農喜盈尺謝惠連雪賦盈尺則呈瑞於豐年六出儛崇花韓詩外傳凡草木之花多五出雪花獨六出明朝闕門外應見海神車樹屏日金匱武王伐紂都洛邑雨雪十餘日深丈餘甲子平旦有五丈夫乘五車從兩騎止門外尚父告武王曰五車兩騎四海之神與河伯雨師耳

春日

岸煙起暮色岸水帶斜暉徑狹橫枝度簾搖驚燕飛落花承步履吳兆寬曰釋名履禮也飾足以為禮流澗寫行衣何殊九枝蓋薄暮洞庭歸未詳

奉和簡文帝山齋梁簡文帝集山齋詩玲瓏繞竹澗間關通槿藩缺岸新成浦危石久為門北榮下飛桂南柯吟夜猿暮流澄錦磧晨冰照彩鸞

架嶺承金闕飛橋對石梁竹密山齋冷荷開水殿香山花臨舞席水影照歌牀闕

表

勸進梁元帝表

梁書 大寶二年五月湘東王繹命王僧辯等東擊侯景十月太宗崩侯景僭位其明年二月王僧辯平侯景奉表勸進答曰淮海長鯨雖云授首襄陽短狐未全革面太平玉燭爾乃議之五月司空南平王恪等復勸進湘東王猶不受八月兼散騎常侍聘魏使徐陵於鄴奉表勸進九月四方征鎮王公卿士復勸稱尊號猶謙讓未許表三上乃從之十一月丙子即皇帝位於江陵

詔改太清六年為承聖元年

臣聞封唐有聖還承帝嚳之家 帝王世紀 帝嚳崩摯於兄弟最長得登帝位封異母弟放勳為唐侯後政微弱而唐侯德盛乃造唐而致禪 居代維賢終纂高皇之祚 漢書 諸呂既誅諸大臣謀曰代王高帝子最長仁孝寬厚乃迎立之 無為稱於革舄 漢書

東方朔曰孝文皇帝身衣弋綈之衣履草舄至治表於垂衣繫辭黃帝堯舜垂衣裳而天下治而撥亂反正非聞前古漢高帝紀羣臣曰帝撥亂世反之正至如金行重作晉五行志董養曰白者金色國之行也中興書有晉金行奄君四海源出東莞晉書元帝父琅邪恭王覲祖琅邪武王伷武帝踐祚封東莞郡王炎運猶興漢高帝贊漢承堯運協于火德枝分南頓後漢光武紀南頓令欽生光武豈得掩顯姓於軒轅帝王世紀黃帝二十四子得姓者十四人皇甫謐曰黃帝居軒轅之丘故因以為名又以為號非才子於顓頊左傳顓頊氏有不才子天下之人謂之檮杌莫不因時多難左傳司馬侯曰或多難以固其國俱繼神宗者也書大禹謨正月朔旦受命于神宗伏惟陛下出震等

於勛華鳴謙同於旦奭握圖一作褎秉鉞春秋合誠圖黄帝遊玄扈洛水上鳳皇銜圖置帝前帝再拜受圖書王左杖黄鉞右秉白旄以麾胡渭生曰孝經援神契舜龍顔重瞳大口手握褎宋均注手中有褎字將在御天易時乘六龍以御天玉勝珠衡春秋命歷序神農戴玉理宋均曰玉理玉英玉勝也孝經援神契伏羲大目山準日角而連珠衡注衡中有骨表如連珠象玉衡星漢書音義眉上曰衡徐樹本曰海錄碎事顔淵山庭日角曾子珠衡犀角先彰元后書元后作民父母神祇所命非惟大室之祥左傳楚共王無冢適曰當璧而拜者神所立也乃與巴姬密埋璧於大室之庭使五人齋而長入拜平王弱抱而入再拜皆壓紐圖牒斯歸何止堯門之瑞班固典引應圖合牒窮祥極瑞漢書李健伃居鉤弋宮生昭帝任身十四

月乃生上曰昔聞堯十四月而生今鈎弋亦然乃命其所生門曰堯母門南史元帝諱繹武帝第七子也帝夢眇目僧執香爐稱託生王宮及生帝舉室中非常香有紫胞之異封湘東王鎮江陵任臣曰梁書元帝背生黑子巫媼見曰此大貴兆當不可言若夫大孝聖人之心中庸君子之德見中庸固以作許生民貽風多士一日二日研覽萬幾允文允武包羅羣藝見書擬茲三大老子故道大天大地大王亦大域中有四大而王居其一也賓是四門舜典賓于四門歷試諸難書序虞舜側微堯聞之聰明將使嗣位歷試諸難作舜典咸熙庶績見書斯無間而稱也論語禹吾無間然矣南史梁累遷鎮西將軍都督荊州刺史檄務煩多軍書羽檄文章詔誥點毫便就殆不游手自无妄為象繫辭

无妄災也鍾禍上京梟獍虔劉崔駰之謂斷凖曰汝心如梟獍必為國患左傳呂相
絕秦曰虔劉我邊垂宗社蕩墜銅頭鐵額興暴皇年魚龍河圖黃帝攝政有蚩
尤兄弟八十一人並獸身人語銅頭鐵額威振天下封豨修虵行災中國左傳申包胥曰
吳為封豕長蛇以薦食上國靈星所宅漢郊祀志三星為泰乙鋒旗命曰靈旗為兵禱太史奉以
指所伐國下武其興詩下武維周望紫極而行號爾雅北極謂之北辰春秋合誠
圖北辰其星五在紫微中謂生曰漢書李尋曰紫宮極樞通位帝紀劉琨勸進表莫不叩心絕氣行號巷哭
瞻丹陵而殞慟帝王世紀堯母慶都孕十四月而生堯於丹陵南史東魏高歡卒侯景與高澄
不協奉表以河南十三州降梁遂據壽陽作亂攻陷臺城家冤將報天賜黃烏之旗

國害宜誅神奉玄狐之籙

墨子天錫武王黃鳥之旗

黃帝出軍決帝伐蚩尤乃睡夢西王母遣道人被玄狐之裘以符授之

南史王僧辯討侯景次於大雷軍人杜稜夢雷池君周何二神乘朱航陳甲仗稱下討侯景

尅李軼於河津

後漢書馮異為孟津將軍軍河上以拒朱鮪李軼等初軼與光武首結謀約及更始立反共陷伯升欲降不自安乃與異通書光武故宣露之鮪怒殺軼

征陶謙於海岱

魏志曹操父嵩避難在琅琊操迎之嵩輜重百餘兩陶謙別將守陰平掩襲嵩於華費間殺之操引兵擊謙攻拔十餘城皆屠之

南史武帝為景所制憂憤成疾口苦索蜜不得再曰荷荷遂崩又立簡文帝尋使彭儁進土囊而殺之

滕公擁樹雄氣方嚴

漢書夏侯嬰為滕令奉車故號滕公項羽大破漢軍漢王不利馳去見孝惠魯元載之漢王急馬罷嬰在後常蹶兩兒棄之嬰常收載行面雍樹馳卒得

脱張繡交兵風神彌勇魏志張繡與曹操戰殺操長子昂操中流矢敗走南史世子方等討河東王譽軍敗死之忠誠貫於日月渭生曰戰國策唐雎曰專諸之刺王僚也彗星襲月聶政之刺韓傀也白虹貫日此皆有志之士懷怒未發休祲見於天孝義感於冰霜冰霜用王祥鄒行事如雷如霆見詩非貔非虎牧誓尚桓桓如虎如貔前驅效命詩為王前驅元惡斯殲胤征殲厥渠魁既挂膽於西州世說姜維死時見剖膽大如斗方燃臍於東市後漢書董卓葉塢於郿號萬歲塢及誅暴屍於市守吏為大炷置臍中燃之光明達曙蚩尤三塚寧謂嚴誅雲笈七籤軒轅本紀所殺蚩尤身首異處帝閔之令葬其首冢於壽張具肩髀冢在山陽其髀冢在鉅鹿王莽千剸非云明罰漢王莽傳莽在漸臺

商人杜吳殺莽校尉公賓就斬首軍人分裂莽身支節肌骨臠分之傳首詣宛 陳沂震曰禮記公族有罪則殲剸

青羌赤狄

英雄記董卓說校尉賈龍擊劉焉焉出青羌與戰通鑑注青羌羌之一種漢書晉文公攘戎狄居西河圁洛之間號曰赤翟白翟

同畀豺狼

詩投畀豺虎

胡服夷言

趙世家武靈王胡服騎射左傳衛侯輒歸效夷言

咸為京觀

左傳楚子曰古者明王伐不敬取其鯨鯢而封之於是乎有京觀南史王僧辯入據建康侯景奔吳羊侃子鷃殺景送屍建康傳首江陵暴屍於市民爭之并骨皆盡

邦畿濟濟還見隆平宗祀愔愔方承多福

詩邦畿千里又濟濟多士班固東都賦即土之中有周成隆平之治馬孝經宗祀文王於明堂以配上帝東晳補亡詩愔愔我王紹文之緒善曰左傳祈韶之愔愔杜預曰愔愔安和貌詩綏以多福

自氤氳混沌

之世驪連栗陸之君繫辭天地絪緼萬物化生三皇本紀自人皇已後有五龍氏燧人氏大庭氏柏皇氏中央氏卷須氏栗陸氏驪連氏赫胥氏尊盧氏混沌氏昊英氏有巢氏朱襄氏葛天氏陰康氏無懷氏蓋三皇已來有天下者之號卦起龍圖三皇本紀宓犧氏有龍瑞以龍紀官號曰龍師始畫八卦文因鳥迹晉衛恒書勢黃帝之史沮誦蒼頡眺彼鳥迹始作書契雲師火帝非無戰陣之風三皇本紀炎帝神農氏以火德王故曰炎帝以火名官五帝本紀黃帝軒轅氏修德振兵以與炎帝戰於阪泉之野三戰然後得其志官名皆以雲命為雲師堯誓湯征咸用干戈之道大禹謨禹乃會羣后誓於師曰濟濟有衆咸聽朕命仲虺之誥東征西夷怨南征北狄怨星躔東井時破崤潼漢書漢元年冬十月五星聚於東井東井秦之分野沛公至霸上秦王子

嬰素車白馬係頸以組奉皇帝璽降於軹道傍雷震南陽初平尋邑後漢光武紀世祖奔
二公陣二公兵走北殺司徒王尋昆陽城中兵亦鼓譟而出會大風雷雨二公大衆遂潰未有援三
靈之已墜文選注三靈天地人也救四海之羣飛揚雄劇秦美新注海水羣飛喻
大亂也赫赫明明龔行天罰見書如當今之盛者也於是
御雲似蓋晨暎姚鄉呂氏春秋虞舜御雲歌曰御雲爛兮糺縵縵兮日月光華旦復旦兮
孔安國曰瞽叟妻握登見大虹感而生舜於姚墟故姓姚甘露如珠朝垂原寢後漢書明
帝永平中甘露降於原陵按光武葬於原陵芝房感德咸出銅池漢書武帝作芝房之
歌又宣帝時金芝九莖產於函德殿銅池中蓂莢伺晨無勞銀箭帝王世紀堯時有草

夾階而生隨月生死以占日月之數名曰蓂莢尸子使
雞伺晨陸陲新漏刻銘云每旦晨興屬傳漏之音聽雞
人之響又金徒抱箭南史大寶二年重以東漸玄菟漢
十月辛丑朔紫雲如蓋臨江陵城武
帝紀朝鮮斬其王右渠降以其西踰白狼晉地理志高
其地為樂浪臨屯玄菟番郡雲以并州刺
史鎮高柳生風後漢郡國志代郡扶桑衛日十州記扶
白狼十一城一名高柳桑在碧海
中樹長數千里一千餘圍張莫不編名屬國歸貢鴻
尚玠曰淮南子曰拂於扶桑
臚後漢百官志承秦有典屬國別主四方荒服來賓國
夷狄朝貢侍子成帝省并於大鴻臚語
蠻夷要服遐邇同慶南史大寶二年九月其文昭武穆
戎狄荒服已亥盤盤國獻馴象
左傳富辰曰管蔡郕霍魯衛毛聃郜雍曹滕跗蕚也如
畢原酆郇文之昭也邗晉應韓武之穆也

彼詩常棣之華鄂不韡韡箋承華者曰鄂拊鄂足也天平地成書地平天成功業也
如此久應旁求掌故漢舊儀太常博士弟子試射策中乙科補掌故司馬相如封禪文宜
命掌固悉奏其儀而覽焉咨詢天官周禮天官冢宰斟酌繁昌魏志文帝受禪為壇於繁
陽黃初元年改潁陰之繁陽亭為繁昌縣經營高邑後漢光武紀命有司設壇場於鄗南千秋亭即
皇帝位因改鄗曰高邑宗王啟霸非勞武德之侯魏志明帝紀帝諱叡年十五封
武德侯黃初七年立為皇太子丁巳即皇帝位清蹕無虞何事長安之邸中華古今
注秦制出警入蹕後漢安帝紀帝父清河孝王慶殤帝崩太后與兄車騎將軍鄧騭定策拜帝為長安侯即皇
帝位楊龍旂以饗帝魯頌龍旂承祀御鳳扆以承天周禮掌次職王大旅上帝

則張鐘案設皇邸鄭司農曰皇羽覆上邸後板也玄謂
後板屏風與染羽象鳳皇羽色以為之疏言後板者謂
為大方板於坐後畫為斧
文言屏風者擬漢法混之
歷數在躬大禹謨帝曰天
之歷數在汝躬
疇咨為讓堯典帝曰疇
咨若時登庸
去月二十日兼散騎常侍柳惲等至鄴齊神武帝紀神武以孝武既西恐逼崤陝洛陽復
在河外接近梁境如向晉陽形勢不能相接乃議
還鄴
伏承聖旨謙沖為而不宰老子生而不有為
而不宰是謂玄德
或云洛陽未復杜氏通典魏文帝受禪後修洛陽宮室權都許
昌宮殿狹小元日於城南立氈殿青帷以為門
設樂饗食後還
洛陽依漢舊事
函谷無泥見樂
府
旋駕金陵初學記江寧
縣楚之金陵
邑也吳晉宋齊
梁陳六代都之
方膺天眷南史十一月丙子帝即位於
江陵下詔將還建康胡僧佑

等諫止之愚謂大庭少昊非有定居左傳注杜預曰大庭氏古國名在魯城內帝王世紀少昊帝名摯降居江水邑於窮桑以登帝位都曲阜號金天氏漢祖殷宗皆無恒宅漢高帝紀帝西都洛陽戍卒婁敬說上都關中張良勸上是日車駕西都長安殷本紀盤庚之時殷已都河北盤與渡河南居西亳復居成湯之故居迺五遷無定處登封岱嶽且署明堂漢武帝紀上登封泰山降坐明堂陳鍔曰孝經援神契明堂者天子布政之宮上員下方八窗四闥在國之陽兆寬曰大戴禮明堂凡有九室一室而有四戶八牖總三十六戶七十二牖以茅蓋屋巡狩荊州時行司隸後漢竇武傳桓帝巡狩南陽以武府掾胡騰為護駕從事騰上言臣請以荊州刺史比司隸校尉臣自同都官從事帝從之自是肅然莫敢妄有干欲何必西瞻虎踞乃建王宮蜀志

諸葛亮曰鍾山龍盤石城虎踞南望牛頭方稱天闕一統志牛頭山在應天府一名牛首
山有二峰東西相對晉元帝初作宮殿王導指雙峰曰此天闕也故又名天闕山抑又聞之玄
圭既錫禹貢禹錫玄圭蒼玉無陳周禮大宗伯之職蒼玉禮天黃琮禮地乃棫樸
之愆期詩芃芃棫樸非苞茅之不貢左傳管仲對楚曰爾貢苞茅不入寡人是征
雲和之瑟久廢甘泉孫竹之管無聞方澤周禮大司樂孤竹之管雲
和之琴瑟雲門之舞冬日至於地上之圜丘奏之則天天神皆降孫竹之管空桑之琴瑟咸池之舞夏日至於
澤中之方丘奏之則地示皆出漢郊祀志武帝作甘泉宮中為臺室畫天地泰乙諸鬼神置祭具以致天神
豈不懼歟伏願陛下因百姓之心振萬邦之命賈逵國語

注振救也豈可逡巡固讓公羊傳齊侯逡巡而謝樹敏曰漢外戚傳耿育疏太伯見歷知適逡循固讓方求石户之農魏隸高士傳石户之農與舜為友舜以天下讓之石户夫負妻攜子入海高謝為君左思魏都賦高謝萬邦徒引箕山之客高士傳許由字武仲閉堯致天下而讓焉乃遜於潁水之陽箕山之下未知工德之不德惟見聖人之不仁老子上德不德是以有德又聖人不仁以百姓為芻狗率土翹瞻詩率土之濱廣雅翹舉也蒼生何望書益稷帝光天之下至於海隅蒼生昔蘇季張儀違鄉負俗尚復招三方以事趙請六國以尊秦史記蘇秦傳秦字季子東周洛陽人為從約長并相六國北報趙王行過雒陽車騎輜重擬於王者秦嘐然歎曰使吾有雒陽負郭田二頃豈

能佩六國相印乎張儀傳儀魏人也入秦惠王以為客
卿與謀伐諸侯漢書武帝詔士或有負俗之累會稽典
録范蠡字少伯越之工將軍也本是楚宛三戶人佯狂
倜儻負俗李斯上秦王書惠王用張儀之計散六國之
從使之西面事秦況臣等顯奉皇華詩皇皇者華遣使臣之詩也親承朝命
珪璋特達聘義以珪璋聘重禮也通聘河陽曹植送應氏詩置酒此河陽晉地理志河
内郡領河陽縣貂珥雍容漢官云秦置散騎又置中常侍漢因之皆銀璫附蟬為文貂尾為飾謂之
貂璫尋盟漳水左傳會於葵丘尋盟且脩好也魏都賦北臨漳滏加牢賜館左傳士鞅
來聘加四牢馬為十一牢隨世汙隆禮記道隆則從而隆道汙則從而汙瞻望鄉關誠
均休戚盧諶詩義等休戚但輕生不造謝朓詩輕生諒昭酒詩遺家不造命與

時乖忝一介之行人同三危之遠擯左傳晉行人子員對鄭曰不使一介行李告於寡君禹貢三危既宅注三危在雍州之西南境即舜竄三苗之地山有三峯高聳甚危故名三危本傳太清三年兼通直散騎常侍使魏魏陵累求復命終拘留不遣承間内殿事絶耿弇之恩後漢書蕭王幸溫明殿耿弇請間曰王郎雖破天下兵革乃始耳聖公敗必不久王曰卿勿妄言我告斬卿弇曰大王哀厚弇如父子故敢披赤心耳封奏邊城私等劉琨之哭晉書劉琨段匹磾相與歃血同盟冀戴晉室遣右司馬溫嶠奉表詣建康勸進不勝區區之至謹拜表以聞

讓五兵尚書表

本傳天嘉四年遷五兵尚書領大著作

臣聞仲尼大聖猶云書不盡言（見繫辭）士衡高才常稱文不逮意（語見文賦）臣比衰痾自積思緒茫然頻託朋遊為裁章表雖復陳琳健筆未盡愚懷（魏文帝書孔璋章表殊健）孫惠詞人頗加繁飾（晉書孫惠好學有才識以書干東海王越為記室參軍）所以高天緬邈（陸機擬古詩緬邈若飛沉）弗降昭回（詩倬彼雲漢昭回于天）瞻拜絲綸更增憂懼臣雖不敏弱冠登朝伊昔承華（初學記太子之門曰承華）豫遊多士晚逢興運爰濫寵私爾時四郊多壘（見禮記）七雄分爭（正義王赧卒後天下無主三十五年七雄並爭至秦始皇立天下一統）國家制度日不暇給（班固兩都賦序大漢初定日不暇給）趙宮論受

命之空隨邑奏升壇之禮未詳而參聞祕計弗解單于之兵漢陳平傳高帝至平城為匈奴所圍七日不得食用平奇計使單于閼氏解圍以得開其計祕世莫得聞飛箭馳書未動聊城之將魯仲連傳田單攻聊城歲餘不下魯連乃為書約之箭以射城中燕將自殺不期枚乘老吏忽降時恩漢枚乘傳武帝以安車蒲輪徵乘馮唐暮年見申明王時漢書武帝求賢良舉馮唐時年九十餘不能為官擢宰京邑朝坐棘林周禮朝士掌建邦外朝之法左九棘孤卿大夫位焉右九棘公侯伯子男位焉面三槐三公位焉遂致洛陽無雨東觀漢記永初二年三月京師旱至五月和熹鄧太后幸洛陽省獄舉冤未還宮澍雨大降非比長安多盜漢張敞傳以敞守京兆時長安市偷盜尤多百

賈普之上問敍故以為可禁其空屏錮用寘嚴科猶處名僚久為叨竊但著書天祿雖如劉向漢劉向傳向嘗校書天祿閣夜有老人以青藜火照之曰太乙之精聞卯金之子好學故下觀朔望登朝轉同王隱未詳案漢張禹傳禹領尚書代王商為丞相封安昌侯罷就第以列侯朝朔望位特進其於朽劣尚可從容司會文昌邈然非據周禮天官司會之職鄭玄曰會大計也司會主天下之大計計言之長若今之尚書矣樹聲曰荀綽晉百官表注尚書為文昌天府

讓散騎常侍表本傳天嘉六年除散騎常侍

臣聞五十知命宗師之格言見論語六百辭滿通賢之高

縶姜宸英曰漢兩龔傳郇漢兄子曼容爲官不肯過六百石輒自免去其名過出於漢昔墨子諸
生褰裳救楚淮南子楚將攻宋墨子聞之自魯趨而往一日一夜足重繭而不休息裂裳裹之至
郢見楚王魯連隱士高論却秦魯仲連傳仲連難新垣衍以秦爲帝秦軍爲却況乎
謬蒙知己戰國策士爲知己死女爲悅己容寧無感激洪私過誤賞以
通班司憲文昌見上遂諧常伯晉職官志侍中於周爲常伯之任今者昆
吾小器諦視不見玄黃未詳鈞天竝奏靜聽能聞鐘鼓趙世
家簡子病二日而寤曰我之帝所甚樂與百神遊於鈞天廣樂九奏萬舞雖神農分藥補三皇本
紀神農以赭鞭鞭草木始嘗百草始有百藥岐伯提鍼司馬相如賦詔岐伯使尚方張揖曰岐伯者

黄帝太醫屬使主方藥也冥衆因緣難可匡救陛下嗣臨寶歷光闡大猷屬意銓衡留情槱棫詩芃芃棫樸薪之槱之燕臺裝玉儻不精眞闕子宋愚人得燕石以為大寶藏以華匱十里緹巾十襲客見掩口盧胡而笑齊客吹竽諒宜澄簡韓子齊宣王使人吹竽必三百人南郭處士請為王吹竽宣王悅之廩食以數百人南郭奉乘當求鄭默之才晉鄭默傳默為散騎常侍武帝出祀南郊詔使默參乘西省文辭應用羅含之學晉羅含傳含累遷散騎常侍侍中少壽晝臥夢鳥入口藻思日新謝尚稱為湘中之琅玕

讓左僕射初表本傳大建元年除尚書右僕射二年遷左僕射陵抗表推周宏正王

勅等固辭累日陵乃奉詔

臣聞七十之歲揚雄擬經漢書揚雄以經莫大於易故作太玄六十之年平津對策漢書公孫宏對策金馬門後為丞相封平津侯若斯強壯無數耆老臣勵當作勱詳硏則胄華軒冕才允卿相出納流譽舜典帝曰龍命汝作納言夙夜出納朕命惟允朝野共瞻臣弘正南史周弘正字思行至江陵王僧辯飛騎迎之相見歔欷甚卽日啓元帝授黃門侍郎直中書省俄還左戶尚書加散騎常侍太平元年授侍中領國子祭酒還太常卿都堂尚書陳宣帝卽位遷特進領國子祭酒國老儒宗左傳季孫謂仲尼曰子為國老樹本曰後漢書樓望敎授不倦世稱儒宗情尚虛簡玄風勝業獨王當年

臣鍾當作種南史張種字士苗永從孫也種少恬靜居處雅正傍無造請景平初司徒王僧辯以狀奏請爲中從事陳武帝受禪爲太常卿歷位左戶尚書侍中中書令金紫光祿大夫氣懷沈密文史優裕漢書東方朔曰臣朔年十二學書三冬文史足用東南貴秀朝廷親賢竝見壯猷詩方叔元老克壯其猷皆空左執若漢武好少則微臣已老漢書顏駟龐眉皓髮爲郎武帝問之對曰陛下好少臣已老若周文愛老則有此羣才齊世家呂尚年老以漁釣干西伯伏願天明更謀梓匠求其妙選稱是能官

讓右僕射初表本傳大建元年除尚書右僕射

加以言尋盟好仍屬亂離先零盜其牛馬漢蘇武傳武字子卿單于幽武置大窖中絕不與飲食武卧齧雪與旃毛并咽之至海上杖漢節牧羊後丁零盜武牛羊武復窮厄烏孫竊其印綬漢常惠傳惠從吏卒十餘人隨昆彌還未至烏孫烏孫人盜惠印綬節子卿茹雪叔向為亾未詳雖復東歸備罹此厄昔李廣遺恨不值漢初漢李廣傳文帝曰惜廣不逢時令當高祖世萬户侯豈足道哉甯戚自悲不逢堯禪呂氏春秋甯戚飯牛歌南山矸白石爛生不逢堯與舜禪臣隨望聖運實在權輿爾雅權輿始也時參決勝之籌漢書高帝曰運籌帷幄之中決勝千里之外吾不如子房頗奏發兵之讖後漢光武紀同舍生彊華奉赤伏符至日劉秀發兵捕不道當塗錫

命非無董昭之誠魏志董昭傳昭與列侯諸將議以丞相宜進爵國公九錫備物以彰殊勲典午禪文蜀志譙周嘗書版示文王曰典午忽分典午者謂司馬也魏書云陳留王咸熙二年二月者羣公卿士具議設壇於南郊使使者奉皇帝璽綬冊禪位於晉嗣王如漢魏故事不降張華之實

為王儀同致仕表

尺波歸海恆歎不居陸機長歌行尺波豈徒旋注喻年命流行曾無止息也爝火為薪猶悲假續高士傳堯舜致天下而讓許由曰十日並出而爝火不息其光不亦難乎況復星回日薄通人有乞告之言劉勰新論天回日轉其謝如矢　顧湄曰古樂

府白日薄西山鍾鳴漏盡前史有夜行之誡魏志田豫荅司馬宣王曰年過七十而居位譬猶鍾鳴漏盡而夜行不休也五陵鼎族家傳軒冕班固西都賦注高惠景武昭帝五陵在北士人多宅於此四姓卿侯榮由恩澤後漢明帝紀四姓小子侯注尚書以上為甲姓九卿方伯為乙姓散騎常侍太中大夫為丙姓吏部正員外為丁姓虛名靡實世官非才書官人以世年力方強不能辭退今三元肇慶玉燭寶典正月一日為元日亦云三元六呂司春得奉萬壽之杯漢倪寬傳武帝東封泰山還登明堂倪寬上壽曰臣寬奉觴再拜上千萬歲壽預參百辟之禮便釋朝衣謹遵初服同孔光之杖載遊戶庭漢孔光傳光稱疾辭位太后詔曰太師光聖人之後

賜太師靈壽杖入省中用杖

廣德之車方懸私館漢書薛廣德爲御史大夫免賜安車駟馬歸沛沛以爲榮縣其安車示子孫

爲始興王讓琅邪二郡太守表隋書南海郡曲江縣注舊置始興郡東海郡朐山縣注舊曰朐置琅邪郡　炯曰南史文帝諸子傳始興王伯茂文帝第二子也初武帝兄始興昭烈王道談仕梁爲東宮直閤將軍侯景之亂援臺中流矢卒紹泰二年贈南兗州刺史封義興郡公謚曰昭烈武帝受禪重贈太傅改封始興郡王道談生文帝及宣帝宣帝以梁承聖末遷於長安至是武帝遙以宣帝襲封始興嗣王以奉昭烈王祀武帝崩文帝入纂帝位時宣帝在周未還文帝以本宗乏饗徙封宣帝爲安成王伯茂爲始興王以奉昭烈王祀

甫離懷袖班倢伃怨歌行出入君懷袖裁脫綺紈漢書班伯在綺襦紈袴之間注貴戚子弟服適荷隆私使膺珪組執玉不趨樞衣未勝曲禮執玉不趨又兩手摳衣去齊尺論語執圭鞠躬如也如不勝自甘泉通火漢書文帝時匈奴使騎兵入燒回中宮烽火及甘泉宮細柳屯兵漢書周亞夫軍細柳注長安有細柳聚旁帶戎臣頗同疆場左傳疆場無主則啓戎心言瞻漢草廼曰中州未詳按漢書胡中草白昭君家草獨青遙望胡桑已成邊郡曹植豔歌出自薊北門遙望胡地桑誠復居藩體國應思馬駿之功晉書扶風王駿鎮關中善撫御有威恩論地惟親安慕曹彰之勇魏志任城王彰少善射御膂力過人手格猛獸太祖持彰鬚曰黃鬚兒竟大奇

也

移檄

為護軍長史王質移文

南史王質傳質字子貞梁世以武帝甥封甲口亭侯陳宣帝輔政為司徒左長史北史附庸傳後梁蕭巋嗣位之五年陳湘州刺史華皎巴州刺史戴僧朔竝來附皎送其子元饗為質於巋仍請兵伐陳巋上言其狀武帝詔衛公直督荊州總管權景宣大將軍元定等赴之巋亦遣其柱國王操率水軍二萬會皎於巴陵既而與陳將吳明徹等戰於沌口直軍不利元定遂沒巋大將軍李廣等亦為陳人所虜長沙巴陵竝陷於陳初華皎戴僧朔從衛公直與陳人戰率其麾下數百人歸於巋巋以皎為司空封江夏郡公

比金風已勁玉露方團宜及窮秋幸踰高塞當使狐旌不反隻騎無還公羊傳秦伯將襲鄭晉人與姜戎要之殽而擊之匹馬隻輪無反者非止湯羅帝王世紀湯出見羅者命解其三面而置其一面漢南諸侯聞之咸曰湯澤及禽獸歸者三十六國豈知堯德堯典克明峻德其承比年民墊書下民昏墊仍歲蘊隆詩旱既太甚蘊隆蟲蟲粒粟貴於隨珠說苑墨子謂滑釐曰今凶年有欲與子隨侯之珠者又欲與子一鍾粟者子將何擇滑釐曰粟可取也分糜之於齊鼎封氏見聞録青州南城佛寺有二大鑊大者容四十石小者容三十石舊傳寺即孟嘗君宅鑊即用以待食客者後毀為兵器且氏羌旅拒後漢馬援傳援日黠羌欲旅拒已跨伊瀍漢書三川注河洛伊也隋書豫州河南郡河

南縣注有澶水胡羯憑陵後漢吳漢傳居上黨武鄉羯室因號羯胡左傳馮陵我城郭方踰汾潞隋書冀州文城郡注東魏置南汾州後周改為汾州上黨郡注後周置潞州刺虎之勢時期卞生陳軫傳卞莊子欲刺虎館豎子曰此兩虎方且食牛食甘必爭爭則鬬鬬則大者傷小者死從而刺之莊子果有雙虎之功拾蜯之機彌驗蘇子戰國策趙且伐燕蘇代謂惠王曰今者來過川蜯方出曝而鷸啄之兩不而舍漁者得而并禽之但國家體茲明信左傳苟有明信有同皎日詩王風謂予不信有如皎日豈惟風雨之旦猶救匹夫宵夢之言無欺幽壤未詳按列士傳羊角哀與左伯桃為友俱往仕楚至梁山逢雪糧盡度不兩全遂并糧與哀至楚楚用為上卿後收葬伯桃伯桃墓逼荊將軍陵而伯桃告云吾日夜被荊將軍伐之哀乃加兵未勝云

勤向地下看之遂自刎死琴操其思革子對楚王曰臣友三人石文子叔愆子竊慕大王高義欲俱來謁至於嶔巖之間逢飄風暴雨衣寒糧乏度不能俱活二子不以臣為不肖推糧與臣二子遂凍飢而死

賊華皎近以臨蕃有讒作牧無童疑作勳旣懼檻車之徵魏鄧艾傳詔書檻車徵艾便憂齊斧之戮魏文帝紀注令曰方將整以齊斧遂乃治兵楚夢漢司馬相如傳楚有七澤其小者爲雲夢方九百里竊載干戈樂記倒載干戈傍引西戎禹貢西戎卽敘共謀東夏左傳聞君將靖東夏偽周遣其衛國公宇文直等總統獯獫為其羽翼漢張良傳上曰羽翼已成難動矣醜徒濟岸來攻郢城逆豎浮舟同趣夏浦本傳周武帝遣柱國長湖公元定攻圍郢州梁

明帝授任蠻奴巴陵內史潘智虔岳陽太守章昭裕桂陽太守曹宣湘東太守鐵明竝隸於皎又長沙太守曹慶等本隸皎王師艤櫂素在中流羣帥爭驅應時殲蕩下因為之用左傳門官殲焉注杜預曰殲盡也本傳慮皎先發乃前遣明徹率衆三萬乘金翅直趣郢州又遣撫軍大將軍淳于量率衆五萬乘大艦繼之羌胡寶馬史記李斯上書曰中廄之寶馬臣得賜之縱橫七澤之中見上荊楚樓船彌滿三江之上漢武帝紀路博德等皆將罪人江淮以南樓船十萬人山海經注江湘沅水皆會巴陵洞庭陂號三江口俘禽所獲水陸無遺華皎擢自匑微本傳皎起自下吏叨居藩翰情慙犬馬罔顧恩靈翻執干戈自圖家國鬬諸間諜左傳晉人獲秦諜注諜間也今謂之細作

具彼鄰謀乃授冬官周禮冬官大司空之職以佐王富邦國即為鄉導魏志太祖北征烏丸令田疇將其衆為鄉導雖傷仁義之俗非敢有私期和與國之情猶冀無失

移齊文南史淳于量傳華皎構逆以量為征南大將軍西討大都督總卒大艦自郢州樊浦拒之皎平并降周將長湖公元定等詳前移

獲去月二十日移承羯寇平殄同懷慶悅眷言鄰睦渙副情佇夫天網之大老子天網恢恢踈而不漏固無微而不禽神武之師魏王粲詩所從神且武安得久勞師本無征而不克如戎王傾其部

落漢匈奴傳秦昭王時宣太后詐而殺義渠戎王於甘泉遂起兵伐滅義渠逆豎道其鄉關
非厥英圖殆難戡戮沉復洞庭遐曠兵食殷阜西窮版
屋北盤氈廬詩在其版屋漢書匈奴法漢使不去節不以墨黥其面不得入穹廬聲冠符
姚勢兼聰勒符秦姚後秦聰漢勒後趙俱東晉僭國見晉書庸蜀賨馬彌山不
窮巴漢樓船淩波無際曹植洛神賦淩波微步木華海賦萬里無際詳前移我之
元戎上將協力同心承稟朝謨致行明罰為風為火殪
彼蒙衝吳志周瑜傳與曹公遇於赤壁黃蓋取戰艦數十艘實以薪草灌膏油其中同時發火時風甚
猛悉延燒岸上營落軍遂敗退如霆如雷語見詩擊其舟艦羌兵楚賊赴水

沈沙棄甲則兩岸同奔橫尸則千里相枕江川盡滿譬睢水之無流漢高帝紀羽敗漢兵睢水上水為之不流原隰窮途等陰山之長哭漢匈奴傳郎中侯應曰冒頓單于依陰山治兵器後武帝奪其地匈奴過者未嘗不哭於是黑山叛邑見與王僧辯書諸城洞開陸機漢高祖功臣頌胡馬洞開白石連屋未詳後漢段熲傳雜種羌屯聚白石注白石山今蘭州東銳曰北史鄧至者白水羌也世為羌豪因地名號自稱鄧至投戈請命揚雄解嘲解甲投戈長沙鵩鳥靡復為妖漢書賈誼為長沙王傳三年有鵩鳥飛入誼舍止於坐隅鵩不祥鳥也湘川石燕自然還僻湘中記零陵有石燕遇雨則飛止還為石克翦無算縲禽不貲欲計軍俘終難巧

歷莊子巧歷不能得所獲龍駒驥子百千其羣更開首蓿之園述異記張騫首蓿園今在洛中首蓿本胡中菜也騫於西戎得之方廣騊駼之廄漢百官公卿表注漢舊儀云天子六廄未央承華騊駼騎馬駱駝大廄也馬皆萬匹於是衛霍甘陳虬髭頿目衛衛青霍霍去病陳陳湯甘甘延壽見漢書晉桓温傳劉琰稱温曰温鬚如蝟毛磔蜀志張飛據水斷橋瞋目橫矛曰身是張益德也可來共決死敵心馳隴路志飲河源乘勝長驅未知所限豈如桓温不武棄彼關中晉書桓温入關王猛被褐詣之捫蝨而談當世之務旁若無人且曰公不遠數千里濱入敵境今長安咫尺而不度灞水百姓未知公心所以不至温指秦麥以為糧既而秦人芟麥清野以待之温軍乏食徙關中三千餘戶而歸殷浩

無能長茲羌賊晉書殷浩連年北伐師徒屢敗糧械都盡桓因朝野之怨上疏請廢之朝廷不得已免浩為庶人徙之信安浩既廢黜雖愁怨不形辭色常書空作咄咄怪事四字方且西踰酒郡抵我境而置邊亭東略鹽池為齊朝而反侵地史記大宛傳燉煌置酒泉都尉西至鹽水往往有亭漢地理志酒泉郡注武帝太初元年開應劭曰其水若酒故曰酒泉也又河東郡安邑縣注鹽池在西南此政亦萌妖氛未窮巢窟便聞慶捷媿佩良深

檄周文南史吳明徹傳太建九年詔明徹北征軍至呂梁周徐州總管梁士彥率衆拒戰

主上恭膺寶歷嗣奉瑤圖既稟聖人之材兼富神武之

略又安兆庶共請封疆用戢干戈詩載戢干戈永銷鋒鏑後漢陳龜年傳疏曰守塞候望懸命鋒鏑况復追惟在楚無忘玉帛之言軫念過曹猶感盤飧之惠左傳晉公子重耳及曹僖負羈乃饋盤飧置璧焉公子受飧反璧及楚楚子饗之曰公子若反晉國則何以報不穀對曰子女玉帛則君有之其何以報君陳宣帝諸子傳始興王叔陵魏克江陵宣帝遷關右宣帝之還以後主及叔陵為質天嘉三年隨後主還朝梁承聖中生於江陵年馳玉節之使周禮掌節守邦國用玉節 炯曰公羊傳陳乞謂陽生曰吾不立子者所以生子者也走矣遂與之玉節而走之歲降銀車之恩未詳庶使懷音微悟知感而反其藏匿招我叛臣謂華皎等也詳前移翊從瀟湘空謁關隴荆

梁左右漢沔東西隋書荊州沔陽郡沔陽縣注梁置沔陽營陽州城三郡籲地呼天後漢張奐傳冤則呼天窮則叩心望佇哀歎夫一人掩泣猶愴滿堂說苑聖人於天下也譬猶滿堂飲酒有一人向隅而泣則一堂之人皆不樂百姓為心彌切宸扆老子聖人無常心以百姓為心大都督吳明徹台司上將德茂勳高威著荊湘本傳宣帝詔授明徹都督湘州刺史仍與征南大將軍淳于量等討平華皎化聞庸蜀本傳文帝詔以明徹為江州刺史隋書梁州隆山郡隆山縣注舊曰犍為置江州叱咤而平宿豫吹噓而定壽陽漢韓信傳項王喑啞叱咤千人皆廢隋書徐州下邳郡宿豫縣注舊置宿豫郡後漢鄭泰傳孔公緒噓枯吹生隋書揚州淮南郡領壽春縣按壽陽晉陽名治壽春縣

樹屏曰後漢皇甫嵩傳閻忠曰指撝足以振風雲叱咤可以興雷電陳宣帝紀太建五年三月以開府儀同三司吳明徹都督征討諸軍事略地北邊冬十月吳明徹克壽陽城斬王琳傳首建業本傳齊遣王琳拒守也七年進攻彭城軍至呂梁又大破齊軍八年進位司空

席卷江淮無淹弦望李陵與蘇武詩安知非日月弦望自有時

啓

安成王讓錄尚書表後啓

梁宗室傳安成康王秀字彥達文帝第七子也仕齊為太子舍人天監元年封安成郡王六年為江州刺史尋還荊州刺史加都督魏縣叛城人反殺豫州刺史司馬懷悅引司州刺史馬仙琕仙琕籖荊州求應援衆咸謂宜待臺報秀即

遣兵赴之十三年爲郢州刺史加都督郢州夏口嘗爲戰地多暴露骸骨秀於黄鶴樓下祭而埋之時司州叛蠻田魯生魯賢超秀據蒙籠來降武帝以魯生爲北司州刺史魯賢北豫州刺史超秀定州刺史爲北境扞蔽而魯生超秀互相讒毁有去就心秀撫喻懷納各得其用當時賴之遷雍州刺史在路薨喪至都贈司空謚曰康 隋書楊州廬陵郡安復縣注舊置安成郡

臣聞閭平就國乃盛漢之常儀 後漢光武十王傳東平王蒼建武十七年進爵蒼自以至親輔政意不自安上疏歸職永平五年乃許還國 章帝八王傳河間孝王開以永元三年封延平元年就國奉遵法度吏人敬之 郕霍無官實宗周之明典 左傳五叔無官豈尚年哉 何則皇季之重非待歷階王爵之隆自高羣辟況臣職

翼要荒吳越春秋扶同曰鷙鳥將搏必卑飛戢翼詳翔進表亟離寒暑見詩進慙趙
勝能定楚從趙平原君傳毛遂謂楚王之左右曰取雞狗馬之血來毛遂奉銅盤而跪進之楚王
曰王當歃血而定從次者吾君次者遂遂定從於殿上毛遂左手持盤血而右手招十九人曰公相與歃此血
於堂下公等錄錄所謂因人成事者也退匪齊文馳免秦厄史記齊田文自秦逃歸王
悔追之關法雞鳴乃出客時尚早追者將至客有善為雞鳴者野雞皆應之乃脫固以內切皇
心外貽家恥甘輸重餌降禮單于漢賈誼傳試以臣為屬國之官以主匈奴
請必係單于之頸而制其命真德秀曰新書以主匈奴下陳三表五餌而史削之列城十五如
請城璧趙藺相如傳秦王欲以十五城易趙王和氏璧藺相如奉璧見秦王秦王無意償趙城相如因

紿璧封立倚柱曰臣觀大王無意償趙城故臣復取璧大王必欲急臣臣頭與璧俱碎於柱矣因持璧睨柱秦王恐破璧乃謝相如市鄉三十聊同寶劍越絕書越王句踐有寶劍五其一曰純鈎容有氣之音有市之鄉二駿馬千匹千戶之都二武夫力而獲諸原微臣還而反諸敵瞻言馬駿著隴右之功見讓表追念曹彰克烏桓之虜魏志代郡烏丸反彰乘勝逐北至桑乾前王子弟若此勳庸偏其反而見論語豈可勝媿

謝敕賚燭盤賞谷齊國移文啓

昔班彪草移後漢班彪傳竇融曰所上章奏皆從事班彪所爲阮瑀裁書魏文帝書

元瑜書記翩翩致足樂也按瑀字元瑜馳譽當年遂無加賞非常大賚始
荷今恩雖賈逵之頌神雀東觀漢記永安中神爵集京師帝敕蘭臺給筆札令賈逵作神
爵頌拜為郎竇攸之對鼮鼠竇氏家傳世祖與百寮大會靈臺得鼠身如豹文熒之光澤世
祖問羣臣莫知惟攸對曰名鼮鼠見爾雅賜帛百匹漢臣射覆之言漢書上嘗使諸數家射覆
東方朔連中輒賜帛魏士投壺之賦魏略邯鄲淳作投壺賦千餘言文帝賜帛千匹方其
寵錫獨有光前官燭斯燃更慙良吏巴祇為揚州刺史與客
坐闇中不燃官燭宵光可學乃會耆年說苑師曠曰老而學者如秉燭之光臣職
居南史左傳南史氏聞太史盡死執簡以往身典東觀後漢和帝紀永元十三年春帝幸東

觀覽書林閱篇籍博選術藝之士以充其官謹述私榮傳之方策

謝敕賜祀三皇五帝餘餕啓

竊以甘泉之殿舊禮羲軒漢郊祀志武帝作甘泉宮畫天地泰一諸鬼神而置祭其甘泉更置前殿宣帝即位立黃帝天神帝原水凡四祠於膚施成帝時匡衡奏罷之又公孫卿言黃帝接萬靈明庭明庭者甘泉也長樂之宮本圖堯舜漢官儀帝祖母稱長信宮帝母稱長樂宮皇后稱長秋宮　樹屏曰藝文類聚陳思王畫贊序昔明德馬皇后帝嘗從觀畫前見陶唐之像后指帝曰嗟乎羣臣百僚恨不得為君如是帝顧而笑自東京晚世曠代無聞西漢盛儀復睹今日金壺流十旬之氣韻書九醞十旬酒名玉案備千品之羞

楚漢春秋淮陰侯曰漢王賜臣玉案之食昔絳羅爲薦既延王母漢武故事帝齋於尋真臺設紫羅薦夜二更後西王母至紫蓋爲壇允招太乙漢郊祀志武帝時亳人繆忌奏祀泰一方曰天神貴者泰一泰一祝宰則衣紫及繡成帝時丞相衡言甘泉泰時紫壇八觚宣通象八方又紫壇有文章采鏤黼黻之飾及玉女樂同斯爽號理致衆星臣以餘年豫聞清祀始陪瑤席沈約集賽蔣山廟文揭玉桴布瑤席遂飲瓊漿真誥明星玉女者居華山服玉漿

謝兒報坐事付治中啓

夫拾金樵路高士所羞吳越春秋延陵季子出遊於齊見道傍遺金有披裘采薪者季

子呼薪者取彼地金薪者曰吾當夏五月而薪豈取金者哉整冠李下君子斯慎古詩君子防未然不處嫌疑間瓜田不納履李下不整冠見報不能謹潔敢觸嚴綱右趾鐵擊事允法科漢食貨志敢私鑄鐵器鬻鹽者鈦左趾韋昭曰鈦以鐵為之著左趾以代刖也左校論輸實繇恩宥後漢皇甫規傳規以餘寇不絕論輸左校漢官儀左校署屬將作大匠老臣過庭之訓見論語多謝古賢折筭之杖國語范文子曰有秦客廋辭於朝大夫莫之能對也吾三知焉武子擊之以杖折其委筓有媿前達

謝賚麕啓

臣昨既陪羽獵仍宴上林固謝長卿之文彌慙子雲之

賦漢書司馬相如字長卿有上林賦揚雄字子雲有羽獵賦預割鮮禽已同鹽浦司馬相如子虛賦鶩於鹽浦割鮮染輪頻蒙大臠更異梁王晉書梁孝王彤謂王銓曰我從兄為尚書令不能啖大臠銓曰大臠為誰曰盧播詰旦歸來猶為飽飫虞衡所獻復降令恩周禮冬官山虞林衡川衡澤虞掌山林川澤之政令賜細君以為歡漢書東方朔傳朔曰拔劍割肉一何壯也割之不多又何廉也歸遺細君抑何仁也非屠門而大嚼桓譚新論關東鄙語曰知肉味美則過屠門而嚼

謝東宮賚蛤蜊啓

船俗嚴戈漢南粵傳注粵人於水中負人船又有蛟龍之害故置戈於船下漁人資設

詩魚網之設于彼海童左思吳都賦海童於是宴語注海童海神也冒茲水豹望
樓闕之氣得波潮之下漢書海傍蜃氣象樓臺

謝賚蛤啓

鴻化闕雀入猶新月令季秋之月爵入大水為蛤纔變秋成巳聞冬
獻

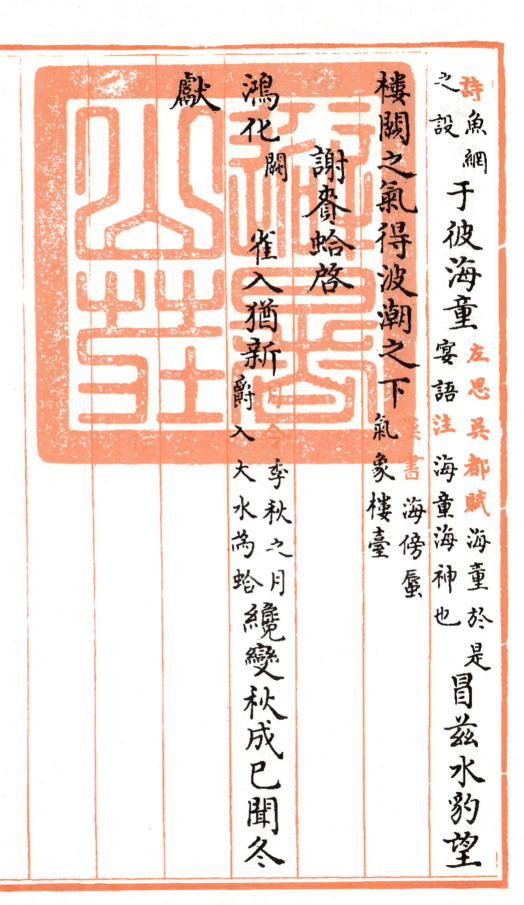

徐孝穆全集卷一

徐孝穆全集卷二

陳　徐陵　撰

吳江吳兆宜箋注

書

為貞陽侯與太尉王僧辯書

梁宗室傳蕭明字靖通長沙王懿之子也封貞陽侯王僧辯納之改承聖四年為天成元年及陳霸先殺僧辯復奉晉安王以明為太傅明年齊人徵明霸先遣使送明疽發背死後齊文宣遣兵納永嘉王莊主梁祀追謚明曰閔皇帝南史王僧辯字君才承聖三年二月詔以僧辯為太尉車騎大將軍

昔自天狼炳耀非無戰陣之風參虎揚芒便有干戈之務天官書參為白虎三星直者是為衡石下有三星兊曰罰為斬艾事其東有大星曰狼狼角變色多盜賊至於夏鍾夷羿左傳魏莊子曰昔有夏之衰也后羿自鉏遷於窮石因夏人而代夏政周厄犬戎周本紀申侯與繒西夷犬戎攻幽王殺之驪山下索隱曰在新豐縣南故驪戎國也漢委珠囊初學記鄭玄注日月遺其珠囊云珠謂五星遺其珠囊者日月失度也秦亡寶鏡尚書考靈耀秦失金鏡鄭玄注金鏡喻明道也彰於史籍可得而聞未有國家殲危遂若當今者也我大梁膺龍圖而受命帝王世紀神農本起烈山故曰烈山氏一曰厲山氏黄帝代之於時河出龍圖御鳳邸以承天見勸進表軒項比

於諸侯五帝本紀黄帝居軒轅之丘而娶於西陵之女是為嫘祖嫘祖為黄帝正妃生二子其後皆有天下其一曰玄囂是為青陽降居江水其二曰昌意降居若水注索隱曰降下也言帝子為諸侯湯武方於兒戲漢書文帝曰向者霸上棘門如兒戲耳三光有乂兄勸進表四海無波韓詩外傳成王時有越裳氏重三譯而朝曰天之不迅風雨海之不波溢也三年於茲矣意者中國有聖人乎盍往朝之靈貺咸臻後漢光武贊靈貺自甄表裏禔福顔延年詩序上膺萬壽下禔百福非日非月蒼生仰其照臨詩日居月諸照臨下土如雲如雨天下蒙其恩蔭易雲行雨施天下平也而屯亨有數易屯剛柔始交而難生剝極為災後漢董卓傳贊過剝成災梟獍豺狼晉崔懿之傳懿之謂靳準曰汝心如梟獍

光為國患後漢書張綱遣侍御史埋車輪於洛陽都亭曰豺狼當道安問狐貍遂奏大將軍梁冀兄弟罪惡京師震悚肆逞兇逆後主誕資上聖光啓中興大翦仇讐左傳今令尹不尋諸仇讐方平宗社謂元帝滅侯景雖復瀟湘舉斧梁元帝集敕王僧辯曰黑泰違盟忽便舉斧樹穀曰南史王琳為湘州自疑及禍使長史陸納率部曲赴州身詣江陵王下琳吏納據湘州以叛王僧辯蕭循等討平之庸蜀彎弓漢匈奴傳士能彎弓炯曰南史武陵王紀武帝第八子也大寶二年僭號於蜀率衆東下王僧辯陸法和等討平之凡厥兇徒誰不殲撲豈圖天未悔禍喪亂薦臻羌戎無厭乘此多難虔劉我南國蕩覆我西京謂于謹陷江陵奉聞驚號肝膽崩潰雖復金行

版蕩火政淪亡見勸進表綠林青犢之羣後漢書王莽末新市人王匡王鳳及馬武王常成丹等起兵藏於綠林山中又鄧禹說大司馬曰今山東未安赤眉青犢之屬動以萬數黑山白馬之卒魏志張燕慓悍捷速過人軍中號為飛燕衆至百萬號曰黑山英雄記公孫瓚每聞邊警輒厲色作氣常乘白馬又選數十白馬為騎射之士號曰白馬義從胡人甚畏之相告曰避白馬長史八王故事曾未混殽八王故事書名也紀載晉事按晉書司馬氏骨肉相殘政亂朝危如汝南王亮楚王瑋趙王倫齊王冏長沙王乂成都王穎河間王顒東海王越九州春秋誰云禍亂司馬彪作九州春秋紀漢末事昔隆周從播皆憑晉鄭之功左傳周之東遷晉鄭焉依彊漢阽危終假虛牟之力漢高五王傳朱虛侯章東牟侯興居欲從

中興大臣奏內應誅諸呂今者武皇之子無復一人藐是孤孫北史于謹傳初梁元帝於江寧嗣位其兄子岳陽王詧時為雍州刺史以梁元帝殺其兄詧遂結隙據襄陽來附乃命謹出討還同三叛周本紀周公當國管叔蔡叔羣弟疑周公與武庚作亂畔周等子頹而為暴左傳衛師燕師伐周立子頹鄭伯遂以王歸處於櫟鄭伯將王自圉門入虢叔自北門入殺王子頹遂納王同劉芳而入關漢紀劉芳安定三川人本姓盧王莽末天下咸思漢芳由是詐自稱武帝後變姓名為劉文伯後與三川屬國羌胡起兵北邊乞命諸戎勢何支久抵宗室之長爰自布衣南史宣武王懿東昏賜藥與弟融俱殞文宣武之難業與二弟俱逃匿免皇運之初彌承天德何則據鞍輟哭雖紹霸圖吳書孫策為許

貢客所害權悲號未見事張昭曰孝廉此寧哭時邪乃易權服扶上馬使出巡軍按策追謚長沙桓王獨

居掩涕終討家怨後漢書光武長兄縯字伯升為更始所害光武自縯死每獨居輒不御酒

肉枕席有涕泣處有狐二三昆季按南史懿長子業字靜曠業弟藻字靖藝藻弟猷猷弟朗字靖

徹朗弟明也方矢戴天禮記父之讐弗與共戴天被此恩慈如何酬答所

以徐彭之役不忝輕軀梁蕭淵明傳武帝既納侯景大舉北侵詔督諸軍趣彭城淵明

師次呂梁十八里作寒山堰以灌彭城水及於堞不沒者三版哀荷之誠久聞朝聽南史

魏人求和親以貞陽侯換侯景況復邦家不造見勸進表至此橫流孟子當堯之時

天下猶未平洪水橫流詳卷四宗社無依何所逃責班固諸侯王表有逃責之臺被竊鈇

之言然天下謂之共主強大弗之敢傾因以提戈負劍晉中興書桓溫父被害溫枕戈泣血經年乃提刀直進手刃仇人刺客傳王負劍卧泣行號說文泣無聲出涕也左傳而出之注號哭也言念荆巫張載詩西瞻岷山嶺嵯峨似荆巫志雪讐恥史記自序為弱燕報強齊之讐雪其先君之恥大齊觀書有洛輯瑞榮河尚書中候成王觀於洛河沈璧禮畢王退俟至於日昧榮光並出休氣塞河青雲浮洛青龍臨壇銜圖甲之圖吐之而出功格蒼旻德滿天地慈孝之道通於百靈抱朴子黄帝役使百靈仁信之風覃於萬國易萬國咸寧是以日月所照舟車所通見中庸候海水以來賓注見上瞻蒼雲以奉貢十洲記天漢三年月氏獻神香使者曰國有常占東

風入律百旬不休青雲干呂連月不散意中國有好道君故搜奇異而獻神香自昔軒農炎昊曾無宣國之規虞夏商周非有伐戎之略豈知華夷郁德遠近同心穀價無堯湯之憂漢鼂錯論貴粟堯禹有九年之水湯有七年之旱糧儲同水火之賤孟子聖人治天下使有菽粟如水火精兵利器勢勇雷霆漢英布傳布兵精甚　樹敏曰後漢虞詡傳不遇盤根錯節無以別利器詩如霆如雷天馬龍媒量比山谷漢禮樂志天馬徠龍之媒　樹聲曰貨殖傳烏氏求奇繒物間獻戎王戎王予畜畜至用谷量牛馬斯固開闢以來未之有也至於親鄰之道夙契逾深無改曩懷增感彌篤以為興亾繼絕見論語事炳

前經推擇庸虛命守宗祧方欲仰憑神武清我冦讐旨喻難違諸懷更悉明公誕膺時運光贊本朝勒瑞姜璜尚書中候王至磻溪之水吕尚釣于崖王下拜尚答曰得玉璜刻曰姬受命吕佐檢德來昌來提撰爾雒鈐報在齊及佐周克殷封于齊書名何昂梁虞荔鼎銘蕭何為丞相鑄一鼎自表其功其文曰紀功鼎故以通期管樂蜀志諸葛亮琅邪人躬耕南陽自比管仲樂毅好為梁父吟先主凡三顧乃見先主曰孤之有孔明猶魚之有水冥契風雲世說支道林喪法虔之後謂人曰冥契既逝兆宮曰魏吳質牋臣幸得值風雲之會戮不世之渠兇殲滔天之巨冦堯典共工象恭滔天重以三湘放命寰宇記湘潭湘鄉湘源是為三湘書鯀方命圮族七國連從

見勸進表征旅東西必剪妖逆雖復棧道木閣田單之奉舊齊戰國策貂勃謂齊王曰棧道木閣而迎王與后於城陽令國已定民已安矣王乃曰單單且嬰兒之計不為此綰璽將兵周勃之扶隆漢漢書薄太后謂文帝曰絳侯始誅諸呂綰皇帝璽將兵北軍中宗佐命俱畫丹青漢書宣帝以戎狄賓服思股肱之美乃圖畫其人於麒麟閣霍光至蘇武凡十一人光武功臣皆懸星象後漢書明帝思中興功臣乃圖二十八將於南宮雲臺范氏論前世以為上應二十八宿非貔非虎之封書尚桓桓如虎如貔如熊如羆于商郊同心同德之勞書予有臣三千同心同德校彼功庸曾何髣髴但與存與亡期於體國書仲虺之誥推亡固存邦乃其昌喪君有君寧庸

無主左傳呂甥曰征繕以輔孺子諸侯聞之喪君有君夙承所立猶則孱蒙天步方難詩天步艱難寧可宏濟自淹留大國志荷恩私朝夕宮闈預奉顏色黃河白日函亶誠言左傳晉公子曰所不與舅氏同心者有如白水投其璧於河又殖綽顧曰為私誓州綽曰有如日分災卹患事非虛吉左傳凡諸侯救患分災討罪禮也但善相小國終資大賢左傳君子謂合左師善守先代子產善相小國定我邦家緊公是賴淮流不竭亶獨琅邪晉書淮發源屈曲不類人工王導使郭璞筮之曰淮水絕王氏滅望能喻此衷懷恩之無忽近陸居士有啟陳其禍亂北史陸法和傳法和不稱臣其啟文朱印名上自稱居士

初仕梁元帝江陵陷入齊朝吉即命河東疑作清河按齊書清河王岳字洪略高祖從父弟也太昌初封清河郡公天保初進封清河郡王王岳等勒率熊羆便相抵赴道阻且長見詩雖無之及所聞西浮夏首楚辭哀郢過夏首而西浮便當險隘之衝南扞巴陵方拒窺窬之寇魏書公孫淵上書曰方今二敵窺窬上黨王皇齊寵弟是號宗英漢書序傳禮樂是修為漢宗英親御戎軒遠于將送詩遠于將之北史齊文宣帝紀天寶六年春清河王岳度江克夏首梁司徒郢州刺史陸法河請降詔以貞陽侯蕭明為梁主遣尚書右僕射上黨王渙送之江南　尚珩曰齊神武諸子傳上黨剛肅王渙字敬壽神武第七子也力能扛鼎材武絕倫讀書頗知梗概而不甚耽習隋書冀州上黨郡上黨縣注舊

置上黨郡褒侍中英起淮南貴族兼事戎行躍冀馬者千羣

後漢劉表傳冀馬雲屯披燕犀者萬隊來自河陽曾不旬日持節

徐武潼三州諸軍事散騎常侍明遠將軍東徐州刺史

始興郡開國侯湛海珍等梁書武帝紀太清三年東徐州刺史湛海珍舉州附於魏

隋書徐州彭城郡注舊置徐州下邳郡夏丘縣注後齊置并置夏丘郡尋立潼州下邳郡下邳縣注舊曰歸政置武州下邳郡梁改縣為下邳置郡不改改州曰東徐竝前朝舊將夙著勳庸推

轂海邊漢馮唐傳上古王者遣將也跪而推轂屬是喪亂詩天降喪亂雖復投

身有道志雪朝怨咸預戎行共指鄉國江淮舊隸悉已

招攜（左傳管仲曰招攜以禮）方稟英謨共剪讐難去月將梅便届壽春（隋書揚州淮南郡領壽春縣）已具舟師將臨江浦使人入境行陳所懷撥日覘光（未詳）遲在還牘當使宗祊有主余同小白之勳（左傳宋司馬子魚曰齊桓公存三亡國以屬諸侯）家國無虞公保阿衡之責（詩商頌實維阿衡實左右商王）何其美也豈不休哉言念此私但以號咽

為貞陽侯答王太尉書

姜常侍曷至復枉去月三十日告具公所懷良以慨息

孤雖庸薄不及通賢猶曰生民寧無心識自皇家禍亂亟積寒暄九州萬國之人蟠木流沙之地史記顓頊紀西至於流沙東至於蟠木動靜之物大小之神日月所照莫不砥屬莫不行號臥泣想望休平何況孤預在宗室家荷報雩之恩身蒙鞠養之愛者先皇之慈也南史武帝兄長沙宣武王懿為東昏所殺信至武帝便舉義兵史臣曰梁武帝時逢昏虐家遭寃禍既地居勢勝乘機而作烝嘗不絕於私廟詩顧予烝嘗子弟得嗣於南藩者後主之惠也南史蕭韶傳韶字德茂懿之孫也初封上甲其都鄉侯相東王改韶繼宣武王封長沙王遂至郢州刺史朱方之地漢地理志會稽郡丹徒縣注師古曰即春

秋云朱方也建業之都宋州郡志晉武帝太康二年丹陽移治建業誰家丘陵誰家宮廟豈有為人臣子荷此恩靈親執干戈自殉家國檀弓戰于郎公孫禺人與其鄰重汪踦往皆死焉魯人欲勿殤重汪踦仲尼曰能執干戈以衛社稷雖欲勿殤也不亦可乎公之忠孝信感人神公之盟誓事同懸象繫辭懸象著明莫大乎日月雖復宗盟不造左傳周之宗盟異姓為後骨肉為讎安可相期盡如蕭詧邪梁元帝紀雍州刺史岳陽王詧自稱梁王藩於魏二年九月魏使柱國萬紐于謹來攻十月魏軍至襄陽梁王詧率衆會之城陷帝被執如詧營甚見詰辱十二月辛未魏人戕帝古者天子六軍是為萬乘今日凶荒致闕斯禮偏裨將校

尚握精兵州郡官曹各有交吏未有居稱宸座明堂位天子負斧依南向而立行曰乘輿後漢輿服志殷瑞山車金根之色漢乘秦制御爲乘輿所謂孔子乘殷之輅者也遂無五尺之童孟子雖使五尺之童適市高謝千夫之長書千夫長於公明允舜典惟明克允意復云何國家凋荒旣乏屯衛皇齊與睦幸惠優矜何乃自起趦趄易其行次且苟違隣德克戢禍亂欲立功名咸自軍師豈在匈隸湛海珍等前朝舊將差匪齊人分給羸兵即是梁甲非云背信左傳慶鄭曰棄信背隣患孰恤之豈曰渝盟左傳公及鄭伯盟曰渝盟無享國朝野羣雄何所攜

戴且公天資命世再造皇家梁代之桓文蕭宗之伊管誰其遠近不稟英謨如有姦回正速齊斧見移文尚何憂于共工疑作驩兜何畏于有苗哉見皐陶謨所覽來書既為疑難上黨王恭承朝旨不敢相同方篤隣和不容全異如須減損更遲行人張廷尉種等所具見讓表此無多及

為貞陽侯重與王太尉書

席威卿等還枉此月十四日告披覽未周良深慨息昔長平建策猶聞蝕昴之徵漢鄒陽傳注蘇林曰白起為秦伐趙破長平軍欲遂滅趙

遣衛先生說昭王益兵糧為應侯所害事用不成其精誠上達於天故太白為之蝕昴踈勤效忠時致飛泉之感後漢耿恭傳恭以疏勒城傍有澗水可固五月乃引兵據之於城中穿井十五丈不得泉乃整衣冠再拜為吏士禱有頃水泉奔出豈在余涼德左傳史嚚曰虢多涼德書不盡言見繫辭遂使吾賢猶迷所執斯故銜哀掩淚仍復披陳者也狐以庸薄寧有霸圖侯服于周見詩常懼盈滿易人道惡盈而好謙書滿招損謙受益豈望身居黃屋班固典引手嬰度次得嗣冠玉冠佩華紱車黃屋蔡邕曰黃屋者天子車翠羽蓋以黃繒為裏是為黃屋手御青綸後漢輿服志百石青紺綸一采宛轉繆織長丈二尺揖讓而對三靈見勸進表端委而朝百辟左傳

子貢曰泰伯端委以治詢知圍牧莫不皆知左傳芋尹無宇辭曰王臣公公臣大夫大夫臣士士臣皁皁臣輿輿臣隸隸臣僚僚臣僕僕臣臺馬有圉牛有牧以侍百事爰誓神明固自無爽左傳公孫舍之曰昭大神要言焉若可改也大國亦可叛也但大齊仁信之道闗於至誠睦隣之懷由於孝德遂蒙殊獎歸嗣本朝拜首陳辭敦誘彌廣既而仇讐未殄見前書方憑大國之威宗祏阽危左傳原繁對曰命我先人典司宗祏尤仰親仁之德左傳五父諫曰親仁善隣國之寶也僶俛恩寄號靦惟深而敕諭分明信誓殊重信誓旦旦乃云邦家有乂社稷無虞凡廣陵歷陽隋書揚州江都

郡江陽縣注舊曰廣陵後齊置廣陵江陽二郡歷陽郡歷陽縣舊置歷陽郡皆許見還白水
黄河屢奉然諾漢書廷尉以貫高辭聞泄公曰此固趙國立名義不侵為然諾者也詳與王僧
辯書至於夏藩衝要控遏上流且命強兵為我臨據若其
自有精甲能扞醜徒竝用還梁皆如前旨以孤頻經忝
竊屢守淮淝門生故吏徧於江右後漢袁紹傳袁氏樹恩四世門生故吏徧
於天下凡諸部曲竝使招攜漢書音義大將行有五部部有曲也投赴戎行
陸機辯亡論拔吕蒙於戎行前後雲集霜戈雪戟左思吴都賦霜刃染無非武
庫之兵洛陽記建始殿東有太倉倉東有武庫藏兵之所龍甲犀渠古詩解佩襲犀渠

皆是雲臺之仗晉書武帝太元八年翟斌克雲臺戍收萬餘人甲仗文物以紀之聲名以發之見左傳斯實不世之隆恩寧曰循常之恒禮則公固天所授宏濟本朝曲阜同功營丘等烈史記成王封師尚父於齊營丘封周公旦於魯曲阜若夫伊尹庖廚賤宰殷本紀伊尹負鼎俎以滋味説湯致於王道霍光階闥小臣漢霍光傳贊霍光起結髮内侍起於階闥之間諸葛亮無應變之才蜀諸葛亮傳陳壽評曰應變將畧非其所長管夷吾非王者之佐論語管仲之器小哉論其世業較彼勤勞書彛以來罕有明德且程嬰之義自古為難史記晉程嬰抱趙氏孤匿山中十五年韓厥言於晉景復立趙

氏後是為趙武武既冠嬰曰下宮之難我非不能死欲存趙後也今宜下報宣孟杵臼遂自殺荀息之忠良以喜慰左傳晉獻公使荀息傅奚齊公疾召之稽首而對曰臣竭其股肱之力加之以忠貞其濟君之靈也不濟則以死繼之但先朝秉玉鏡之符尚書帝命期桀失玉鏡用其噬獸注玉鏡喻清明之道御金輪之寶法華經優曇華鉢名瑞應三千年一現現則金輪王出菩薩之化行於十方樓炭經有十品菩薩仁壽之功霑於萬國漢王吉傳敺一世之民躋之仁壽之域兇人侯景遂殄邦家何況於今亦有吳會江東如掌羌匪虛言後漢岑彭傳辛臣諫田戎曰洛陽地如掌耳不如按甲以觀其變淮陽在面方比非局漢賈誼傳淮陽之比大諸侯歷如黑子之著面不稼

不穡見詩多歷歲時大東小東全無杼軸詩小東大東杼軸其空闕中醜類寧非冒頓之鋒漢書匈奴單于有太子名冒頓作鳴鏑習勒其射騎而令之曰鳴鏑所射而不悉射者斬齊國强兵便是軒轅之陣史記五帝本紀軒轅氏教熊羆貔貅貙虎以與炎帝戰於阪泉之野三戰然後得志西南當扼喉之勢東北承撫背之機漢書婁敬傳敬說曰夫秦地披山帶河所謂扼天下之亢而撫其背也首尾交侵華夷俱騁而中人數歲復子方賒書洛誥周公拜手稽首曰朕復子明辟德未感於黎烝感不加於將帥斯等鞅鞅非少主臣漢書景帝目送周亞夫曰此鞅鞅非少主臣也安有碌碌因人成事見表後敘公之才

具晉書高崧時謝萬方眠在室崧為叙刑政之要萬起呼崧小字曰阿酃有才具雖復明允勢何如於天監時何若於大同俱梁武帝年號乘與國之隆恩孟子我能為君約與國當滔天之猛寇見前書匡救之德翻有未從忠許之謀誰其相曉卧薪待火方此弗危賈誼傳譬猶厝火置之積薪而寢其上繫草從風儔之非切書君陳爾惟風下民惟草若能思其上策審此英圖見引軨獵之車漢霍光傳太僕以軨獵車迎曾孫就齊宗正府入未央宮見皇太后封為陽武侯已而光奉上皇帝璽綬謁於高廟是為孝宣皇帝還向長安之邸見勸進表一則二則惟在大賢吳張昭傳策笑曰昔管仲相齊一則仲父二則仲父而桓公為

霸者宗外相内相未詳終當相屈正當攜諸僧隷率我賓游
朝服簪纓直拜園寢梁人望國俱登赤馬之舟漢劉熙釋名輕
疾者曰赤馬舟其體正直赤如馬也齊帥臨江仍轉蒼龍之旆考工記龍旂九斿以
象大火鳥旟七斿以象鶉火大火蒼龍宿之心鶉火朱鳥宿之柳分袂南浦江淹別賦送君南浦
傷如之何揚鞭北風民不疲勞軍無怨讟見左傳如其執事尚
秉前言將恐戎旌便濟江表何則西浮夏首水經夏水在江夏西
冬竭夏流故名夏水詳與王僧辯書已據咽喉東進彭波禹貢東匯澤為彭蠡次指
心腹廣陵京口烽煙相望魯析聞邾方之尚遠左傳魯伐邾及

范門猶聞鐘聲大夫諫不聽茅成子請告於吳不許曰魯擊柝聞於邾吳二千里不三月不至何及於我胡桑對薊匹此為遥曹植豔歌出自薊北門遥望胡地桑枝枝自相值葉葉自相當水陸爭前龍虎交至則揚都蕩定晉文苑傳庾闡作揚都賦功自齊師江左臣民非闗梁國豈不追慙後主崇寄之恩還負齊朝親隣之意東門黄犬固以長悲史記李斯顧謂中子曰我欲與若復牽黄犬出上蔡東門逐狡兔豈可得乎南陽白衣何可復得諸葛亮出師表臣本布衣躬耕南陽苟全性命於亂世不求聞達於諸侯立茲幼弱非曰大勳滅我宗祊何所逃釁今復遺前吉州刺史馬嵩仁至彼更具往懷想不

遠而復無貽祇悔也見易若英謨有在方興祀夏之功左傳伍員諫吳子曰少康復禹之績祀夏配天不失舊物明監如違便等過殷之數尚書大傳微子朝周過殷故墟見麥秀之蔪蔪兮禾黍之蠅蠅也曰此故父母之國乃為麥秀之歌存亾社稷一在於公臨紙崩號不復多及

為貞陽侯答王太尉書

姜嵩至枉示具公忠義之懷家國喪亂於今積年三后家慶左傳臧文仲對曰天子蒙塵於外敢不奔問官守四海騰沸詩百川沸騰天命元輔匡救本朝宏濟艱難建我宗祏至於丘園版築易賁

于丘園孟子傳說舉於版築之間尚想來儀公室皇枝豈不虛遲聞狐還國理會高懷但近再命行人或不宣具公既詢謀卿士訪逮藩維沿沂往來理淹旬月使乎届止殊副所期便是再立我蕭宗重興我梁國億兆黎庶咸蒙此恩社稷宗祧曾不相媿近軍次東關頻遣信襲之橫處示其可否答對驕凶殊駭聞矚上黨王陳兵見衛欲敘安危無識之徒忽然逆戰前旌未舉即自披猖驚悼之情彌以傷惻上黨王湥自矜嗟不傳首級更蒙封樹飾棺厚

殯務從優禮見爽使君墓志齊朝大德信感神明方仰藉皇威敬憑元宰討逆賊於咸陽謂北周誅叛子於雲夢謂後梁同心協力克定邦家覽所示權景宣書北史周權景宣傳孝閔帝踐阼除基郴硤平四州五防諸軍事江陵防主上流諸將本有忠略棄親向讐庶當不爾防奸定亂終在於公今且頓東關更待來信未知水陸何處見迎夫建國立君布在方策入盟出質左傳宣公十二年楚子圍鄭潘尪入盟子良出質有自來矣若公之忠節上感蒼旻羣帥同謀必匪攜貳則齊師返旆義不陵江如致其言

誓以無克韜旗側席漢陳湯傳谷永疏曰臣聞楚有子玉得臣文公爲之仄席而坐遲復行人曹沖奉表齊都即押送也渭橋之下惟遲叙言漢文帝紀使宋昌先之長安觀變昌至渭橋丞相以下皆迎昌還報代王乃進至渭橋羣臣拜謁稱臣汜水之陽預有號懼漢高帝紀二月甲午上尊號漢王即皇帝位於汜水之陽

為貞陽侯重荅王太尉書

王尚書通至南史王通字公達仕梁為黃門侍郎敬帝承制以為尚書右僕射復枉示知欲遣賢弟子世珍以表誠質南史王僧辯傳遣第七子顯顯所生劉并弟子珍往充質具悉憂國之懷復以庭中玉樹晉書謝玄與從兄朗為叔父安所器

元曰如芝蘭玉樹欲使生於階庭爾掌內明珠江海傷愛子賦痛掌珠之愛子無累胷懷
志在匡救豈非劬勞我社稷宏濟我邦家慙歎之懷用
忘興寢晉安王南史晉安王諱方智字慧相小字法真元帝第九子也承聖元年封晉安郡王
隋書揚州建安郡閩縣舊曰東侯官置晉安郡注東京貽厥之重詩詒厥孫謀西都
繼體之賢史記外戚世家序自古繼體守成之君嗣守皇家寧非民望左傳
崔杼曰民之望也舍之得民但世道喪亂宜立長君以其蒙孽難可
成業漢賈誼疏雖有愚幼不肖之嗣猶得蒙業而安至明也成昭之德自古希儔
周本紀成王少周公當國成王長周公反政成王漢昭帝紀上官桀安父子與大將軍光爭權欲害之詐使人

為燕王旦書言光罪上年十四覺其詐沖質之危何代無此後漢書孝沖皇帝諱炳順帝之子也即皇帝位年二歲崩年三歲孝質皇帝諱纘肅宗玄孫沖帝崩即皇帝位年八歲大將軍梁冀鴆弑崩年九歲孤身當否運志不圖生忽荷不世之恩仍致非常之舉自惟虛薄後漢明帝紀制曰朕以虛薄何以享斯兢懼已深若建永華初學記太子之門曰永華本歸皇冑心口相誓惟擬晉安南史王僧辯傳遣吏部尚書送啓因求以敬帝為皇上子明報書許之如或虛言神明所殛左傳襄公十一年載書曰明神殛之俾失其民隊命亡氏踣其國家覽今所示深遂本懷戢慰之情無寄言象但公憂勞之重既禀齊恩忠義之懷復

及梁貳華夷兆庶豈不懷風宗廟明靈豈不相感正爾回旆仍向歷陽所期質累便望來彼衆軍不渡已著盟書斯則大齊聖主之恩規上黨英王之然諾漢張敖傳上賢貫高能自立然諾得原失信終不為也左傳僖公二十五年冬晉侯圍原命三日之糧原不降命去之諜出曰原將降矣軍吏曰請待之公曰信國之寶也民之所庇也得原失信何以庇之所亡滋多退一舍而原降惟遲相見使在不賒鄉國非遙觸目號咽

又為貞陽侯答王太尉書

周尚書宏正張廷尉種姜常侍嵩等至南史王僧辯傳遣左戶尚書周

宏正至歷陽迎明詳議表枉此月二十六日告并遣賢弟子世珍賢子顯等見前書具忠款之至公養狐之恩愛甚鄧攸晉書石勒過泗水鄧攸曰吾弟早亡理不可絕止應自棄我兒繫之於樹而去時人語曰天道無知使鄧伯道無兒攸死弟子綏服喪三年少子之懷情深張禹漢書張禹數視其小子上即禹牀下拜為黃門郎給事中豈非憂勞社稷用忽肌膚班彪王命論高祖高四皓之節割肌膚之愛天下含靈誰無悲媿余遭家不造敬累吾賢言念忠誠益以號咽但皇齊大德過見優矜微借輕兵以垂將送意謂江東凋弊累積寒暄供膳資儲理當多闕輒白上

黨王止請三十人二百匹而已南史王僧辯傳貞陽求度衛士三千凱

象人殊尚有疑難將恐諸士未諭雅懷今復命周尚書

及姜常侍還彼具陳一二夫以受為寇非有晉邦左傳趙宣

子曰我若受秦秦則賓也不受寇也不送為讎終無楚國左傳晉公子及楚楚子饗之乃

送諸秦五千步卒既謝李陵漢書陵對願以步兵五千涉單于庭三千羸兵

亦等無忌平原君傳李同遂與三千人赴秦軍秦軍為之却三十里公之明義理不

為嫌行人失辭左傳聶子以為諂使趙括從而更之曰行人失辭尚停然諾見前

書臨江總戀企望音郵惟遲來書此不多具

為貞陽侯與陳司空書陳武帝紀諱霸先字興國小字法生吳興長城下若里人承聖三年三月進帝位司空

軒轅既作遇蚩尤之兵見勸進表顓頊為君阻共工之亂列子共工氏與顓頊爭為帝怒而觸不周之山折天柱絕地維雖復搖山蕩谷驅電乘雷殘厥兇渠曾靡遺孽未有時當至治世在欽明元惡滔天遂陷邦家者也我大梁開金繩之寶牒初學記封禪注儀曰特凡三十人上發壇上石碱蓋尚書令北向跪藏玉牒畢持禮覆石碱尚書令封上十石檢亦纏以金繩泥以金泥四方各依其色組玉鏡之珍符見與王太尉書功烈與造化相侔德施

與風雲俱遠戴日之族何向不賓太平之基無遠弗届（爾雅岠齊州以南戴日為丹穴東至日所出為太平西至日所入為太蒙注岠去也齊中也太蒙即蒙汜）逆賊侯景藏亂本朝釁重聰重聰彌（見移齊文及與王僧辯書）凶逾羿浞（帝王世紀寒浞殺羿於桃梧而烹之以食其子）後主天經地緯（左傳晉成鱄曰經緯天地曰文）義冠人靈驅馭熊羆（書如熊如羆）遂翦勍盜少康祀夏何可對揚（見與王太尉書）太戊興殷彌無等級（殷本紀亳有祥桑谷共生於朝一暮大拱太戊修德三日祥桑枯死商道復興號稱中宗）不圖天未悔禍喪亂薦臻羌賊憑陵侵蕩荆漢乘輿幽辱既陷兇徒（梁元帝紀帝被執詧使尚書傳

準監行刑進而殞之詳前書土囊黎獻崩騰莫不淪沒書益稷萬邦黎獻共惟帝臣兆寬曰梁元帝紀于謹盡俘僕射王褒以下故以哀窮兆庶痛極蒼旻者也夫諸侯釋位寧非禍亂之朝左傳諸侯釋位以間王室服虔曰言諸侯釋其私政以佐王室宗子維城本濟殷夏之日詩宗子維城大邦維寧武皇遺胄皆陷敵庭乞命偷生何能支久梁元帝紀于謹盡俘汝南王大封以下孤宗室之長爰自布衣見與王僧辯書辛癸之朝容身靡託史記夏帝履癸為桀殷帝辛謂紂指東昏追惟先業大庇生民既雪伯升之怨仍紹桓王之霸見與王僧辯書孤二三昆季情禮獲申等預藩枝

偏承皇德近歲彭都之役得備戎昭 左傳戎昭果毅以聽之謂禮詳與王僧辯書 鞍甲之勞厥訓天寵 易在師中吉承天寵也 況復邦家不造至此橫流凶狡猶存何所逃責固以提戈負劍卧泣行號言念荆巫志雪讐恥 見與王僧辯書 大齊德並天地明符日月隆禮詔俗張樂被民義感華夷仁侔造化玉羊銀甕嘉瑞必彰 瑞應圖師曠鼓琴玉羊白鵠翱翔投墜孝經援神契神靈滋液有銀甕不汲自滿 澤馬山車積符總集 拾遺記軒轅氾河沉璧有澤馬羣鳴山車滿野 若夫中原猛士本自無窮 見樂府 沙寒精兵斯何有量 見與王僧辯書 是以家

國之富文景所未儔漢景帝紀贊周云成康漢言文景美矣兵馬之强秦漢所未敵但親隣之道既篤夙私明發之懷詩明發不寐有懷二人彌敦先好以為興亾繼絕見論語聖典通規爰命無庸嗣守社稷既方憑大國庶討仇讐思逾難違諸懷慙哽公體茲懋德毗奉中興歸自番禺隋書揚州南海郡南海縣注舊分置番禺縣志在討亂至於雲行電邁班固西都賦雷奔電激谷靜山空後漢段熲傳張奐又言羌一氣所生不可誅盡山谷廣大不可空靜扼鶻尾而定王畿登牛頭而埽天闕蘄臺偽帥將傳首於帝京鄜塢元兇皆橫尸於

軍市見勸進表高庸茂烈振古希儔承此欣然深所嘉歎今者殷憂未已陸機歎逝賦在殷憂而弗違禍難相尋宗社無依輿主宜立論語與其媚於奧夙承所眷尚在冲年書金縢惟予冲人弗及知王室猶難何以康濟書蔡仲之命康濟小民董侯幼弱終覆漢朝魏紀春秋佐助期曰漢以蒙孫亡說者以蒙孫漢二十四帝童蒙愚昏以弱亡或以雜文為蒙其孫當失天下以為漢帝非正嗣少時為董侯名不正蒙亂之荒惑其子孫以弱亡獻帝諱協協母王美人為何后所鴆殺董太后自養協號曰董侯馬業童蒙仍傾晉室晉書太子德宗幼而不慧口不能言至於寒暑饑飽亦不能辯武帝過弒即位是為安帝所謂前事之不忘後事之龜兆也孤

過荷恩靈預奉帷幄見讓表黃河白日亟降誠言分災卹
患事非虛旨見與王僧辯書但當小國之禮無失敬恭左傳子駟曰敬
共幣帛以待來者小國之道也閫境人民俱勞寤寐方窮人爵之重孟子
公卿大夫此人爵也以報非常之功漢武帝紀詔曰蓋有非常之功必待非常之人惠覽
今書希能留意也上黨王文高劉德漢書德字路叔武帝謂之千里駒
武冠書彰見為始與王表爰降宗英遠於將送見與王僧辯書爽侍中
英起贊奉師德俱事戎間月壘連營吳孫綝傳朱異遣將軍任度等築偃
月壘　樹屏曰宋臧質傳云質舉兵反孝武遣柳元景等屯梁山洲兩岸築偃月壘水陸待之雲旗蔽野

司馬相如上林賦靡雲旗同集江淮翼我歸旆湛海珍等南史貞陽侯明傳魏平江陵齊文宣使送明至梁并前所獲梁將湛海珍等皆聽從明歸令上黨王渙率衆送之詳與王僧辯書竝前朝舊將夙著勳庸江左氛妖投身齊國今者皆蒙恩奬竝在戎行歸附明公共翦讐難去月將晦便留壽春已具舟艫將臨漅浦後漢獻帝紀注壽春縣屬九江郡隋書荆州九江郡湓城縣注有巢湖若公為內主方同國爭之勳左傳叔向曰齊桓有國高以為內主余以定家得免臧孫之歎左傳臧昭伯見平子平子曰苟使意如得改事君所謂生死而肉骨也昭子從公於齊與公言平子有異志冬十月辛酉昭子齊於其寢使祝宗祈死戊辰卒豈不功

名富貴共保無疆前望鄉關惟增號哭

為貞陽侯重與裵之橫書南史魏克江陵齊遣上黨王高渙挾貞陽侯明攻東關晉安王承制以之橫為徐州刺史都督衆軍出守蘄城本傳之橫遜之兄子也

張佛奴昨還得去月二十六日書覽以增慨昔桓公始反管仲親射其車齊世家魯使管仲別將軍遮莒道射中小白帶鉤重耳初還呂郤終焚其室左傳秦伯納公子重耳於晉呂郤畏偪將焚公宮而弑晉侯頃家國多患頻遘閔凶前事不忘便為龜兆所以皇齊大德禮秩兼常威武紛紜洪恩汪濊司馬相如文威武紛云湛恩汪濊況復旌

旗照日鼓吹從風文物俱華羽衛相欝書契以來斯未有也卿天監之始門宦有成南史邃河東聞喜人祖壽孫寓居壽陽會刺史張叔業以壽陽降魏邃遂隨北從梁天監初自拔南還以功封夷陵縣子歷官豫州刺史督鎮合肥大敗魏軍卒贈侍中左衛將軍進爵為侯子之禮嗣為西豫州刺史之禮卒於少府卿之高邃兄中散大夫髦之子也除梁郡太守封都成縣男之高第五弟之平以軍功封費縣侯之横之高第十二弟也承聖之初身名俱泰見墓志正應勤王效命酬二后之恩憂國如家報三靈之寵見觀進表何有方規異志苟樹童蒙見與陳司空書阻地險於長川易地險山川丘陵也忘天討之應及書天討有罪五刑五用哉孤昔

忝藩維非無游士平原之館乃之如錐史記趙平原君謂毛遂曰賢士之處世也譬如錐處囊中其末立見田文之家差有彈鋏史記馮驩在孟嘗君門下為客每給疏飯驩乃倚柱彈鋏而歌雖李廣麾下莫不封侯漢李廣傳廣與望氣王朔語曰自漢擊匈奴廣未嘗不在其中而諸妾校尉以下材能不及中人以軍功者數十人廣不為後人然終無尺寸功以得封邑者何也衛青故人多懷彼此漢霍去病傳青日衰而去病日益貴青故人門下多去事去病輒得官爵惟獨任安不肯去豈可文辭簡畧禮等平交披封伸紙益多歎異相鼠無儀表詩人之作詩相鼠有皮人而無儀人而無儀不死何為茅鴟刺傲彰魯史之文左傳叔孫穆子食慶封慶封氾祭穆子不

悅使工爲之誦茅鴟亦不知宿昔相期不應如此衆軍即便頓江關相見在近不復多及

爲貞陽侯與北齊北齊二字疑羨文荀昂兄弟書南史荀朗字深明潁川潁陰人也侯景之亂據巢湖無所屬臺城陷沒後梁簡文帝密詔授朗豫州刺史令與外蕃討景魏克荆州陳武帝入輔齊遣蕭軌東方老等來寇據石頭朗自宣城來赴與侯安都等大破之武帝受禪賜爵興寧縣侯以朗兄昂爲左衛將軍弟晷爲太子右衛率

張佛奴至未枉還告但以勞悒夫與亾繼絕往帝之通規分災恤患聖王之恒典見與王僧辯書自敦龎既散國語虢文公曰

敦龐純固於是乎成詐偽萌生時託親隣信有澆慝大齊道冠三
皇風高九代仁信之本關於至誠言與之恩由於孝德
狐謬蒙殊奬還嗣本朝敕諭分明言誓殊重若使邦家
克定境内無虞凡廣陵歷陽皆許見還白水黄河見與王僧
辯書屢奉然諾見荅王太尉書彛章禮數莫不優華斯乃不世之
殊恩寧是悠長之恒事王太尉勲踰吕望德冠伊衡凡
厥英謀算靡遺策豈容當滔天之巨寇違大國之隆恩
討彼賢明必當不爾卿維兄及弟莫非雄才江左風塵

不染兇慝賈氏三虎豈獨貴於前脩後漢賈彪傳彪字偉節時號賈氏三虎偉節最怒荀家八龍信服在於今日後漢荀淑傳淑有子八人儉緄靖燾汪爽肅瞻並有名稱時人謂之八龍近者州司不道或致流言朝聽矜明已如前及想謀元宰善保良圖南道主人以相付也後漢書耿弇聞光武在盧奴乃馳北上謁光武留署門下吏弇因求歸上谷發兵以定邯鄲光武指弇曰是我北道主人也見所答東海徐湛書粗具來意昔桓憑莒衆文用秦攻是假隣國之威以備非常之變左傳莊公九年桓公自莒先入僖公二十四年秦伯送衛於晉實紀綱之僕若使江東宰匠具領齊恩時命封疆

遠相迎接故當攜諸舊隸率我賓游朝服簪纓直拜園寢梁人望國自合水而浮舟齊帥言歸指滄江而回旆如其彼相（論語則將焉用彼相矣）未悟良機將恐戎麾遂踐京邑若其求成取敗豈謂和風龍馬雲旗（見為貞陽侯書）差不相涉一二復令張佛奴口具相見在近此不多及

在北齊與楊僕射書（北史楊愔字遵彥弘農華陰人楊津子也小名秦王兒童時口若不能言而風度深敏天保初詔監太史遷尚書右僕射）

陵叩頭叩頭夫一言所感凝暉照於魯陽（淮南子魯陽公與韓酣戰）

日暮援戈揮之日反三舍一志冥通飛泉涌於疏勒見與王太尉書況復元首康哉股肱良哉見書賡國相聞風教相期者也天道窮剝鍾亂本朝情計馳惶公私哽懼而骸骨之請漢疏廣傳即日乞骸骨徒淹歲寒顛沛之祈論語顛沛必於是空盈卷軸是所不圖也非所仰望也執事不聞之乎昔分鼇命鳫之世三皇本紀女媧氏鍊五色石以補天斷鼇足以立四極聚蘆灰以止滔水左傳九扈為九農政注扈有九種也春扈如鶞夏扈竊元秋扈竊藍冬扈竊黃棘扈竊丹行扈唶唶宵扈嘖嘖桑扈竊脂老扈鷃鷃以九扈為九農政之號樹敍曰爾雅扈字作鳫觀河拜洛之年帝王世紀後年二月堯率羣臣刻璧為書東沈

洛水竹書紀年舜設壇於河依堯故事至於下昃榮光休至黃龍負圖出於壇畔則有日烏流災風禽騁暴淮南子堯時十日竝出又有大風為民害堯使羿繳風射日萬民大悅天傾西北地缺東南列子地不滿東南百川歸焉盛旱圻三川說苑湯之時大旱維圻以堨長波含五岳書湯湯洪水方割蕩蕩懷山襄陵我大梁應金圖而有亢帝王世紀少昊即圖識所謂白帝朱宣者也故稱少昊號金天氏纂玉鏡而猶屯見與王太尉書何則聖人不能為時斯固窮通之恒理也至如荊州刺史湘東王幾神之本無寄名言陶鑄之餘猶為堯舜見莊子雖復六代之舞陳於總章周禮天子祭祀用六代之樂周書明

堂西方曰總章九州之歌登於司樂未詳按周禮大司樂大合樂以致鬼神示以和邦國以諧萬民以安賓客以說遠人以作動物虞夔拊石舜典夔曰於予擊石拊石百獸率舞晉曠調鐘淮南子師曠之欲調鐘以為後有知音也未足頌此英聲封禪文蜚英聲無以宣其盛德者也詩序頌者美盛德之形容若使郊禋楚翼寧非祀夏之君郊特牲注郊者祭天之名國語精意以享曰禋天官書注星經云翼軫楚之分野也詳與王太尉書戡定艱難便是匡周之霸豈徒繼王從雍替月為都吳越春秋古公去邠處岐周居三月成城郭一年成邑二年成都而民五倍其初姚帝遷河周年成邑史記五帝本紀虞舜一年而所居成聚二年成邑三年成都方今越裳藐藐馴

雉北飛韓詩外傳周公居攝二年制禮作樂天下和平越裳氏以三象重譯而獻白雉肅慎茫
茫風牛南偃家語武王滅紂肅慎來獻石砮楛矢左傳齊侯伐楚楚子使與師言曰君處北海寡
人處南海唯是風馬牛不相及也吾君之子見孟子含識知歸而荅云
何所投身斯其未喻一也又晉熙等郡隋書地理志揚州同安郡懷寧
縣注舊置晉熙郡皆入貴朝去我潯陽經途何幾任昉哭范僕射詩與子别
幾辰經途不盈旬至於鐺鐺曉漏司馬彪續漢書云孔壺為漏浮箭為刻下漏數刻以考中
星昏明生焉的的宵烽漢書音義多積薪寇至即燔之望其煙曰燧晝則燔燧夜則舉烽隔
溆浦而相聞楚辭出溆浦而邅廻臨高臺而可望渚宫故事宋臨川王義慶鎮江

陵於羅公洲立觀甚大而唯一柱

泉流寶盎遙憶溢城

藝林伐山寶盎泉在江州吳秩臣曰潯陽記盆水出清盆山因以為名滯山雙流而右灌潯陽東北流入江

峰號香爐依然廬岳

釋慧遠廬山記東南有香爐山其上氤氳若香煙

日者鄱陽嗣王

南史梁鄱陽王世子範傳太清元年大舉北侵初謀元帥貞陽侯明請行而以範為征北大將軍總督漢北征討諸軍事侯景敗於渦陽退保壽春乃改範為合州刺史鎮合肥

治兵匯派屯戍淪波

爾雅大波為瀾小波為淪

朝夕牋書春秋方物

周書旅獒無有遠邇畢獻方物

吾無從以躡屩

戰國策蘇秦去秦而歸羸縢履蹻　樹本曰史記虞卿傳躡屩擔簦說趙孝成王賜黃金百鎰白璧一雙再見為趙上卿故號虞卿

彼何路而齊鑣

魏應璩集遺句云駑驥不齊鑣

豈其然

乎斯不然矣又近者邵陵王通和此國周楊忠傳梁元帝逼其兄邵陵王綸北度與其前西陵郡守羊思達要隨陸土豪段珍寶夏侯珍洽合謀送質於齊欲求寇掠汝南城主李素綸故吏也開門納焉郢中上客楚世家文王始都郢雲聚魏都鄴下名鄉見勸進表風馳江浦豈盧龍之徑於彼新開魏志曹公北征烏桓軍次無終濱海湊下虜亦遮守溪要軍不得進問田疇疇曰此道秋夏有水淺不通車馬深不載舟船可回軍從盧龍口越白檀之險出空虛之地路近而便軍還論功行封疇以為豈可賣盧龍之塞以易爵賞遂不受銅駝之街於我長閑見樂府何彼途甚易非勞於五丁史記天為蜀王生五丁力士能從山秦王獻美女與蜀王遣五丁迎女見一大蛇入山穴中五丁共引蛇山崩厭殺五丁秦女皆化

山化為石我路為難如登於九折漢書王陽為益州刺史行部至邛郲九折阪歎曰奉先人遺體柰何數乘此險及王尊為刺史至其阪問吏曰此非王陽所畏道邪吏對曰是尊叱其馭曰速驅之王陽為孝子王尊為忠臣地不私載何其爽歟而荅旨云還路無從斯所未喻二也晉熙廬江義陽安陸隋書地理志揚州廬江郡廬江縣注舊置廬江郡荊州灃陽郡安鄉縣注舊置義陽郡安陸郡安陸縣注舊置安陸郡皆云款附非復危邦計彼中途便當靜晏自斯以北桴鼓不鳴漢酷史傳長安剽劫行者死傷橫道桴鼓不絕自此以南封疆未壹如其境外脫殞輕軀幸非邊吏之羞何在匹夫之命又此段賓遊通無

貨殖論語賜不受命而貨殖焉忝非韓起聘鄭私買玉環左傳宣子有環其一在鄭商宣子謁諸鄭伯子產弗與曰非官府之守器也寡君不知韓子買諸商人既成賈矣商人曰必告君大夫韓子請諸子產對曰僑若獻玉不知所成敢私布之韓子辭玉吳札過徐躬要寶劒史記延陵季子將聘晉帶劒以過徐君徐君欲之季子為有上國之事未獻也然心許之矣反則徐君已死於是以劒挂其墓樹而去由來宴錫凡厥囊裝行役淹留皆已虛罄散有限之微財供無期之久客斯可知矣且據圖刎首愚者不為後漢馬融傳融常飢困謂友人曰古人有言左手據天下之圖右手刎其喉愚夫不為所以然者生貴於天下也運斧全身庸流所鑒莊子郢人堊漫其鼻端若蠅翼使匠石斲

之匠石運斤成風聽而斲之盡堊而鼻不傷郢人立不失容何則生輕一髮自重千鈞不以賈盜明矣骨肉不任充鼎俎漢項籍傳令人方為刀俎吾為魚肉皮毛不足入貨財盜有道焉莊子盜亦有道吾無憂矣又公家遺使脱有資須本朝非隆平之時遊客豈皇華之勢詩序皇皇者華君遣使臣也輕裝獨宿非勞聚欜之儀周禮挈壺氏凡軍事縣壺以序聚欜注軍中遇夜則擊欜以備守有更漏則擊欜者可更迭矣徼騎閒行寧望輶軒之禮漢陳平傳平身間行杖劍亡降漢文選注輶車朱軒使者之車也歸人將從私具驢騾緣道亭郵唯希蔬粟若曰留之無煩於執事遣之有

費於官司[左傳臧僖伯曰官司之守非君所及也]或以顛沛為言或云資裝可懼固非通論皆是外篇[漢淮南王安傳招致賓客方術之士數千人作為內書二十一篇外書甚眾又有中篇八卷言神仙黃白之術亦二十餘萬言]斯所未喻三也又若以吾徒應還侯景侯景凶逆殲我國家天下含靈人懷憤厲既不能投身社稷銜難乘輿三冢礫蚩尤千刀剸王莽[見勸進表]安所謂俛首頓膝歸奉寇讎佩弭腰鞬為其皁隸[左傳晉公子對楚子曰其左執鞭弭右屬櫜鞬以與君周旋又叔向曰欒郤胥原狐續慶伯降在皁隸]日者通和方敦曩睦凶人驅詐[漢諸侯王表秦遂騁驅詐之兵]

駭狼心左傳叔向妻生伯石姑曰狼子野心非是莫喪羊舌氏矣頗疑宋萬之誅左傳宋人請猛獲於衛亦請南宮萬於陳以賂陳人使婦人飲之酒而以犀革裹之比及宋手足皆見皆醢之彌懼荀罃之請左傳晉人歸楚子穀臣與連尹襄老之尸於楚以求知罃於是荀首佐中軍矣故楚人許之詳為貞陽侯書所以奔蹄勁角漢書武帝詔曰馬或奔踶而致千里專恣憑陵凡我行人偏膺讐憾政復道筋醢骨史記淖齒擢湣王筋懸之廟屋宿昔而死抽舌探肝張璠漢記董卓於衆坐生斬人手足又鑿目截舌沈忠柱曰韓詩外傳狄人殺衛懿公盡食其肉獨舍其肝宏演使還哭畢呼天因自出其肝納懿公之肝於彼凶情猶當未雪海內之所知也君侯之所具焉又聞本朝王公陳書

作公主都人士女風行雨散王粲詩風流雲散一別如雨東播西流京邑丘墟萎蓮蕭瑟偃師南望漢宮典職德陽殿周遊容萬人自偃師去宮三十五里望朱雀闕其上鬱與天連咸為草萊霸陵回首王粲七哀詩南登霸陵岸回首望長安俱霑霜露漢書伍被曰臣亦將見宮中生荆棘露霑衣也此又君之所知也彼以何義爭免寇讐我以何親爭歸委質左傳狐突對曰策名委質昔鉅平貴將懸重於陸公晉羊祜傳及五等建祜封鉅平子邑六百户帝有滅吳之志以祜為都督荆州諸軍事祜與陸抗相對使民交通抗嘗病祜饋之藥抗服之無疑心人多諫抗抗曰羊祜豈酖人者叔向名流深知於鬷蔑左傳晉叔向適鄭鬷蔑惡欲觀叔向從使之收器者

而往立於堂下一言而善叔向將飲酒聞之曰必鬷明也下執其手以上吾雖不敏常慕前修不圖明庶有懷翻期陳書作其以此量物昔魏氏將亡羣凶挺爭諸賢戮力想得其朋為葛榮之黨邪為邢杲之徒邪北史魏葛榮引兵圍鄴爾朱榮以侯景為前驅擒葛榮斬之五州皆平北周宇文貴傳貴從爾朱榮擒葛榮於滏口加別將又從元天穆平邢杲轉都督如曰不然斯所未喻四也假使吾徒還為凶黨侯景生於趙代家自幽恒居則台司行為連率後漢馬援傳注莽法典郡者公為牧侯稱卒正伯稱連率其無封爵者為尹也山川形勝軍國彝章不勞請箸為籌漢書酈食其謀撓楚權勸漢王立六

國後張良曰陛下事去矣臣請借前箸以籌之便當屈指能算漢陳湯傳知烏孫丸合不能久攻故事不過數日因對曰已解矣屈指計其日曰不出五日當有吉語聞居四日軍書到言已解侯景傳景字萬景魏之懷朔鎮人也歡使擁兵十萬專制河南重陳書作景以逋逃小醜書紂為天下逋逃主羊豕同羣身寓江臯家留河朔侯景傳高澄遺其將慕容紹宗追景乃與腹心數騎自硤石濟淮舂舂井井如鬼如神其不然乎抑又君之所知也且夫宮闈祕事竝若雲霄英俊訏謨寧非帷幄見讓表或陽驚以定策漢張安世傳每定大政已決輒移病出聞有詔令乃驚使吏之丞相府問焉自朝廷大臣莫知其與議也或焚藳而奏書漢書孔光典樞機十餘年時有所言輒削

草稾晉書羊祜歷事二世職典樞要凡謀議皆焚其草世莫得聞朝廷之士猶難參預羇旅之人左傳陳敬仲曰羇旅之臣何階耳目至於禮樂沿革刑政寬猛左傳子産謂子太叔曰惟有德者能以寬服民其次莫如猛則謳歌已遠萬舞成風不知手之舞之足之蹈之也安在搖其牙齒為間諜者哉莊子搖脣鼓舌樂毅傳田單縱反間於燕左傳晉人獲秦諜若謂復命西朝終奔東虜雖齊梁有隔尉候奚殊揚雄解嘲大漢東南一尉西北一候豈以河曲之難浮而曰江關之可濟河橋馬渡寧非宋典之姦晉書琅邪王睿從帝在鄴恐及禍將逃歸成都王穎先敕關津無得出貴人睿出河陽為津吏所止從者宋

典自後來以鞭拂睿而笑曰舍長官禁貴人汝亦被拘邪吏乃聽過關路雞鳴皆曰田文之客見表後啓何其通敝乃爾相妨斯所未喻五也又兵交使在雖著前經左傳欒書伐鄭鄭人使伯蠲行成晉人殺之非禮也兵交使在其間可也儻同徇僕之尤司馬穰苴傳穰苴曰君之使不可殺之乃斬其僕之左駙馬之左驂以徇三軍追肆寒山之怒北史齊慕容紹宗字紹宗侯景反命紹宗為東南道行臺加開府改封燕郡公與大都督高岳禽梁貞陽侯蕭明於寒山因軍討侯景於渦陽大捷詳與王僧辯書則凡諸元帥竝釋纍囚爰及褊裨同無翦馘乃至鍾儀見赦朋笑遵途左傳晉侯觀於軍府見鍾儀問曰南冠而縶者誰也曰鄭人所獻楚囚也使稅之重為之禮使歸求成襄

老蒙歸虞歌引路左傳公會吳子伐齊將戰公孫夏命其徒歌虞殯吾等張旝拭玉儀禮使者反境張旝誓乃謁關人又賓朝服立東西面賈人北面坐拭圭鄭玄曰拭清也脩好尋盟涉泗之與浮河禹貢浮于淮泗達于河郊勞至於贈賄左傳齊國莊子來聘自郊勞至於贈賄禮成而加之以敏本日左傳薳啓疆曰入有郊勞出有贈賄禮之至也樹公恩既被賓敬無違令者何憾翻蒙貶責若以此為言斯所未喻六也若曰妖氛永久喪亂悠然哀我奔波鮑信詩容行惜日月奔波不可留存其形貌固已銘茲厚德戴此洪恩譬渤海而俱濱博物志東海稱渤海又謂之滄海方嵩華而猶重但山梁飲

啄非有意於樊籠莊子澤雉十步一啄百步一飲不蘄畜乎樊中論語山梁雌雉江海飛浮本無情於鐘鼓莊子昔者海鳥止於魯郊魯侯御而觴之於廟奏九韶以為樂具太牢以為膳鳥乃眩視憂悲三日而死江淹詩咸池享爰居鐘鼓或愁辛況吾等營魂已謝餘息空留悲默為生何能支久是則雖蒙屈原九章魂識路之營營養護更夭天年漢兩龔傳父老哭曰薰以香自燒膏以明自銷龔生竟夭天年若以此為言斯所未喻七也若云逆豎殲夷當聽反命高軒繼路飛蓋相隨曹植詩飛蓋相追隨未解其言何能善謔詩善戲謔兮夫屯亨治亂見為貞陽侯書豈有意於前期謝常侍今年五十有

一齊書魏收傳魏帝敕兼主客郎接梁使謝珽徐陵吾今年四十有四介已知
命魯論子曰五十而知天命賓久陳書作又杖鄉禮記六十杖於鄉計彼侯生肩
隨而已史記侯嬴年七十家貧為大梁夷門監者樹屏曰曲禮五年以長則肩隨之豈銀臺
之要彼未從師郭璞遊仙詩神山排雲出但見金銀臺金竈之方吾知其
訣漢武帝紀李少君曰祀竈則致物而丹砂可化為黃金政恐南陽菊水竟不延
齡荊州記縣北八里有菊水其源旁悉芳菊水極甘馨又中有三十家不復穿井即飲此水上壽百二十中
壽百餘七十者猶以為天東海桑田無由佇陳書作可望神仙傳麻姑謂王方平曰接待
以來見東海三變為桑田向到蓬萊水淺於往時略半也豈將復還為陸陵乎方平笑曰聖人皆言海中行復

棲塵也若以此為言斯所未逾八也足下清襟勝託袁粲答王儉詩老夫亦何寄之子照清襟書圃文林范煜應詔詩文圃降照臨凡自洪荒終乎幽厲如吾今日寧有其人爰至春秋微宜商略夫宗姬殄墜覇道昏凶或執政之多門左傳晉政多門或陪臣之涼德論語陪臣執國命左傳號多涼德故臧孫有禮翻因與國之賓列女傳臧文仲為魯使齊齊拘之而興兵欲襲魯文仲陰使人遺公書為隱語人不能解其母解之曰吾子拘有木治矣於是軍於境上齊還文仲而不伐魯周伯無憾空怨天王之使左傳隱公七年冬王使凡伯來聘還戎伐之於楚邱以歸遷箕卿於兩館左傳晉人為邾人之愬故執我行人叔孫婼館

諸巽舍子服昭伯於他邑縶驥子於三年左傳唐成公如楚有兩肅爽馬子常欲之弗與亦三年止之斯非貪亂之風邪寧當今之高例也至於雙崤且帝四海爭雄魯仲連傳新垣衍曰秦前與齊湣王爭彊為帝已而復歸帝今齊湣王已益弱方今惟秦雄天下其實欲復求為帝或構趙而侵燕或連韓而謀魏史記犀首者魏之陰晉人也名衍姓公孫氏與張儀不善張儀為秦之魏魏王相張儀犀首弗利故令人謂韓公叔曰子何不少委焉以行為功則秦魏之交可錯矣然則魏必圖秦而棄儀收韓而相衍身求盟於楚殿躬奪璧於秦庭見表後啟輸寶鼎以託齊王戰國策秦求九鼎顏率謂齊王救周齊求九鼎率又東鮮之馳安車而誘梁客范雎傳雎更名姓曰張祿時秦昭王使謁

者王稽於魏鄭安平夜與張禄見王稽稽載范雎入秦薦之王封應侯其外膏脣拭陳書作販

舌後漢宦者傳犀邪項領膏脣拭舌分路揚鑣無罪無辜如兄如弟詩見

逮乎中陽受命漢高祖紀高祖沛豐邑中陽里人天下同規中庸今天下車同軌

巡省諸華無聞幽辱及三方之霸也孫甘言以娬媚樹屏

曰三國志鍾繇與魏文帝書吾見孫權了更娬媚曹屈詐以羈縻於軫歲到於

句吳曲禮僕展軨效駕兆宮曰吳太伯世家太伯之犇荊蠻自號句吳冠蓋年馳於庸

蜀魏世家魏使人求救於秦冠蓋相望也書牧誓及庸蜀羌髳微盧彭濮人則客嘲殊險賓

戲已深漢書揚雄作解嘲班固答賓戲共盡游談誰云猜忤若使搜求

故事陳書作實脫有前蹤恐是叔世之姦謀左傳叔向詒子產書曰三辟之興皆叔世也而非為邦之勝略也抑又聞之雲師火帝澆淳乃異其風見勸進表龍躍麟驚王霸雖殊其道易或躍在淵晉書王濬表曰猛獸當途麒麟恐懼莫不崇君親以詔陳書作銘物敦敬養以治民預有邦司曾無隆替吾奉違溫清曲禮凡為人子之禮冬溫而夏凊仍屬亂離寇敵猖狂公私播越蕭軒靡御漢蕭育傳南郡江中多盜賊邦育為太守上以育耆舊名臣乃以三公使車載育入殿中受策注使車三公奉使之車王舫誰持張雲章曰南史王筠為臨海太守在郡侵刻還資有芷艤兩舫他物稱是為有司奏不調累年瞻望鄉關

何心天地自非生憑虆竹後漢南蠻傳夜郎者初有女子浣於遯水有三節大竹流入足間聞其中有號聲剖竹視之得一男兒歸而養之及長有才武自立為夜郎侯以竹為姓漢武帝封其三子為侯死配食其父今夜郎縣有竹王三郎神是也源出空桑呂氏春秋有侁氏采桑得嬰兒於空桑之中獻之其君察其所以然曰其母伊水之上嘗夢神告之曰臼出水而東走母明日視臼果出水告其鄰母乃走十里而故邑盡為水身因化為空桑故命之曰伊尹行路含情猶其相慰常謂擇官而仕非曰孝家擇事而趨非云忠國況乎欽承有道驂駕前王郎吏明經鵵鶩知禮封禪書鵵梟數至而欲封禪毋乃不可巡方省化咸問高年漢萬石君傳上曰巡方州禮嵩岳通八神以合

宣房濟江淮歷山瀆海問百年民所疾若西序東膠皆尊耆耋王制夏后氏養庶老於西序周人養國老於東膠吾以圭璋玉帛通聘來朝屬世道之屯期鍾生民之否運兼年累載無申元直之祈諸葛亮傳徐庶字元直庶母為操所獲庶辭備指其心曰本欲與將軍共圖王霸之業者以此方寸地也今已失老母方寸亂矣無益於事請從此辭庶遂詣操銜泣吞聲長對公閭之怒未詳情禮之訴將同逆鱗韓子夫龍之為蟲可狎而騎也然喉下有逆鱗徑尺若嬰之則殺人人主亦有之說能無嬰人主之逆鱗則幾矣忠孝之言皆應斷舌英雄記自操自咋其舌流血以失言戒後世是所不圖也非所仰望也且天倫之愛何得忘懷穀梁傳兄弟天倫也

妻子之情誰能無累夫以清河公主之貴晉賈后傳臨海公主先封清河洛陽之亂為人所略傳賣吳興張溫溫以送女女遇主甚酷元帝鎮建康主詣縣自言帝誅溫及女改封臨海餘姚書佐之家後漢酷吏傳蜀郡太守黃昌會稽餘姚縣人妻遇賊被獲流入蜀為人妻其子犯事詣昌自訟昌疑母不類蜀人因問所由對曰妾本會稽餘姚戴次公女州書佐黃昌妻也嘗歸家為賊所略遂至於此因相持悲泣還為夫婦莫限高卑皆被驅略自東南醜虜抄販飢民臺署郎官俱餓牆壁後漢獻帝紀帝還洛陽州郡委輸不至尚書郎以下自出采稆或飢死於牆壁間況吾生離死別屈原九歌悲莫悲兮生別離多歷寒暄孀室嬰兒淮南子寡婦不孀詳為貞陽侯書何可言念如得身還

鄉土躬自推求猶冀提携曲禮長者與之提携俱免凶虐夫四聰不達舜典明四目達四聰華陽君所謂亂臣范雎傳雎因問說秦昭王曰穰侯出使不報華陽涇陽等擊斷無諱高陵進退不請四貴備而國不危者未之有也百姓無寬孫叔敖稱為良相史記循吏傳孫叔敖為楚相民皆樂其生足下高才重譽參贊經綸非虎非貌見勸進表聞詩聞禮見論語而中朝大議曾未矜論清禁嘉謀安能相及諤諤非周舍韓詩外傳趙簡子有臣曰周舍立於門下三日三夜簡子問其故答曰臣為君諤諤之臣容容類胡廣後漢胡廣傳京師諺曰萬事不利問伯始天下中庸有胡公范曄贊曰胡公庸庸飾情恭貌左雄傳公卿相戒曰白璧不可為容容多厚福何其

無諍臣哉孝經天子有諍臣七人雖亡道不失天下歲月如流平生何幾晨看旅雁心赴江淮山海經雁門山雁出其間在高柳北月令季秋之月鴻雁來賓昏望牽牛情馳揚越天官書注星經云南斗牽牛吳越之分野揚州也朝千悲而掩泣夜萬緒而回腸不自知其為生不自知其為死也足下素挺詞峰兼長理窟北堂書鈔郭子云張憑詣劉真長同謁撫軍撫軍咨嗟稱善曰憑殼稱為理窟匡丞相解頤之說漢書匡衡少字鼎長乃易字稚圭諸儒語曰無說詩匡鼎來匡說詩解人頤建昭三年代韋元成為丞相封樂安侯樂令君清耳之談晉書樂廣清夷沖曠善談名理衛瓘奇之曰自何平叔諸人沒常謂清言盡矣今復聞之樂令向所諮疑誰能

曉諭若鄙言為戮來旨必通分請灰釘魏略王淩自知罪重試索棺釘以觀太傅意太傅給之遂自殺甘從斧鑊何但規規默默齰舌低頭而已哉漢灌夫傳韓安國曰魏其必媿杜門齰舌自殺若一理存焉猶希矜眷何必期令吾等必死齊都足趙魏之黄塵加幽并之片骨遂使東平拱樹常懷向闕陳書作漢之悲皇覽後漢東平思王宇歸思京師後葬東平其冢上松柏皆西靡西洛孤墳恒表思鄉之夢後漢書溫序遇賊死節光武帝憐之賜葬洛陽城傍序長子壽為鄒平侯相夢序告之曰客久思鄉里壽上書乞骸骨歸葬乃反舊塋干祈以屢哽慟增深徐陵叩頭再拜

在北齊與宗室書

陵白臨淮負海是謂徐州〔禹貢海岳及淮惟徐州〕顓頊高陽世有明德〔帝王世紀帝顓頊高陽氏世有才子八人謂之八凱按顓頊之裔嬴姓伯益之後封於徐為楚所滅子孫因氏〕自興王啓霸無勞委劍之鋒〔括地志徐君廟在泗州徐城縣西南一里即延陵季子挂劍之徐君也詳與楊僕射書〕開國承家〔見易〕實饗彤弓之賜〔博物志徐偃王得朱弓矢以己得天瑞因名為弓自稱徐偃王也〕其後金柯玉葉〔崔豹古今注黃帝與蚩尤戰於涿鹿之野常有五色雲氣金枝玉葉止於帝上有花葩之象因作華蓋也〕霞振雲從者舊通人茂才多士或以天下之貴負石自沈〔漢鄒陽傳徐衍負石

入海注服虔曰衍周之末世人也

王命之尊拂衣高蹈

後漢徐穉傳穉字孺子豫章南昌人也舉有道家拜太原太守皆不就桓帝以安車玄纁備禮徵之並不至郭林宗謂之南州高士

或熊衣雉製青組朱旗

未詳後漢徐璆傳璆字孟玉廣陵海西人獻帝遷許得袁術所盜國璽上之并送前所假汝南東海二郡印綬司徒趙温謂璆曰君遭大難猶存此耶璆曰昔蘇武不墜七尺之節況此方寸印乎炯曰董巴志三千石青綬

儒盛江東文高河北

後漢徐防傳防沛國銍人祖父宣為講學大夫以易教授王莽父憲亦傳宣業防少習祖父學永元十六年拜司徒遷太尉錄尚書事安帝即位以定策封龍鄉侯魏文帝與吳質書偉長可謂彬彬君子者矣著中論二十篇成一家之言辭義典雅足傳於後本傳徐幹字偉長北海人為司空軍謀祭酒掾屬五官將文學

或復分齋處

魯移魏居燕漢書徐樂燕無終人也上土崩瓦解書瓜瓞雖遙詩緜緜瓜瓞芳枝無遠昔有王敦王如一本作莽晉書雍州流民多在南陽詔書遣還鄉里京兆王如衆至四五萬自號大將軍稱藩於漢劉聰詳後歐陽頠碑無關控鶴之宗孫綽天台山賦王喬控鶴以冲天劉曜劉淵晉書劉淵匈奴左賢王豹之子也晉任為佐部督後因晉亂稱帝國號漢子聰嗣立聰從國亂劉曜自立為帝彌非偃龍之族夏本紀陶唐既衰其後有劉累學擾龍於豢龍以事孔甲孔甲賜之姓曰御龍氏又有朱家別錄邾子之苗凌以棟曰周封曹挾於邾後為楚滅子孫避難去邑為朱何氏殊源韓侯之子朱子考異何氏出周成王母弟唐叔虞後十一代孫食邑於韓韓為秦所滅子孫散居江淮間以韓為何遂為何氏三烏五鹿時事

無恒東郭西門遷訛非一潛夫論東門西門南宮北郭所謂居也三烏五鹿青牛白馬所謂志也吾宗雖廣未有駢枝莊子駢拇枝指出乎性哉而侈於德咸自駒王檀弓邾婁考公之喪徐君使容居來弔含曰昔者先君駒王西討濟於河無所不用斯言也同分才子正以金衡委御玉斗宵亡云將喪分玉斗勍敵憑陵中原傾覆我則供犧牲於東國書令殷民乃攘竊神祇之犧牷牲載主祏於南都左傳鄭火作子産使祝史從主祏於周廟三百年來家於揚越晉徐邈傳邈東莞姑幕人祖澄之為州治中屬永嘉之亂遂與鄉人臧琨率子弟并閭里士庶千餘家南渡江家於京口邈轉祠部郎上南北郊宗廟迭毀禮皆有證據此則盧諶不去晉盧諶傳諶范

陽涿人州舉秀才辟太尉掾隨父志北依劉琨與志俱為劉粲所虜粲據晉陽留諶為參軍琨攻粲粲敗走諶得赴琨段匹磾害琨時段末波在遼西諶往投之石季龍破遼西復為季龍所得屬冉閔誅石氏遇害裴寧仍留未詳高宦燕秦遲回鄉壤山河有隔叙覲無緣望驥馬而增勞瞻鴻賓而永歎見與楊僕射書昔竇公累世光武稱其外家後漢竇融傳融封安豐侯帝賜以外屬圖及太史公五宗外戚世家魏其侯列傳詔曰孝景皇帝出自竇氏定王景帝之子朕之所祖許都遙遠靈王思其舊宅左傳楚靈王曰昔我皇祖伯父昆吾舊許是宅其言雖大可以喻小況在宗親寧無停眷比月應雩龍論衡二月之時龍星始出故傳曰龍見而雩龍星見時歲已啓蟄而雩

星移殷鳥堯典日中星鳥以殷仲春天明和煦體中何如願百年之老王制天子巡守問百年者就見之興居多福萬石之君漢石奮傳景帝曰石君及四子皆二千石人臣尊寵乃舉集其門凡號奮曰萬石君寒暑清豫其外族忠孝比屋連甍信義勇於干戈詩書甘於酒醴或有漁獵三史易略綱序漁獵墳典紛綸五經後漢逸民傳井丹字大春京師語曰紛綸五經井大春都講開黌後漢丁鴻傳鴻從桓榮受歐陽尚書三年而明章句善論難為都講詩生負帙未詳邦君佇德寧無挂榻之思後漢徐穉傳穉字孺子陳蕃為豫章太守在郡不接賓客惟穉來特設一榻去則懸之州將欽風應有題車之命後漢書張奐傳小人不明得過

州將又周景為豫章刺史辟陳蕃為别駕蕃不就景題别駕輿曰陳仲舉座

南陽坐嘯寄以共治

後漢書汝南太守宗資以范滂為功曹南陽太守成瑨以岑晊為功曹皆委心聽任二郡為之謠曰汝南太守范孟博南陽宗資主畫諾南陽太守岑公孝弘農成瑨但坐嘯

東海行歌資其主粥

古逸詩甯戚飯牛車下擊牛角而疾商歌桓公授之以政

梁竦不好徒為大言

後漢梁竦傳竦字叔敬嘗登高望遠歎息言曰大丈夫處世生當封侯死當廟食如其不然閒居可以養志詩書足以自娛州郡之職徒勞人耳

鄧禹生平惟望如此

後漢鄧禹傳禹字仲華南陽新野人也光武謂曰我得專封拜生遠來寧欲仕乎禹曰不願也光武曰即如是欲何為禹曰但願明公威德加於四海禹得效其尺寸垂功名於竹帛耳

若棲遲偃仰

詩見

因事丘中

詩丘中有麻

桃

果三名西京雜記漢武初修上林苑羣臣各獻果有湘核桃紫文桃金城桃栗園千樹史記燕秦千樹栗此其人與千戶侯等持竿而釣徵聘不來酈元曰磻谿中有泉謂之兹泉積水為陣即太公釣處水次磐石釣處即太公垂釣之所負耒而耕公侯靡屈孟子伊尹耕於有莘之野而樂堯舜之道焉何其高也蓋復休哉如脫推延或遲竝問吾階緣人乏叨逢皇華見與楊僕射書王事無淹公禮將畢既而揚都蕩覆方離獫狁之災詩獫狁孔熾詳與王太尉書越界風塵復蹈輶軒之禮見與楊僕射書屛居空館見與王僧辯書多歷歲時釁犯靈祇揚雄河東賦靈祇既饗招延禍罰號慕無窮肝膽屠

殞煩冤胷臆屈原九章蹇蹇之煩冤兮樹屏曰莊子引聲歌天地之道近在胷臆不自堪居無心奈何無狀奈何自衰回河朔亟積寒暄風患彌留書顧命病日臻既彌留半體枯廢折臂為公雖非羊祜晉羊祜傳祜泰山南城人也封南城侯有善相墓者言祜祖墓所有帝王氣若鑿之則無後祜遂鑿之相者見曰猶出折臂三公而祜竟墮馬折臂位至公而無子跛足而使無慙郤克左傳晉侯使郤克徵會於齊齊頃公帷婦人使觀之郤子登婦人笑於房注跛而登階故笑之固以形如槁木心若死灰莊子形固可使如槁木心固可使如死灰匍匐苦廬纔有魂氣詩凡民有喪匍匐救之喪大記父母之喪居倚廬不塗寢苫枕凷南史簡文被閑搞不獲朝謁因感氣疾而卒年七十八贈侍

中太子詹事謚貞子夫迷山之客遲遙饗於巖崖窮海之賓望孤烟於島嶼乃歸寧之歸也傳子曰寧在遼東積三十七年海中遇大風船皆沒惟寧乘船自若時夜風晦冥船人盡惑莫知所泊望見有火光輒趨之得島島無居人又無火燼行人咸異焉以為神光之佑也況乃宗均魯衛地匪燕吳車騎相望舟艫朝夕三條不遠披三條之廣路五達非難爾雅五達謂之康信乃闊然遂不蒙問昔桃花之峽長避嬴秦晉陶潛桃花源記晉太康中武陵人捕魚從溪而行忽遇桃花林夾兩岸數百步無雜木芳華芬曖落英繽紛漁人異之前行窮林林盡見山山有小口髣髴有光便舍船步入初極狹行四五十步豁然開朗邑室連接雞犬相聞男女被髮怡然並足見漁人大驚

問所從來要邀為設酒食云先世避秦難率妻子來此絕境與外隔絕不知有漢無論晉魏也既出白太守太守遣人隨而尋之迷不復得路

芝草之山遥然滄海（未詳）猶復魚船可入何況平途不兼旬月（此下疑脫一句）勞懷既積輒命行人弦望之問（見檄闕文）遲枉歸翰償二三兄弟能敦昭穆之詩求我漳濱幸問劉楨之疾（魏劉楨詩余嬰沈痼疾竄身清漳濱）陽春政節並念將空扶力為書多不詮次陵白

徐孝穆全集卷三

陳 徐陵 撰

吳江吳兆宜箋注

在北齊與梁太尉王僧辯書

太清六年六月五日孤子徐陵頓首昔者雲師火帝非無戰陣之風堯誓湯征咸用干戈之道至於搖山蕩海驅雹乘雷殲厥兇渠無虧皇極若夏鐘夷羿周戹犬戎漢委珠囊秦亾寶鏡然則皆闡之矣未有膺龍圖以建

國御鳳邸以承家二后欽明三靈交泰而天崩地坼妖寇横行者也自古銅頭鐵額興暴皇年見勸進表及為貞陽侯書檮杌窮奇流災中國左傳顓頊氏有不才子天下之人謂之檮杌少昊氏有不才子天下之人謂之窮奇王彌石勒吞噬關河晉書東萊王彌家世二千石彌有勇略善騎射青州人謂之飛豹後為羣盜降劉聰為石勒所殺又劉淵以石勒為護漢將軍平晉王衆至十餘萬集衣冠人物别為君子營後據襄國為後趙綠林青犢之羣黑山白馬之衆較彼兵荒無聞前史八王故事曾未混淆九州春秋非云禍亂見為貞陽侯書我皇受命中興光宅天下泰寧瑣瑣安敢執鞭史記

晏子傳贊余雖為之執鞭所忻慕焉按泰寧晉明帝年號建武棲棲何期扶轂揚雄羽獵賦桓文曾不足使扶轂按建武晉元帝年號抑又聞之陶唐既作天歸鳥喙之臣春秋元命苞曰堯為天子季秋下旬夢白帝子遺以鳥喙子其母曰扶始升高丘上有雲如虎感已而生皋陶淮南子云皋陶鳥喙豐畢將興特挺鷹揚之佐詩維師尚父時維鷹揚涼彼武王肆伐大商會朝清明明公量苞金鉉易鼎黃耳金鉉神表玉璜見為貞陽侯書儷兖當作補袞欽才詩袞職有闕惟仲山甫補之平階佇德揚雄長揚賦是以玉衡正而泰階平也固已留連管樂見為貞陽侯書惆悵風雲濡足維時新序今為濡足之故不救人弱可乎投竿斯在見與宗室書去歲兇徒不遑言

次巴丘鼓聲聞一柱之臺博物志南荆賦江陵有臺甚大而惟一柱衆木皆拱之
烽火照三休之殿藝文類聚賈子曰翟王使使者之楚楚王欲誇之享客章華之臺三休乃至其上
公則懸麾羽扇語林亮與司馬懿克日交戰懿使偵之孔明葛巾羽扇指麾三軍從容自若懿歎曰諸葛君可謂名士矣
猶對投壺後漢書祭遵為將軍取士皆用儒術對酒設樂必雅歌投壺
戎狄咸奔鯨鯢俱翦見勸進表
樓船萬軸還繫昆明三輔武帝作昆明池學水戰法
冀馬千羣皆輸長樂漢百官志長樂廄丞一人
於是乎夏首西浮見為貞陽侯書
雲行電邁鼓波東匯禹貢東匯澤為彭蠡
谷靜山空見與陳司空書
扼鵲尾而據王畿綱目質實池州府銅陵縣有鵲頭山今廬

江西岸有鷀尾渚登牛頭而埽天闕漸臺偽帥仍傳首於帝京郿塢元兇咸刳腸於軍市青羌赤狄同畀豺狼戎服夷言咸為京觀見勸進表公園陵盡拜忠貫長沙吳志孫堅為長沙太守舉兵討董卓乃前入至洛陽脩諸陵平塞卓所發掘神主咸安勳踰高密後漢書鄧禹南至長安率諸將齋戒擇吉日脩禮謁祠高廟收十一帝神主遣使奉詣洛陽因循行園陵為置吏士奉守焉重以秦宮既獲漢張良傳沛公入秦宮殿帷帳狗馬重寶婦女以千數欲留居之魯殿猶存漢王延壽魯靈光殿賦序靈光巋然獨存闕綠草於應門沈約詩應門照綠苔開青槐於武庫未詳長安五陵之族鄠杜七遷之民班固西都賦南

望杜霸北眺五陵注宣帝杜陵文帝霸陵高惠景武昭帝五陵在北士人多宅於此又三遷七遷充奉陵邑注七遷為編徒居七陵充供奉也又鄠杜濱其足注扶風有鄠縣杜陽縣襁負而歸論語則四方之民襁負其子而至矣都廛斯滿見與揚僕射書鬻脂藏脯遊騎擊鐘貨殖傳翁伯以販脂而傾縣邑濁氏以胃脯而連騎張里以馬醫而擊鐘故市新城飛甍華屋漢地理志河南郡有故市縣曹參傳東取咸陽更名曰新城顧非砥曰戰國策蘇秦說趙王於華屋之下吳祥曰何晏景福殿賦高甍崔嵬注甍屋擱也東莞舊宅人識桑榆南頓荒田家分禾黍見勸進表豈以鄉名穀熟括地志宋州穀熟縣西南三十五里南亳故城即南亳湯都也邑號禾興而已哉吳志孫權立子和為太子大赦改禾興為嘉興若夫卦

起龍文書因鳥跡（見勸進表）劬勞王室大拯生民自開闢以來未之有也雖十六才子明允篤誠（左傳高陽氏有才子八人齊聖廣淵明允篤誠天下之民謂之八愷高辛氏有才子八人忠肅共懿宣慈惠和天下之民謂之八元此十六族也世濟其美不隕其名）八百諸侯專心同德（書武王伐紂不期而會孟津八百諸侯又予有亂臣十人同心同德）中宗佐命俱畫丹青光武功臣皆懸星象棧道木閣田單之奉霸齊縮壐將兵周勃之扶強漢（見爲貞陽侯書）壤蟲之比黃鵠（淮南子盧敖視若士曰吾比夫子猶黃鵠與壤蟲也）轍鮒之仰河宗（莊子外物篇莊子貸粟於監河侯侯曰以金貸汝周曰昔見轍中涸鮒曰無升斗之水以活我乎周

曰待我決西江水以活汝鮒曰如君言不如早索我於枯魚之肆也未足云也孤子階緣多幸叨遘皇華鄉國屯危公私憔迫邪形之切長亂心胷後漢書王郎所置信都王捕繫彤父弟及妻子使為手書呼彤曰降者封爵不降族滅涕泣報曰事君者不得顧家會更始所遣將攻拔信都郎兵敗走彤家屬得免徐庶之祈終無開允見與楊僕射書既而屏居空館潘岳寡婦賦歸空館而自憐多歷歲時釁犯幽祇躬當勤滅何圖釁咎災極蒼旻號慕煩冤肝腸屠殞酷痛奈何無狀奈何維桑與梓翻若天涯古詩各在天一涯杖柏栽松悠然長絕明明日月號叫無聞詩或不知叫號茫茫宇

宙容身何所漢鄒陽傳申徒狄徐衍不容身於世窮劇奈何自吞膺嘉聘仍屬亂離上下年尊偏嬰此酷昔人迎門請盜恒懷廢寢之憂後漢書趙咨少孤有孝行躬率子孫耕農為養盜嘗夜往劫之咨恐母驚懼乃先至門迎盜因請為設食謝曰老母八十疾病須養居貧朝夕無儲乞少置衣糧妻子物一無所請盜皆慚歎奔出當輓輿櫬猶有危途之懼後漢廉范傳范京兆杜陵人父遭喪亂客死於蜀漢范遂流寓西州平歸鄉里西迎父喪載船觸石破沒范抱持棺柩遂俱沉溺衆傷其義鈎求得之況乎逆寇崩騰京師播越輿居動止長隔山河朝夕饘酏誰經心眼內則婦事舅姑如事父母饘酏酒醴芼羹菽麥蕡稻黍粱秫唯所欲程糜不繼師覺授孝子傳程曾

年七歲喪母哀號哭泣不異成人祖母憐之嚼肉食之覺有味便吐去原粟何資論語原思為之宰與之粟九百瞻望風雲朝夕鳴咽固乃游魂已謝後漢謝夷吾傳遊魂假息無所施刑非復全生餘息空留非為全死同冰魚之不絕汲冢周書時訓解立春之五日魚上冰吳樹臣曰易通卦驗大雪魚負冰似蟄蟲之猶蘇月令孟春東風解凍蟄蟲始振良可哀也良可哀也本傳侯景寇京師陵父攜先在圍城之內陵不奉家信便疏食布衣居若憂恤自東都紹漢南亳興殷見勸進表脩好徵兵左傳凡君即位卿出並聘踐脩舊好要結外援好事鄰國以衛社稷又王以戎難告齊徵諸侯而戍周彌留星琯韓宣范武方駕連鑣見左傳蘇秦張儀朱輪華

轂蘇秦傳燕文侯資蘇秦車馬金帛以至趙張儀傳蘇秦乃言趙王發金幣車馬使人微隨張儀所欲用為取給儀遂得以見秦惠王而孤子三危是擯四罪同科孟子四罪而天下咸服詳勸進表聽別馬而長號杖歸旂而永慟王稽反命既無託乘之忌見與楊僕射書椒舉相逢誰為班荊之位左傳伍舉奔鄭將遂奔晉聲子將如晉遇之於鄭郊班荊相與食而言復故昔人違齊處魯時降徵求亾晉奔齊猶蒙招請左傳鮑叔師師來言曰子糾親也請君討之管召讎也請受而甘心焉管仲請因鮑叔受之反堂阜而稅之曰管夷吾治於高傒使相可也公從之又隨會在秦乃使魏壽餘偽以魏叛者以誘士會執其帑於晉使夜逸請自歸於秦秦伯許之履士會之足於朝既濟魏人譟而還問管寧

於遼左魏管寧傳寧字幼安北海朱虛人聞公孫度令行於海外遂至遼東文帝即位徵寧遂將家屬浮海還郡追王朗於浙東魏王朗傳朗為會稽太守孫策渡江略地朗自以身為漢吏宜保城邑遂舉兵與策戰敗績朗乃詣策太祖表徵之朗自曲阿展轉江海積年乃至拜諫議大夫參司空軍事
竝物譽時賢鄉門公族懸須應務淡挾情析斯豈庸賤
之傳邪非餘生之聽望也但預在輶軒見與楊僕射書誠為過
誤珪璋特達通聘河陽貂珥雍容尋盟漳水見勸進表差有
黃門啟封非無青紙詔書晉山簡表臣父濤奉先帝手澤青紙詔郡將州
司後漢皇甫規傳坐觀郡將已數十年矣注郡將郡守也郊迎負弩漢書霍去病為驃騎將軍

擊匈奴道出河東太守郊迎負弩矢先驅鄉亭里候西京賦昔泰法十里一亭周禮夏官有候人飾館陳兵左傳鄭穆公使視客館則束載厲兵秣馬矣豈是復介而奔齊左傳公孫歸父欲去三桓以張公室與公謀而聘於晉欲以晉人去之冬公薨季文子使臧宣叔逐東門氏子家還及笙壇帷復命於介既復命袒括髮即位哭三踴而出遂奔齊寧當竊妻而逃晉左傳共王即位將為陽橋之役使屈巫聘於齊且告師期巫臣盡室以行申叔跪從其父將適郢遇之曰異哉夫子有三軍之懼而又有桑中之喜宜將竊妻以逃者也及鄭使介反幣而以夏姬行將奔齊齊新敗曰吾不處不勝之國遂奔晉已焉哉羌難得其言也漢之谷吉捐軀者幾人漢書谷吉永之父也元帝時為衛司馬使送郅支單于侍子為郅支所殺楚之申胥埋魂者何

地左傳申包胥如秦乞師立依於庭牆而哭七日秦哀公為之賦無衣九頓首而坐秦師乃出孤子何所歎焉但頓伏苫廬見與宗室書徒延光晷謂光陰日晷夫以啁噍燕雀躑躅鳴號禮記三年問今是大鳥獸則失喪其羣匹越月踰時焉則必反巡過其故鄉翔回焉鳴號焉蹢躅焉踟躕焉然後乃能去之小者至於燕雀猶有啁噍之頃焉然後乃能去之含識懷靈未有其痛且夫曾耕雨雪猶尚悲歌琴操曾子耕泰山下雨雪不得歸思父母作梁山操蘇使幽囚無馳哽噎見讓右僕射初表趙紹叢曰本傳陵不奉家信使布衣疏食曾耕句言已之思親蘇使句言已之奉使公履忠弘孝冠冕搢紳化感煙雲量標海岳行麋仲月王政無塞月令仲秋之月養衰老授

几杖行糜粥飲食分穀高年仁風斯遠漢文帝紀有司請八十已上月賜米肉酒九十已上加帛絮長吏閱視丞若尉致固以衣纓仰訓黎庶投懷今日憔惶彌布洪澤雖復孤骸不返方為漠北之塵營魄知歸終結江南之草左傳魏武子有嬖妾武子卒顆嫁之及輔氏之役顆見老人結草以亢杜回杜回躓而顛故獲之夜夢之曰余而所嫁婦人之父也爾用先人之治命余是以報詳與楊僕射書孤子徐陵頓首

與王吳郡僧智書南史王僧辯傳僧辯既亡弟僧智得就任約約敗走僧智肥不能行又遇害

孤子徐陵頓首昔林宗道主時人多慕德之賓後漢書郭泰字林宗遊於洛陽始見河南尹李膺膺大奇之由是名震京師後歸鄉里衣冠諸儒送至河上車數千兩林宗惟與李膺同舟而濟衆賓望之以為神仙無忌雄豪天下盡希風之客信陵君傳魏公子無忌為人仁而下士士無賢不肖皆謙而禮交之士以此方數千里爭往歸之致食客三千人況復王家沈默晉書王昶為人謹厚名其兄子曰默曰沈戒之曰欲爾曹顧名思義不敢違也謝氏混玄晉書謝混字叔源少有才名玄字幼度少穎悟與從兄朗俱為叔父安所器重名貴公門譽華鄉子漢項籍傳楚懷王召宋義為上將軍號卿子冠軍而秦嶧阻夐浙水悠長諮詐無因但用窮結比青蔓已戒淮南子注青女青腰

玉女主霜雪也白露方溥詩零露溥兮體中何如願聞康勝鄧仲華服袞之年後漢書鄧禹字仲華光武拜為前將持節中分麾下精兵二萬人遣西入關及即位於鄗使使者持節拜禹為大司徒封酇侯食邑萬戶禹時年二十四後定封高密侯荀令則擁旄之日晉荀羨傳羨字令則除北中郎將徐州刺史監徐兗二州揚州之晉陵諸軍事假節時年二十八中與方伯未有如羨之少者也徒云早達未可同功今日相方豈不高視魏曹植與楊德祖書足下高視於上京竊承富春頃歲多難薦臻邑閈皆空黔黎將盡御史舊榻零落不存郡國志消山下有夫山祠山北湖陰又有消御史廟孤石聳出似婦人豔妝而坐太傅齋室荒范無處後漢循吏傳桓帝好

黄老道悉毀諸房祠惟特詔密縣存故太傅卓茂廟自神麗所届襁負斯歸新屋方華故田斯墾府吏閑坐長使誦經謝承後漢書張霸為會稽太守甚有名稱其餘有素行者皆見擢用郡中爭勵志節誦習者以千數道路但聞誦書聲督郵無事惟處吹笛馬融長笛賦序融性好音律能鼓琴吹笛為督郵無留事獨卧郿縣平陽塢中有洛客舍逆旅吹笛融去京師踰年暫聞甚悲而樂之作長笛賦東包海水俱承幕府之威班固集奏記東平王蒼曰幕府新開廣延羣俊西泊江沱同仰惟良之化漢書宣帝曰與我共理者其惟良二千石乎政差邊疑作趙張何其神也漢趙廣漢等傳贊自孝武置左馮翊右扶風京兆尹而吏民為之語曰前有趙張後有三王孤子無心醜冒蜀都

光陰風疾彌留見與宗室書亦有餘息思將公聘窮擴虜庭博望侯極迹於黃河漢張騫傳漢使窮河源其山多玉石采來天子按古圖書名河所出山為昆侖云按騫封博望侯移中監流滯於滄海漢昭帝紀移廄中監蘇武前使匈奴留單于庭十九歲乃還奉使全節以武為典屬國蘇林曰移音移廄名也自斯以後惟有庸賤本應埋魂趙魏析骨幽并鮑昭蕪城賦莫不埋魂幽石委骨窮塵豈意餘年復反鄉國仰屬伊公在亳渭老師周旌賁丘園見易采拾衡巷遂以哀駘不棄莊子哀公問仲尼曰衛有惡人焉曰哀駘他甕盎無遺莊子甕盎大癭還顧庸虛未應階此竊承君侯過被以光

輝屢有吹噓之言見檄周文頻蒙薦延之澤故得周行紫闥陸雲喜霽賦曜六龍於紫閣升降丹墀左思魏都賦丹墀臨猋注天子庭以丹塗地故曰丹墀點污清朝豈不荒媿雖復華陰砥柱帶地窮溪禹貢導河積石至于龍門南至于華陰東至于砥柱嵩高維岳極天為重詩嵩高維岳峻極于天未可以方斯盛典譬此洪恩年迫桑榆淮南子日西垂景在於樹端謂之桑榆豈期酬報政以川波非遠對奉無因夜夢子長之遊漢書司馬遷字子長二十而南遊江淮上會稽探禹穴闚九疑浮於沅湘北涉汶泗講業齊魯之都觀孔子之遺風鄉射鄒嶧戹困鄱薛彭城過梁楚以歸朝覽希道之疏未詳按南史謝莊字希逸製木

方丈圖山川土地各有分理離之則州郡殊别合之則宇内為一道逸字畫相近或致誤耳浮雲西北徙懷魏帝之文魏文帝雜詩西北有浮雲亭亭如車蓋行雨東南思假飛山之便吳越春秋范蠡作城訖怪山自至怪山者琅邪東武海中山也一夕自來百姓怪之故曰怪山窮誠已結荒條逾淥方事祁寒君牙冬祁寒小民亦惟曰怨咨願加珍納謹扶力白書迷乏不次孤子徐陵頓首

答李顒之書

近謬枉清音無申窮眷忽辱來告文製兼美君山西盛族素挺風流河北辭林本所嗟賞子桓虛座寧不敬期

吳志魏文帝諱丕字子桓嘗爲虞翻設虛座伯喈倒屣固以相屬後漢書蔡邕才學顯著貴重朝廷常車騎塡巷賓客盈坐聞王粲在門倒屣迎之曰此王公孫也有異才吾不如也吾家書籍文章盡當與之一日復其草土思褧衣裾後漢趙岐傳注岐與友書曰馬季長雖有名當世而不持士節三輔高士未嘗以衣裾褧其門也披素清顏但覺形穢世說衛玠俊爽有風姿王濟輙歎曰珠玉在前覺我形穢公輔之量不負高名晉石苞傳市長趙元儒歎苞當至公輔王佐之才信表天骨後漢王允傳郭林宗奇之曰王生一日千里王佐才也孺子之榻雖其可懸後漢徐穉傳穉字孺子陳蕃爲豫章太守在郡不接賓客惟穉來特設一榻去則懸之仲舉之車彌軫恒眷見與宗室書孤子昔緣素

之叨還皇華今日形容無關天壤殘光炯炯慮在昏明餘息緜緜待盡鐘漏(見為王儀同表)安可以樹揚名士游處盛賞(吳志爽欽與太子登游處)來喻泰高如為善謔文豔質寡何似上林(漢書序傳文豔用寡子虛烏有寓言淡麗北風終始)華而不實將同桂樹(漢五行志成帝時歌謠云桂樹華不實黃雀巢其顛故為人所羨今為人所憐)但忘年之款昔有張衡(未詳後漢書禰衡始弱冠孔融年四十與為忘年交)鄭國之交非無嬰札(左傳吳公子札聘於齊悅晏平仲)儻哀駘可悅甕盎非疑(見與王僧智書)方願投衿庶比傾蓋(家語孔子之郯遇程子於途傾蓋而語終日甚相親)頃陳湯之疾歲月增

湲羊祜之痾秋冬彌劇見與宗室書且年光遒盡觸目崩心扶力含毫諸不申具孤子徐陵頓首

為陳武帝作相時與北齊廣陵城主書齊書辛術字懷哲武定八年除東南道行臺尚書還東徐州刺史為淮南經略及王僧辯破侯景術招攜安撫城鎮相繼款附前後二十餘州於是移鎮廣陵

籍甚英風漢陸賈傳賈遊漢廷公卿間名聲籍甚常懷眷屬封疆有限寤寐增勞辱此月九日告湲慰情佇方秋尚熱體中何如戎帳艱辛無乃為獘吾以庸薄謬膺台鉉既荷先帝拔

擢之恩兼棠今主責成之寄政以皇齊大德世紹和風方籍威靈庶平雖恥提攜小國願預藩臣南史梁貞陽侯明傳陳霸先襲殺僧辯復奉晉安王仍請稱臣於齊永為藩國還詔哀矜許垂容納奉敕須質便遣入朝部下諸將哀吾誠節一兒一弟無所遺恡南史南康愍王曇朗武帝母弟忠壯王休先之子也紹泰二年齊兵攻逼建鄴因請和求武帝子姪為質乃遣曇朗質於齊齊背約遣蕭軌等隨徐嗣徽度江武帝大破之虜蕭軌東方老等誅之齊人亦害曇朗於晉陽立志立義無負上天但故丞相諸子及湛海珍等竝依敕旨馳遣渡江主上又遣吏部尚書王通鴻臚卿謝岐

等 南史本傳岐會稽山陰人陳武帝引參機密為兼尚書右丞 至和州與司馬行臺共為盟誓 南史貞陽侯明傳齊遣行臺司馬恭及梁人盟於歷陽 而蕭軌等決信敗亡 陳武帝紀齊兵至秣陵故城帝率宗室王侯及朝臣於大司馬門外白虎闕下刑牲告天以齊人背約發言慷慨涕泗交流士卒覩者益奮齊文宣帝紀天寶六年十一月梁秦州刺史徐嗣徽南豫州刺史任約等襲據石頭城並以州內附壬辰大都督蕭軌帥衆至江遣都督柳達摩等度江鎮石頭已亥柳達摩為霸先所攻遂以石頭降七年三月丁酉大都督蕭軌等帥衆濟江六月乙卯蕭軌等與梁師戰於鍾山西遇霖雨失利軌及都督李希光王敬寶東方老軍司馬裴英起並沒士卒還者十二三 苟相陵易鬱從東道馳至北郊 陳武帝紀齊軍至玄武湖西北莫府山南將擬北郊壇 既通宮闈

無容靜默兩兩相對俱有損傷彼閒人馬因此奔散且置兵之地溝澗且多退兵之時投赴相積陳武帝紀壬子夜大雨平地水丈餘齊軍晝夜坐立泥中而臺中及潮溝北水退路燥官軍每得番易近遣張都來此且是行人所見但廣陵建業纔隔一江戰場去岸不盈五里軍人退散理反家鄉緣岸村人復有舟檝且蘆牌荻筏竟浦浮江陳武帝紀齊軍士得竄至江者縛筏以濟中江而溺流尸至京口者彌岸千百為羣前後相繼吾又勒兵按甲漢書雋不疑傳右將軍勒兵闕下以備非常韓信傳廣武君對曰方今為將軍計莫如按甲休兵不聽討捕若無恐懼竝

應安遠假使在此不可更生至彼而殂差非吾過如其枉理必是興軍見伐於有道之人加兵於無罪之國若彼王師如此又是違盟后土皇天山川社稷察其怨語寧容相祐辱告承上黨殿下及匹婁領軍齊書婁叡字佛仁代郡平城人也齊受禪得除領軍將軍武成至河陽遣總偏師赴懸瓠叡在豫境留停百餘日專行非法詔免官應來江右師出無名此是何義小之事大差無違理彼之陵我自是乖言玄天所伐匹馬無違翻見怨尤一何非理若彼鬼神有知寧可斯背鬼神無知何用盟歃漢外戚傳

珽搋扞對曰使鬼神有知不受不臣之愬如其無知愬之何益去歲柳達摩等石頭天井連月亢陽三子纔降陳武帝紀齊安州刺史翟子崇淮州刺史柳達摩楚州刺史劉士榮率衆赴任約入石頭又梁敬帝紀翟子崇等降竝放還北連冬大雪黃袍盡沒吳其炳曰陳武帝紀柳達摩等被圍謂其衆曰頃在北童謠云石頭擣兩襠擣青復擣黃侯景服青已擣於此今吾徒衣黃豈誅言驗邪白帳皆浮未詳按後漢西域傳帳者猶中國之戶數也既因之以泥塗兼加之以疾疫蕭衰既退雪霧便除從爾以來稍成災旱定知衣冠之國禮樂相承博物志君子國人衣冠帶劍好禮讓故為君子國天道不言不容都滅長江渺渺巨浪湯湯如關艦

舟師詎有濴利近梁山之戰即是前車蕪湖之役可為明鏡通鑑梁敬帝太平元年齊遣蕭軌等與任約徐嗣徽合兵十萬侵梁山柵口向梁山陳霸先帳內盪主黄叢逆擊破之齊師退保蕪湖霸先遣沈泰等就侯安都共據梁山以禦之昔晉侯不能乘鄭馬左傳乘小駟鄭入也慶鄭曰古者大事必乘其產生其水土而知其人心弗聽戰於韓原晉戎馬旋濘而止趙將不能用楚兵史記廉頗以為楚將無功曰我思用趙人一非水土難為騁力揚州卑濕漢地理志江南卑濕丈夫多夭厥土塗泥禹貢揚州厥土惟塗泥如遇秋霖楚辭皇天淫溢而秋霖兮后土何時兮得乾杳同江漢假令蚩尤重出見勸進表白起還生史記白起者郿人也善用兵事秦昭王控代馬

而陵波後漢班超傳疏曰代馬依風躡胡靴而漓水終難逞効詎有
成功六州勇士漢書金城隴西天水安定北地上郡為六郡雖有百萬十姓
豪傑徒勞千億不能為患斷可知矣昔我平世天下乂
安人不識於干戈時無聞於桴鼓見與楊僕射書故得兇人侯
景濟我橫江梁武帝紀太清二年冬十月已酉侯景自橫江濟采石天步中危實
由忘戰漢主父偃傳引司馬法曰國雖大好戰必亡天下雖平忘戰必危自亂離已久
人解用兵女子無媿於韓彭韓韓信彭彭越也見漢書兒童不殊於
衛霍見移齊文吳鈎甚利吳越春秋闔閭命於國中作金鈎吳作鈎者殺其二子以血釁之遂

成二鈎獻於闔閭鈎師向鈎而呼二子之名吴鴻扈稽我在於此聲絶於口兩鈎俱飛著父之胷吴王乃賞百金

蜀甲殊輕槊動風霜未詳**弩穿金石**韓詩外傳楚熊渠子夜行見寢石似伏獸射之飲羽渠子見其誠心金石為之開而況於人乎**高樓大艦槩日凌雲**謂樓艦之高也詳玉臺新詠序**叱咤而起風雷吹噓如倒山岳**見機周文**侯車騎**陳武帝紀二年以車騎將軍開府儀同三司侯瑱為司空**國家重將分陝上流近隔以邊塵時虧表疏王途既泰貢賦相望尋令子弟侍奉京邑蕭太保龍驤於貢海**梁敬帝紀紹泰元年以太尉蕭循為太保詳與循豪書**王儀同虎視於洞庭**梁敬帝紀紹泰元年以鎮南將軍王琳為車騎將軍儀同三司本傳

琳為元帝舉哀屯兵長沙傳檄諸方為進趣之計時長沙蕃王蕭韶及上游諸將推琳主盟若望高峰便當投袂左傳楚子投袂而起何則凡諸將帥各護家鄉非直吾人獨憂宗社日者頻辱司馬行臺及諸公有告喪行臺當今方邵此諸賢莫非英傑其餘軍士悉是驍雄膚蜀氐羌之兵蜀志晉策命曰乃考保據膚蜀商頌自彼氐羌烏桓白虜之騎烏桓後漢外國名詳移齊文以此衆戰誰能禦之何為比吾倍薄相懸何惡諸君身名俱滅來告以細柳之軍踰於灞上漢書周亞夫為將軍次細柳劉禮為將軍次霸上徐悍為將軍次棘門文帝勞軍至其營曰嗟乎此真將軍矣向者霸上

棘門如兒戲耳吾恐今之趙括不及廉頗也史記廉頗者趙之良將也頗將攻秦秦之間言曰秦之所惡獨畏馬服君趙奢之子趙括為將耳趙王因以括為將代廉頗秦君射殺趙括括軍敗

近張舍人至始奉嚴敕朝廷遣劉叔經仍往啓聞願達丹誠用停王赫詩王赫斯怒伏計天慈理當戀照此身日月所鑒天地所明豈敢虛言欺妄宸極足下既未知始末容有疑怪大軍多士希惠矜弘量非此失時騰表疏章停師旅已存盟信庶其小國永申藩禮天心無爽遹遐一同投筆慷慨不復多白

為陳武帝作相時與嶺南酋豪書

夫否終斯泰屯極則亨若日月之回環猶陰陽之報復近者數鍾九厄（漢書陽九厄四千五百歲為一元一元之中九陽厄五陰厄四陽為旱陰為水）王室中微聖主欽明還承寶運即是高祖武皇帝之孫世祖元皇帝之子重光累聖開國承家天下生民孰不歸德賊勃（南史蕭勃梁武帝從弟景之子也）不涯疏戚希篡帝圖信是奸宄階茲禍亂自王宮再淪於醜逆邊馬四飲於江沱（具九錫文）社稷阽危鑾輿幽辱勃身居列岳自御強兵高視

趑趄見為貞陽侯書坐觀成敗既而天維重綴國步還康翻晝凶圖更謀神鼎且其兵馬之任資於長昆南史吳平侯景傳景子勱勸勔勃勵為廣州刺史歲中數獻方物軍國所須相繼不絕武帝歎曰朝廷便是更有廣州大寶初勃鎮嶺南為廣州刺史方牧之權由於承聖南史太寶初廣州刺史元景仲謀應侯景西江督護陳霸先攻景仲迎勃為刺史時湘東王繹在荊州承制授勃鎮嶺南為廣州刺史操戈而斬姪藉國寵而弒君不忠不義莫斯為甚比春秋便遣大都督歐陽頠攄城主傅泰等兇徒數十遂到臨川南史梁敬帝初即位加勃司徒紹泰中為太尉尋進為太保太平二年太保廣州刺史蕭勃舉兵反詔平西將軍周文育

平南將軍侯安都等南討又勃度嶺出南康以歐陽頠為前軍都督周文育破禽之吾奉承朝算指畫戎略樊滕耿賈樊樊噲滕滕公夏侯嬰高祖功臣耿耿弇賈賈復光武功臣戮力爭驅天地靈祇見與宗室書水陸開道獲傳泰不勞於一箭禽歐陽無待於尺兵偽黨皆俘連城盡拔所獲軍資不可稱算去月十六日德州刺史陳法武等願憤回戈仍梟凶豎一夫挺劍傳首上京萬里澄清後漢范滂傳登車攬轡慨然有澄清天下之志人神慶躍南史三月甲寅德州刺史陳法武前衡州刺史譚遠於始興攻殺蕭勃彼豪門著姓典牧方州拘隔天朝亟離寒暑公私憤

歎豈可為懷今王道平夷理增懽忭朱明戒節爾雅夏曰朱明比復何如軍士平安境内清謐吾以庸薄叨東國鈞詩秉國之鈞恒務牽纏諸有勞弊自天數云否朝禍洊臻東夏崩騰西京蕩覆身惟許國任在勤王宣力皇家靡有寧歲一還京師保持鴻業四驅士馬奪得江左具九錫文始則杜龕元惡張彪不恭據有秦稽連蹤巨震隨機討掩觸刃平夷南史杜龕據吳興以叛龕增辯壻也霸先表自東討仍還都命周文郁進討龕龕以城降誅之梁敬帝紀太平元年春正月己亥東揚州刺史張彪圍臨海太守王懷振于剡岩二月庚戌遣周文育陳蒨襲會稽討彪敗走

丙辰若邪村人斬張彪傳首建業叛臣任約徐嗣徽等屢引齊虜前年末既踐京師江畔邊城皆為戎戍賴貔貅驍力見為貞陽侯書衛霍同心見移齊文殲厥羌夷不日清殄南史陳武帝東討杜龕留侯安都杜稜宿衛臺省軍至義與泰州刺史徐嗣徽乘虛奄至闕下侯安都出戰嗣徽等退據石頭帝以嗣徽寇逼卷甲還都命周文育進討杜龕齊又遣兵萬人於胡墅度米粟三萬石馬千匹入石頭帝乃遣侯安都領水軍夜襲胡墅燒齊船周鐵武率舟師斷齊運輸帝領鐵騎自西明門襲之齊人大潰去年將夏傾國大來鐵騎八千許匹甲士二十餘萬沙塵飛於北闕金鼓震於南宮躬率褊裨聊與挑戰敵便土崩瓦解投險赴

抗大小皆禽鯨鯢盡殲見勸進表三江之上禹貢揚州三江既入塞水無流千里之間伏尸相枕生獲大都督蕭軌裴英起東方老李希光王敬寶等南史二年三月齊遣水軍儀同蕭軌庫狄連堯難宗東方老侍中裴英起東廣州刺史獨孤辟惡洛州刺史李希光并任約徐嗣徽王僧愔等衆十萬出柵口向梁山五月齊兵至秣陵故城游騎至臺都下震駭帝潛以精卒三千配沈泰度江襲齊行臺趙彥深於瓜步獲其舟粟又遣錢明領水軍出江乘邀擊齊人糧運盡獲之齊人大餒帝因命衆軍蓐食攻之齊軍大潰執嗣徽及其弟嗣宗斬之以徇虜蕭軌東方老王敬寶李希光裴英起王僧智等將帥四十六人其軍士得竄至江者縛筏以濟中江而溺流尸至京者彌岸惟任約王僧愔獲免敵中驍將唯此數人屢破關西

之兵頻取淮右之地一朝俘斬無復孑遺詩周餘黎民靡有孑遺遠邇敬欣華夷怖慴如聞彼虜稍是危亡尋命熊羆欲就征討方可以雷行趙魏電埽幽并後漢吳漢傳贊雷埽羣孽混一車書勢在朝暮而侯瑱跋扈江州後漢梁冀傳帝曰此跋扈將軍也公私阻絶即平北賊仍事南征肉袒面縛左傳楚子圍鄭鄭伯肉袒牽牛以迎又殖綽郭最皆衿甲面縛坐於中軍之鼓下歸首闕庭郎為申聞優其禮秩臺儀不貶位遇兼常南史侯瑱鎭豫章甚強又以本事王僧辯未肯入朝後余孝頃與瑱相拒瑱留軍人妻子於豫章令從弟大淵知後事悲衆以攻孝頃大淵部下侯方兒叛攻大淵虜瑱軍府

伎妾金玉歸於武帝瑱既失根本以武帝有大量必能容己乃詣闕請罪武帝復其爵位今所禽歐陽頠傅泰等莫不弘宥政爾授其兵馬處以榮禄坦然遊狎無介懷抱年號武平建武永平後漢年號詳侯安都碑國即清晏君之聞此寧不欣躍但昔緣王事遊踐貴鄉日想山川依然舊識陳武帝紀蕭暎為廣州陳武帝為中直兵參軍隨之鎮明年為交州司馬與刺史楊瞟討平李賁除江西都護高要太守督七郡諸軍事吾既忝荷朝私位逾台衮身持帝王之柄手握天下之圖後漢朱穆傳劉陶等訟穆曰中官近習竊持國柄手握王爵口含天憲詳與楊僕射書故鄉如此誠為衣繡故人不見還同宵

錦漢書上謂朱買臣曰富貴不歸故鄉如衣繡夜行又項羽懷思東歸曰富貴不歸故鄉如衣錦夜行天涯藐藐見與王僧辯書地角悠悠言面無由但以情企今者王猷帝載化被無垠傅毅舞賦游心無垠注垠際也浮海窮山罔不咸格投竿負鼎見與宗室及王太尉書馳步蒼龍後漢百官志北宮門蒼龍司馬主東門注洛陽宮門名為蒼龍闕門崖穴丘園後漢和帝紀詔曰昭巖穴披幽隱遣詣公車朕將悉聽焉詳為貞陽侯書爭趨金馬漢東方朔傳上使待詔金馬門君之才具見為貞陽侯書信美登朝如戀本鄉不能遊宦門中子弟望遣來儀當為申聞各處縈禄濵加持保念嗣音鄭今遣某甲等使彼指此

不多

為陳武帝與周宰相書

昔有天地便立帝王莽昊惟農未詳按史記三皇本紀太皞庖犧氏風姓女媧氏亦風姓代宓犧立號曰女希氏女媧氏沒神農氏作神農氏姜姓遷虞斯夏竹書紀年舜在位十有四年於是八風循通慶雲叢聚遷虞而事夏莫不三靈所佑見勸進表五運相推漢律歷志土生金故為金德金生水故為水德水生木故為木德木生火故為火德火生土故為土德梁德不造固天仮棄雖復東漢之末區宇沸騰西晉之亾生民蕩覆見為貞陽侯書未足以方其禍亂譬彼虔劉者也吾謬以

庸薄屬當興運自昔登庸清諸百越徐聞浪泊靡不征行宋州郡志越州合浦太守領徐聞令後漢馬援傳南擊交阯軍至浪泊上銀洞珠官所在清乂益州記銀水在綿州晉書地理志合浦郡領珠官縣自還麾南極伐逆東都宣力驅馳亟淹寒暑六延梁社十翦彊寇具九錫文黃帝與蚩尤七十戰帝王世紀黃帝討蚩尤凡五十二戰魏祖在軍中三十年魏氏春秋夏侯惇謂王曰殿下即戎三十餘年功德著於黎庶方厥劬勞未為勤苦加以百神所感明靈應期見勸進表萬里徂征蚴龍表瑞陳武帝紀帝進軍頓西昌有龍見水濱高五丈五彩鮮曜於是中軍勇銳上將橫行承此

休符遂興王業梁氏以天祿斯改期運永終欽若唐風推其鼎命吾驚惶三讓拜手陳辭盈廷公卿稽顙敦偪眷言潁水徒抱素心逸士傳堯之讓許由也由以告巢父巢父曰汝何不隱汝形藏汝光非吾友也乃擊其膺而下之許由悵然不自得乃遇清冷之水洗其耳拭其目曰嚮者聞言負吾友遂去終身不相見　樹臣曰九域志潁昌府有許由臺巢父臺尚想汾陽無因高蹈莊子堯見四子藐姑射之山汾水之陽窅然喪其天下偎以庸薄遂膺天寵去月乙亥升禮大壇言念遷桐但有慙媿昔賓門之始境外無交郊特牲人臣無外交不敢貳君也雖遣行人未申嘉好今上天有命光膺寶

歷永與周室方同斷金我運維新宜脩朝聘今遣侍中都官尚書周弘正衛使長安故指有白

為陳主與周冢宰宇文護論邊境事書 周書護字薩保太祖兄邵惠公顥之少子封晉國公文帝曰吾形容若此必不濟諸子幼天下事以屬汝護涕泣奉命孝閔踐阼拜大冢宰

國有三慶民有四安所謂通和是由鄰睦況周陳款好一紀於茲懷抱相期百世方遠灌瓜之美久敦邊吏 賈誼新書梁大夫宋就為邊縣令與楚鄰界兩亭皆種瓜楚亭瓜惡就令人竊為楚亭灌瓜楚王悅梁之陰讓也謝

以重幣拾橡之尤想應無忽東觀漢記李恂餉遺無所受居新安關下拾橡實為食梁氏以漸水東為安湘小郡宜立巴州隋書荊州巴陵郡注梁置巴州多歷年所此於荊部本包分界近得刺史符元舉啟稱蕭歸北史周附庸傳歸字仁遠詧之第三子也忽遣杜元茂神僧訓等將率人馬踰潰涉漸便置城隍易城復于隍謀為侵軼左傳彼徒我車懼其侵軼我也適荷鄰德合州見還不容今眷仍縱蕭氏元舉累移論及翻相河漢劉峻辨命論聖人之言河漢而不測更往研問便騁鋒鏑見機周文彼軍人恃勇遂致俘禽聞此紛紜甚以驚歎其商

奄餘孽周本紀成王既遷殷遺民東伐淮夷殘奄遷其君薄姑才力甚微爲暴邉城良憑大國但情均忌器漢賈誼傳諺曰欲投鼠而忌器不可加兵使教軍司以禮相放且前所立疆城本以南平等五郡輸薦貴朝北史附庸傳蕭詧大定四年詧遣其大將軍王操略取王琳之長沙武陵南平等郡宋書荆州南平内史吳南郡治江南至如安湘既屬巴郡章承鄰惠無候涉言故下漸東惟如澧北政是標其大桶屬荆州之界耳漢高帝紀築甬道屬河注恐敵抄輜重故築垣牆如街巷周附庸傳江陵平周文命詧主梁嗣居江陵城東資以江陵一州之地其襄陽所統盡入於周又詧子歸天保五年長沙巴陵並陷於陳彼此方申分好

義絶規圖所貴惟和所重惟信夫以南平等郡地曠民豐雲夢之田楚王為寶（見移文）吳當勁蜀晉拒彊秦資彼山川竝為州鎮朕若棄其仁義務廣封域寧容延歲竝貢周朝今者和親已固山岳而方謀尺寸之土用益蒹葭之地哉幸非竊疾（國策墨子見楚王曰今有人於此舍其文軒鄰有敝輿而欲竊之舍其錦繡鄰有短褐而欲竊之舍其粱肉鄰有糟糠而欲竊之王曰必為有竊疾矣）相見鑒容江陵小寇既爾虔劉前至之言或相誣罔一二因使人宇文平口具其懷耿耿故此相白

為陳主荅周主論和親書

使人使持節車騎大將軍儀同三司大都督治司城使主杜子暉中軍山遂伯使副鮑宏等至北史杜杲字子暉京兆杜陵人也明帝初脩為修城郡守初陳文帝弟安成王頊為質於梁及江陵平頊隨例遷長安陳人請之至是帝欲歸之命杲使焉又鮑宏字潤身東海郯人也仕梁元帝遷通直散騎常侍郎江陵平歸於周明帝甚禮之累遷遂伯下大夫與杜子暉聘陳謀伐齊省告具懷夫聖君明辟司御兆民則天象地佇育黔首故張旝以往拭玉而來見與楊僕射書同在蒼生恢宏文武雖毀戈鑄戟未擬上皇龍魚河圖云蚩尤造五兵仗刀戟大

弩散馬休牛載懷偃伯司馬法古者武軍三年不興則凱樂凱歌偃伯靈臺荅人之勞告不興也非期與睦忽爽和風奚用殲師左傳宋師敗績公傷股門官殲焉信由天討追尋曩好歎想兼懷言覿今書甫承家難知以冢宰執政擅同淵藪書武成商王受為天下逋逃主萃淵藪令尹當朝妄專征伐無君之譎俾墜其師左傳晉士燮會楚公子罷許偃盟曰有渝此盟明神殛之墜其師無克胙國無將之誅已從司寇公羊傳君親毋將將而誅焉刑名既肅國步還康希篤親鄰敬聞衷款若二境交歡俱饗多福八荒期乂良副所懷今遣具位某甲等使不復

多遜

在吏部尚書答諸求官人書

自古有吏部尚書者品藻人倫簡其才能尋其門冑逐其少多量其官爵但古來數千年非無明時也非無明主也自有才用雖美階級不通門戶雖高官資殊屈若斯人者其例甚多請問諸君此是何義夫一千錢一斛米之多少猶闕相禄況復皇朝官爵理係玄天内典謂之為業外書稱之為命五行有驛馬之言六甲有官鬼

之說必令驛馬時發官罷克身所望階榮便當果遂如其不爾決是難諧豈可改尚書作官罷驅老僕為驛馬邪若見問尚書何不分判用與不用許與不許僕荅云君非屈滯豈可相期決言應果若今驛馬差爽便是乖信此闕君命僕何以相荅邪若朝散之流行止之屬門户相似人才不殊選家斟酌無能為爾若陟大位清官悉由玄命夫人君賓用並是前緣故宋文帝云人豈無運命每有好官缺輙憶羊玄保南史羊玄保太山南城人文帝以玄保廉素寡

欲頻授名郡嘗曰人仕宦非惟須才亦須運命每有好官缺我未嘗不先憶羊玄保梁武帝云世間人言有目色我特不目色范悌自此而論豈非前業且世諺云圖官在亂世覓富在荒年梁孝元帝承侯景之凶荒王太尉接荊州之禍敗爾時喪亂無復典章故使官方窮此紛雜自紹泰太平及永定中聖朝草創爾時州州自帝郡郡稱王魏志注令曰設使國家無有孤不知當幾人稱帝幾人稱王天下干戈尚無條序兼以府庫空虛賞賜懸乏白銀之寶難得漢食貨志武帝時有司奏言古者金有三等黃金為上白金為中赤金為下乃造銀錫白金盜

康曰白金銀也黄紙之版易營南史張興世傳朝廷遣吏部尚書褚彦回就豬圻行遝是役也皆先戰授位檄版不供由是有黄紙札假以官榮代於錢絹義在撫綏無計多少又有非舊非勳非地非才託節將而求官因時人以買位賣官既賤皆為清顯故員外常侍路上比肩諮議參軍市中無數四軍五校車載斗量三國志吳趙咨曰如臣之比車載斗量豈是朝章應其如此今衣冠禮樂日富年華主上體成王之風太傅弘周公之德陳宣帝紀帝諱頊始興昭列王第二子也光大二年進位太傅薄海內外畏我王威時既清矣時既平矣何

可猶作亂世意而見非分之官邪凡人所以稱屈滯者身已不無寸能官又不及父祖既是明時可以於邑所見諸君多踰本分猶言太屈未喻高懷若問梁朝朱領軍等竝為鄉相南史朱异字彦和吳郡錢塘人太清二年為中領軍此不踰其本分邪此天子所用非關選序舊章秦有車府令趙高直為承相秦始皇本紀二世皇帝元年以車府趙高為郎中令三年冬為丞相漢有高廟令田千秋亦為丞相漢書車千秋傳千秋本姓田氏為高寢郎上急變訟太子冤數日為丞相千秋年老朝見得乘小車入宮殿中故號車丞相此復可為例邪僕又

十之歲朝思夕計並願與諸賢為真善知識涅槃經佛言具足梵行乃名善知識曾無嫌隙差可周旋非欲令君作此怨許但既忝衡流應須粉墨庶其允當無負朝寄耳去年疾患亦餘氣息不能相荅通作此書所望諸賢深明鄙意徐君白

同前此篇陳書本

自古吏部尚書者品藻人倫簡其才能尋其門冑逐其大小量其官爵梁元帝承侯景之兇荒王太尉接

荆州之禍敗爾時喪亂無復典章故使官方窮此紛雜永定之時聖朝草創干戈未息亦無條序府庫空虛賞賜懸乏白銀難得黃札易營權以官階代於錢絹義存撫接無計多少致令員外常侍路上比肩諮議參軍市中無數豈是朝章應其如此今衣冠禮樂日富年華何可猶作舊意非理望也所見諸君多踰本分猶言大屈未喻高懷若問梁朝朱領軍异亦為卿相此不踰其本分邪此是天子所拔非關選序梁武

帝云世間人言有目色我特不目色范悌宋文帝亦云人世豈無運命每有好官缺輒憶羊玄保此則清階顯職不由選也秦有車府令趙高直至丞相漢有高廟令田千秋亦為丞相此復可為例邪既忝衙流應須粉墨所望諸賢濬明鄙意

答周處士書　南史周弘讓始仕不得志隱於句容之茅山頻徵不出晚仕侯景為中書侍郎獲譏於代

辱去年三月二十七日告仰披華翰甚慰翹結承歸來

天目吳興記天目山極高峻嶺上有泉水甚美東南有瀑布下注數畝元和地志天目有兩峯峯頂各一池左右相對為天之左右目故名道書云第三十四洞天得肆閒居禮記孔子閒居差有弄玉之俱仙列仙傳蕭史教弄玉吹簫作鳳聲鳳皇來止其屋秦穆公為作鳳臺一旦皆隨鳳飛去非無孟光之同隱後漢逸民傳梁鴻妻孟光曰妾有隱居之服乃更為椎髻著布衣操作而前優游俯仰極素女之經文抱朴子黃帝論導養而質玄素二女升降盈虛盡軒皇之圖藝漢藝文志道家者流黃帝四經四篇黃帝銘六篇黃帝君臣十篇雜黃帝五十八篇雖復考槃在阿不為獨宿見詩詎勞金液神仙傳藥之工者有九轉還丹太乙金液唯飲玉泉比夫煮石紛紜終年不爛神仙傳白石生

者常煮白石爲糧燒丹辛苦至老方成及其得道冥眞莊子至道之精窈窈冥冥又有眞人而後有眞知何勞逸之相懸也又承有方生亦在天目理當仰稟明師總斯祕要豈如張陵弟子自墜高巖列仙傳雲臺山絶崖有桃樹大如臂張陵曰得桃實者告以要道弟子無敢視者趙升從上自擲正中桃樹得桃滿懷而至孫泰門人競投滄海南史沈約傳錢塘人杜炅通靈有道術炅死門徒孫泰泰弟子恩傳其業隆安三年恩於會稽作亂宋武帝紀孫恩自敗後懼見獲乃投水死於臨海何其樂乎聖朝虛心版築尚想丘園見爲貞陽侯書若彼能赴嘉招潘岳詩弱冠添嘉招便當謹申高命但其人往歲亦望至京師觀

此風神確乎難拔見易故以忘懷爵祿詎持犧牲之談左傳賓孟適郊見雄雞自斷其尾問之侍者曰自憚其犧也遽歸告王且曰雞其憚為人用乎人異於是犧者實用人人犧實難已犧何害高視公卿獨騁蜡蛭之訓未詳按莊子人食芻豢麋鹿食薦蝍蛆甘帶天下味知正味注帶小蛇蝍蛆喜食其眼所恐有道三辟公車十徵後漢方術傳董扶字茂安廣漢綿竹人也前後宰府十辟公車三徵再舉賢良方正有道皆稱疾不就若斯者終當不屈此既然矣請復詳言昔楚國兩龔同時紆組漢書龔勝龔舍皆楚人也二人相友並著名節故世謂之楚兩龔俱為光祿大夫謝病歸鄉里郡二千石長吏初到官皆至其家如師弟子之禮漢陰一老相攜抱甕莊子子貢過漢陰一

丈夫方為圃畦鑿隧而入井抱甕而出子貢曰有機於此日浸百畦圃者笑曰夫有機事必有機心吾羞不為也

兄之幽貞若其鑿坏負石

湯伐桀克之以讓務光光曰無道之世不踐其土況尊我乎乃負石而自投瀘水又顏闔不受魯聘鑿坏而遯

方同形影

玉臺新詠楊方合歡詩譬如形追軀又亦如影追身

結綬彈冠

蕭育與朱博為友著聞當世往者有王陽貢禹故長安語曰蕭朱結綬王貢彈冠言其相薦達也

無容楚越況乎冀土夔龍

左傳臧紇咺衛侯退而告人曰衛侯其不得入矣其言糞土也

弁髦名器

左傳豈如弁髦而因以敝之又仲尼曰惟名與器不可以假人

已所不欲非應及人忽承來音良以多感何則

穎陽巢父不曾令薦許由

見為陳武帝書

商洛園公未聞求徵

綺季漢書張良傳注四人謂園公綺里季夏黃公用里先生所謂商山四皓也斯所未喻高懷而躊躇於矛楯也莊子楚人有賣矛及楯者見人來買矛即謂之曰此矛無何不徹見人來買楯則又謂之曰此楯無何能徹者買人曰還將爾矛刺爾楯若何唯遲山阿近信更惠芳音如或誠言謹便聞奏第夙勞比劇不復多呈徐君白

與章司空昭達書

君白日聖朝受命天下廓清所餘殘宄惟有歐紇南史歐陽紇字奉聖領子頠有幹略襲父官爵在廣州十餘年威惠著於百姓宣帝頠疑之太建元年徵為左衛將軍遂

舉兵反詔儀同章昭達討禽之南通文管北據衡疑兄弟叔姪盤阻川
洞南史顏含門顯貴威振南土百越之賨不供王府萬里之民不由
國家明公受脤嚴冬左傳劉子曰祀有執膰戎有受脤持兵杪歲王制冢宰
制國用必於歲之杪開冰踐露爇火宵行便屆全淮乃其神速未
騁三略非勞六奇李康運命論張良得黃石之符受三略之說注上中下三計漢書陳平六
出奇計薄文旗鼓仍平醜類自太清之末永定以來所闕
疆界不過郡邑今茲赴捷二十餘州若較此功庸方茲
英力漢之馬援不能為擬廣州記馬援討平交阯於嶠南立銅柱以表漢之極界

吳之步騭故是相懸吳志步騭爲交州刺史威聲大震南土之賓由此始況孫處宗之叛徒正槌盪主耳陳廢帝紀慈訓太后令曰盪主孫泰等潛相連結大有交通公私慶快可得而言且僕一子屯窮妖徒所制五嶺遐敻漢張耳傳南有五嶺之戍注大庾始安臨賀桂陽揭陽也存亡不測懸懷飲淚破膽復全蒙荷英恩保其身命餘年仰戴何力能勝今遣主帥某馳往稱慶徐君呈

重答朝臣書南史劉師知傳武帝崩六日成服朝臣共議大行皇帝靈坐俠御人衣服吉凶之制博士沈文阿議宜服吉師知議服衰經中書舍人蔡景歷江德藻謝岐等同師知議

時以二議不同乃啟取左丞徐陵決斷陵同傅士議謝岐議必備衰絰陵荅書云云文阿猶執所見衆議不能決乃具録二議奏聞上從師知議

老病屬纊不能多說喪大記屬纊俟氣絶古人爭議多成怨府左傳叔孫昭子曰吾不為怨府傅玄見尤於晉代晉書傅玄為司隸校尉每有奏劾或值日暮捧白簡整簪帶竦踊不寐坐而待旦王商取陷於漢朝漢書工素重商知張匡言多險制曰勿治謹自三緘家語孔子觀周入后稷之廟有金人焉三緘其口而銘其背敬同高命若萬一不死猶得展言庶與羣賢更申揚榷

薦陸瓊書南史陸瓊雲公子也字伯玉素有令名為陳文帝所賞以文學累遷尚書又遷

新安王文學掌東宮管記及宣帝為司徒妙簡僚佐吏部尚書徐陵薦瓚於宣帝乃除司徒左西掾

新安王文學陸瓚見識優敏文史足用見讓左僕射表進居郎署歲月過淹左西掾缺允膺茲選階次小踰其屈滯已積

報尹義尚書

别離二國見與楊僕射書雲雨十年顏延之詩明好雨雲乖心想河陽言銅爵而無遠魏志太祖於鄴作銅雀臺神遊漳水與金鳳而俱蜚幽明

錄鄴城鳳陽門五層安金鳳皇二頭於其上一頭飛入漳河清浪見在水底一頭今猶存北使還辱去冬十月十一日告忽同言敘循環巧製欣慰良深河朔年芳後漢郡國志朔方郡大城故屬西河雖當晼晚宋玉九辯白日晼晚其將入兮白溝浼浼水經注督亢水又南謂之白溝水春流已清紫陌依依水經注鄴縣趙建武十一年造紫陌浮橋於水上長楊稍合體中何如豈無鄉思弟三秦世胄漢高祖紀注應邵曰章邯為雍王司馬欣為塞王董翳為翟王分王秦地故曰三秦六輔良家漢兒寬傳寬表奏開六輔渠文武兼能志懷開遠谷永之筆漢游俠傳谷子雲之筆札無慙古人蓋延之功後漢蓋延傳延與吳漢同歸光武號建功侯

高視前彥而淹留趙魏亟歷寒暄企望鄉關理多悲切聖朝欽明纂歷大拯生民戮巨海之奔鯨殲中原之封豕見勸進表晉君之說長安遠於日邉劉昭幼童傳晉明帝諱紹元帝太子也帝問長安何如日遠荅曰不聞人從日邉來只聞人從長安來明日集羣臣宴會復以此問又以為日近元帝動容問何故異昨日之言荅曰舉頭見日不見長安揚雄有言交州在於天際揚雄交州箴交州荒裔水與天際則輸琰王府詩來獻其琰屈滕閶門西京賦注閶闔天門也川洞酋豪彊梁溟海古逸詩金人銘強梁者不得其死神兵一指率土咸康詩率土之濵莫非王臣方當偃覇於靈臺見論和親書韜戈

於武庫洪魏相傳霍光曰武庫精兵所聚故以丞相子為武庫令變大風於五禮舜典
脩五禮詳與揚僕射書驅蒸民於昌長詩天生蒸民物色英聲搜揚俊
傑投竿負鼎見與宗室及王太尉書馳步蒼龍嚴穴丘園爭趨金
馬見為貞陽侯及與甯豪書而弟留河北義等周卲懷此殊才實可
傷嗟吾淹滋既暮屈原離騷望崦嵫而勿迫注崦嵫日所入之山也容鬢皤然
易賁如皤如風氣彌留砭藥無補追惟疇昔檀弓夫子曰予疇昔之夜共
備行人室家安危賓禮升降懸壺代哭喪大記君喪秋人出壺司馬乃
官代哭大夫官代哭不縣壺士代哭不以官俱歴春冬移館於箕見與楊僕射書同

茲辛苦鳴蜩抱樹亟見藏冰月令仲夏之月蟬始鳴爾雅方言蟧楚謂之蜩左傳
古者日在北陸而藏冰西陸朝覿而出之歸雁銜蘆多經寒食淮南子雁銜蘆而翔似備
弋繳月令孟春之月鴻雁來吳挺曰荊楚歲時記去冬節一百五日即有疾風甚雨謂之寒食靖言
念此如何可忘握翫來書彌其承臉夫以擁腫之木得
免因於不才莊子惠子曰吾有大樹人謂之樗其本擁腫又人間世篇匠石見櫟社樹曰是不材
之木也無所可用故能若是之壽轂觫之牛自保由其無用見孟子以余
鄙陋未友龔生見與楊僕射書惟歎吾賢不同蘧瑗耳論語蘧伯玉使
人於孔子若推溝拯溺見孟子每切皇衷逸翮飄鱗見優機檻

所以降尺一之書後漢陳蕃傳漢以尺一版寫詔書馳輶軒之使見與楊僕射書心期與國必遂還途寧謂親鄰更成難請言尋雅告所及縲囚左傳知罃對楚子曰兩釋纍囚以成其好便訪鴻臚後漢百官志大鴻臚掌諸侯及四方歸義蠻夷幸無淹使聞諸司寇或有邊俘前歲中流是維同惡左傳韓宣子曰同惡相求如市賈焉燕禽望闕戰國策於是乃摩燕烏集闕見說趙王於華屋之下冀馬臨江左傳司馬侯曰冀之北土馬之所生裁頓雲羅自投天網見移齊文京觀之家宜彰武功見勸進表周醜疑作首之門方申明罰左傳齊襄公之六年鄋瞞伐齊齊管成父獲其弟榮如埋其首於周首之門而聖朝好

生惡殺收雷寢電兵車所獲雖同長萬之來左傳宋公謂南宮長萬曰今子魯囚也恩澤從容無異荀罃之禮左傳荀罃在楚楚子厚其禮而歸之方之於弟況擬非倫伊昔梁朝共奉嘉聘張茲大帛儀禮使者載旜帥以受命於朝周官司常通帛為旃處彼高閣左傳高其閈閎以無憂客使庭奏歌鍾左傳鄭人賂晉侯歌鍾二肆晉侯以樂之半賜魏絳魏絳於是乎始有金石之樂座延僑肸晉叔向名肸鄭子產名僑賓客之敘方於阼階曲禮主人就東階客就西階客若降等則就主人之階主人固辭然後客復就西階田獵之禽同於君膳王制天子諸侯無事則歲三田一為乾豆二為賓客三為充君之庖正以鄉關阻亂致爾拘留家國

隆平義應旋反況復韓宣屢至宰孔頻還翻爾拘回豈云鄭睦弟遂鍾儀之操見與楊僕射書對此皇華高厚之詩左傳齊高厚之詩不類一何非類闕徐廉樂之況未詳三戰七禽之言魯仲連遺燕將書曹子以一劍之任劫桓公於壇位之上三戰之所失一朝而反之徐文炳曰晉漢春秋諸葛亮征孟獲七縱七禽此日借子之矛攻子之室見荅周處士書彼之使客猶尚不還此於齊都豪門貴戚周行匪例事義相懸豈與大弟同年而語吾本自凡流以復衰稍近東岱不奢魏劉楨詩常恐遊岱宗不復見故人擊壤之年惟欣堯俗高士傳壤父者堯時人年五十而擊壤於道中若

邪之復長保安卧時思之原注若邪至此闕誤不棄忝亞宗卿非復侵官天辰左傳賈季使續鞫居殺陽處父書曰晉殺其大夫侵官也但當今芃芃在詠濟濟盈朝詩芃芃棫樸又濟濟多士才冠鄉雲司馬長卿揚子雲也見漢書智同荀郭荀彧郭淮也見魏志文辭富於江海高論薄於雲霄趨走丹墀之門見與王僧智書侍奉清規之内弟來款言至欲附所聞勝類非宜更其多惑若疑作遂使良有猶希贈鯉之書古詩呼兒烹鯉魚中有尺素書郵驛方通復行蜚鶴之信魏文帝詩飛鶴晨鳴聲可聞執筆潸然不知何向

與李那書

北史李昶傳昶小名那幼解屬文有聲洛下周文令入太學保定初以近侍清要盛選國華乃以昶及安昌公元則中都公陸逞臨淄公唐瑾等並為納言父志字鴻道爾朱之亂奔江左昶以父在江南身寓關右自少及終不飲酒聽樂時論以此稱焉 附那答書

繁霜應管能響豐山之鐘玄雲觸目又動流泉之奏矧伊物候且或冥符況乃矜期相忘道術楚齊風馬旻會浮雲行李無因音塵不嗣殷御正銜命來歸嘉言累札江南橘柚薊北桑柘陰慘陽舒行止多福足下泰山竹箭浙水明珠海內風流江南獨步扶風計吏議折祥禽平陵李廉辨訓文約況復麗藻星鋪雕文錦縟風雲景物義盡緣情經綸憲章辭瑋表奏久以京師紙貴天下家藏詞移齊右之音韻改河西之俗豈真揚雲藻翰獨留千金駟宗文雅惟傳好事僕世傳

經術才謝劉歆家有賜書學匪班嗣弱年有意頗受雕蟲歲月三餘無忘肆業戶牖之間時安筆硯顰眉難巧學步非工恒經收孺之談屢被陳思之誚羞逢仲子類君山之鼓琴屢見子將同本初之車服不謂殷侯虛談成價遂同布鼓輕響雷門燕石空雕終慙比德楚鞏雖拂實媿棲桐豈若邯鄲舉袖唯聞變曲協律飛塵必應不顧是以日南寶貝遂望歸秦合浦文犀更希還漢芳春行獻鸎其鳴矣懸豫章之林置長安之驛厚築墻垣思逢鄭僑之勝工歌周頌佇奏延陵之樂書繒有復

道意無坤李那頓首

籍甚清徽見為陳武帝書常懷虛眷山川緬邈見讓表河渭像於經星見樂府顧望風流長安遠於朝日見報尹義尚書青蔓戒節

見與王僧智書白露為霜見詩君子惟宜福履多豫雍容廊廟文士

傳張衡拜侍中恒居帷幄從容風議拾遺左右獻納便繁漢官儀侍中周官也便繁左右與帝

升降卒思近對拾遺補闕百僚之中莫密於茲留使帷書晉孫惠傳惠每造書檄東海王越或驛馬

帷之應命立成皆有文采馳馬成檄學林桓溫北征鮮卑喚袁宏倚馬前作露布文手不輟筆車

騎將軍賓客盈座未詳丞相長史瞻對有勞蜀志張裔字君嗣丞相亮

出駐漢中裔領留府長史書與所親曰晝夜不得寧息人自敬丞相長史男子張君嗣附之疲倦欲死脫

惠箋繒慰其翹想吾棲遲茂陵之下西京雜記司馬相如素有消渴疾漢書

司馬相如卒於茂陵臥病漳水之濱見與宗室書迫以崦嵫見報尹義尚書難

為砭藥平生壯意竊愛篇章忽覯高文見同注詹事戴懷勞佇此後殷儀同至止吳尚采曰周武帝紀保定元年六月遣御正殷不害使於陳王人授館國語襄公至陳膳宰不致餼司馬不授館用阻班荊見與王僧辯書常在公筵敬析名作獲殷公所借陪駕終南入重陽閣詩周明帝紀武成二年三月重陽閣成及荊州大乘寺隋書荊州南郡注舊置荊州宜陽石像碑四首鏗鏘並奏能驚趙鞅之魂樂記子夏曰非聽其鏗鏘而已也詳襄表輝煥相華時瞬安豐之眼漢竇融傳融封安豐侯竇氏一公兩侯三公主四二千石皆相與並時自祖及孫官府邸第相望京邑山澤晻靄曹植王粲誄榮耀當世芳風晻藹松

竹參差若見三嵏之峰郭璞注三嵏山在聞喜依然四皓之廟張禮遊咸南記圭峰紫閣在終南山四皓祠之西甘泉鹵簿盡在清文扶風輦路悉陳華簡漢地理志右扶風領縣二十一起宮者有八縣詳樂府昔魏武虛帳陸機弔魏武帝文遺令使仔妓人皆著銅雀臺於臺堂上施八尺牀張繐帳朝晡上脯糒之屬月朝十五輒向帳作伎汝等時時登銅雀臺望吾西陵墓田韓王故臺晉孫楚韓王臺賦序酸棗寺門外夾道左右有兩故臺訪諸故老云韓王聽政觀也自古文人皆為詞賦未有登茲舊閣歎此幽宮標句清新發言哀斷豈止悲聞帝瑟漢郊祀志泰帝使素女鼓五十絃瑟悲帝禁不止故破其瑟為二十五絃泣望羊碑晉羊祜傳祜好遊峴山襄陽人

建碑立廟於其地歲時祭祀望其碑者無不流涕因謂之墮淚碑一詠歌梁之言劉向別錄晉人虞公發聲清哀拂動梁塵便掩盈懷之淚左傳聲伯夢涉洹或與已瓊瑰食之泣而為瓊瑰盈其懷至如披文相質意致縱橫才壯風雲義深淵海方今二乘斯悟寶性論何等為六種人一大乘二中乘三小乘四信佛五信法六信僧同免化城法華經法華導師多諸方便於險道中化作一城是時疲極之衆前入大城生已度想生安穩想六道知歸法苑珠林問曰云何名六趣依毗曇論云趣者名到亦名為道謂彼善惡業因道能運到其生趣處故名為道亦可依所造之業趣彼生處故名為趣皆踰火宅法華經長者以牛車羊車鹿車立門外引諸子出離火宅華嚴經火宅衆苦所燒也宜陽之作特會幽衿所覩

黄絹之辭會稽典録上虞長度尚使婗朗作曹娥碑文
成未出又試使邯鄲淳爲之操筆而成無所
點定朗嗟歎不暇遂毀其草其後蔡
邕題八字曰黄絹幼婦外孫虀臼彌懷白雲之頌穆天
子傳帝宴西王母於瑶池之上西王母爲天子歌曰白
雲在天山陵自出道理悠遠山川間之將子無死尚復能
來但恨耆闍遠岳法華經耆闍崛山中山形如
鷲佛常居此中故號鷲頭檀特高
峰佛説太子須大拏經葉波國温陂
王語太子汝出國去徙汝著檀特山開士羅浮法苑
珠林西晉沙門釋道開燉煌人石虎時來月氏石氏將末與
弟子來建業入南浮羅遂卒山舍袁彦伯興寧中登山
禮其枯
骸也康公懸溜未詳按法苑珠林齊始豐赤城山有
釋慧明姓康康居人祖世避地東吳
止赤城山石室竟陵文宣王
敬以師禮建武末卒於山中不獲銘兹雅頌耀彼幽巖

循環省覽用忘飢渴握之不置恒如趙璧藺相如傳相如奉璧奏秦王秦王大喜傳以示美人及左右翫之不足同於玉枕拾遺記漢誅梁冀得一玉虎頭枕頷下篆云帝辛之枕與妲己同枕之京師長者後漢馬援傳謂姊子曹訓曰王氏廢姓也子石當屏居自守而反遊京師長者具敗必也好事才人漢王褒傳益州刺史王襄使褒作中和樂職宣布詩選好事者令依鹿鳴之聲習而歌之爭造蓬門請觀高製軒車滿路如看太學之碑漢蔡邕傳邕正定六經文字自書册於碑使工鐫刻立於太學門外觀視及摹寫者車乘日千餘兩填塞街巷街巷相填無異華陰之市高士傳張楷隱華山學者從之成市但豐城兩劒尚不俱來晉書雷煥為豐城令武帝時斗牛間有紫氣張華問

煥荅曰寶劒之精耳當在豫章豐城煥至掘獄果得劒二一以送華一以自佩華得劒曰乃干將也莫邪可復至乎然神物終當合耳華誅劒失所在煥子葉攜劒過延平津忽躍入水但見二龍蟠淡曲

韓子雙環必希皆見見與楊僕射書莫以好龍無別錄曰莊子葉公子高好龍宮室雕文盡以龍於是天龍聞而下之窺頭於牖拖尾於堂葉公見之棄而退走失其魂魄五色無主

木鴈可嘆韓子墨子為木鳶三年而成蜚一日而敗吳丹鳳曰南史王彧傳詔荅曰張單雙哭木鴈兩失載望瓊瑤詩報之以瓊瑤因乏行李左傳燭之武曰行李之往來共其乏困金風已勁

王質宜調書不盡言但聞文繫徐陵頓首

與顧記室書未詳按顧越傳越字允南吳郡鹽官人也陳天嘉中詔侍東宮讀除東中

郎鄱陽王府諮議參軍甚見優禮又按陳宗室傳鄱陽王伯山字靜之文帝第三子也天嘉元年封鄱陽郡王六年為緣江都督平北將軍南徐州刺史伯山性寬厚美風儀於諸王最長

吾伏事天朝本非舊隸殿下殊恩遠垂薦拔故常戰慄慄甘心痛謹庶其愚老無負明據近者既居臺轄唯務奉公去年正月十五日尚書官大朝元凱既集丞郎肅然忽有陳慶之兒陳暄者帽簪釘額條布裹頭白袍通踝皂靴至膝直來郎座徧相排抱或坐或立且歌且詠吾即呼舍吏責列不荅而走反為憾恚妄相陷辱至

六月初遂作盲書便見誣謗南史陳暄傳陳太康中徐陵為吏部尚書精簡人物搢紳之士皆嚮慕焉暄以玉帽簪插髻紅絲布裹頭袍拂踝靴至膝不陳爵里直上陵坐陵不之識命吏持下暄徐步而出舉止自若竟無怍容作書誚陵陵甚病之聖朝明鑒悉知虛罔唯云吾取徐樞為臺郎南司檢閱了不窮推承訓勑為信言致成墮免此事冤枉天下所無吾市徐樞宅為錢四萬任人市估文券歷然不蒙申理見枉虛巧二者樞是故少府卿鱗南史作麟之子鱗殞身侯景之役又為西臺所贈兗州左衛官位甚高未知其子何忝郎署其炳曰南史陸驗徐驎並

吳郡吳人兩人遞為少府丞大市令朱异其邑子也尤與之昵世人謂之三蠹驎素為邵陵王綸所憾太清三年為綸所殺 魏晉之前如為久遠宋齊以降其例甚多如徐愛南史作爰 阮佃夫之子可不得郎官邪紀文南史作交 鄉公向璡皆為列棘豈冗雜曹郎乎 南史 阮佃夫會稽諸暨人宋明帝世權亞人主元徽三年還黃門侍郎領右衛將軍明年改領驍騎將軍還南豫州刺史歷陽太守猶曾內任五年賜死 又 紀僧真子交卿甚有解用徐爰南琅邪開陽人本名瑗後改 三者樞入身梁朝解褐岳陽王小府墨曹 南史 曲江公誉昭明太子第四子封岳陽郡王 隋書 荊州巴陵郡湘陰縣 注 梁置岳陽郡 承聖時為故敬帝晉安王諷席文墨具存陝西官爵

乃多浮濫更補臺郎不為不擢未知何忽推宅貸官四者徐領軍節度自啓樞為郎敕未選序吾既不啓據又不為選職所可相關止是得中候相聞為呈啓而已以此見罪一何冤濫吾借在丞華見荅王太尉書是弟所悉行年六十闕無儕儔非意餘生忽此誣謗堯有驚於讒說舜典帝曰龍朕既讒說殄行震驚朕師命汝作納言孔將感於拾塵呂氏春秋顏回對曰向者埃煤入甑中棄食不詳因攫而飯之雖復聖主機明不能悉照殿下德高兩獻漢孝景十三王傳河間獻王德修學好古實事求是吳皖曰後漢光武十王傳沛獻王輔矜嚴有法度好

經書作五經論時號之曰沛王通論在國謹節始終如一稱為賢王風美二南詩序周南召南正始之道王化之基億兆歸心衣冠有託久願通啓披訴聖明伏見軍戎多務所以不敢祈冒弟與吾遊眷亟回星紀故人如此寧不矜歎邪侍言有便云何且為啓聞一蒙神鑒照其枉直方殁幽泉無恨灰壞伏覲謁帝承明魏曹植贈白馬王彪詩謁帝承明廬緒言多次服矜遺老曲賜湔濯則殿下前時妄澤匪復偏私遂吳良延薦之恩後漢書吳良傳東平王蒼辟良署為西曹上書薦良拜為議郎無王丹所舉之謬王丹傳客有薦士於丹者因避舉之後所舉者陷罪丹坐

以免吾得方辭武騎漢書司馬相如事孝景帝為武騎常侍永附梁賓漢書景帝拜枚乘為弘農都尉乘不樂郡吏以病去官復遊梁雖媿家丞處呈秋實魏志邢顒為平原侯植家丞顒防閑以禮由是不合庶子劉楨諫曰君侯采庶子之春華忘家丞之秋實緣弟溪眷故此敬憑干謁非空益懷悚慨徐陵白

荅族人梁東海太守長孺書原注其人梁末入北齊中云賢從君政佐佑興基此必南人而為齊謀主者按徐之才丹陽人也隨豫章王綜入魏武平四年自散騎常侍轉祕書監之才解天文兼圖讖之學知午年必有革易因高德政啟之文宣聞而大悅帝登祚後彌見親密惜齊書北史本傳之才俱無表字可攷姑存之

恩當作息報南史本傳陵長子儉一名報按集中有謝兒報坐事付治中啓近歲奉使來歸辱彼河清年中告行齊書河清世祖武成皇帝諱湛年號也并惠以明鏡亟離寒暑雖復時陳梁鶴日照孫鸞未詳按列女傳梁寡婦高行者梁王聘之乃懸鏡割鼻梁王高其行號曰梁高行神異傳昔有夫婦將別破鏡人執半以為信忽與人通鏡化鵲飛後人因鑄鏡為鵲安背上也北堂書鈔孫承鏡賦序余昔於吳市得鏡晞日映水清郎明瑩瑩言慰相思反增離眷劉傳二常侍還陳書傅縡傳縡字宜事北地靈州人也世祖召為驃騎安城王中記室尋以本官兼通直散騎侍郎使齊又承書札銀鉤甚麗晉索靖草書狀婉若銀鉤王疏依然開封伸紙破愁為笑劉琨答盧諶書舉觴對膝

破涕爲笑素秋方届梁元帝纂要秋亦曰素秋溽暑稍闌月令季夏之月土潤溽暑體中何如善保元吉藂臺之壁虞譔覽古詩趙氏有和璧漢地理志叢臺在邯鄲趙武靈王築少海之珠山海經無皋之山南望幼海注即少海也何以鄉里所在為貴鄉託身大國既已積年彼朝英彥理相欽挹方當交辟三命見答周處士書清宦兩宮漢竇嬰傳有如兩宮奭將軍則妻子無類矣何乃闇然遲有問也吾七十之歲崦嵫已迫見報尹義尚書朽老之疾隨年而甚徒懷北邙之切張協登北邙山賦墳隴㠔疊未遂東都之期博物志公卿送夏侯嬰葬至東都門外馬不行接地悲鳴得石椁銘云佳城鬱鬱三千年見白日吁嗟滕

公居此室乃葵之牽役承間但有衰頓賢從君政佐佑興基中舍謀殿中竝休宣自別有書問來告訪吾文章吾身歸來鄉國亟從炎涼沈約詩寒暑遞炎涼牽課疲朽不無辭製而應物隨時未曾編録既承令告輒復搜檢行人相繼別簡知音但既之新聲全同古樂正恐多慙於協律致賺於文侯耳漢外戚傳孝武李夫人本以倡進初夫人兄延年性知音善歌舞武帝愛之每為新聲變曲聞者莫不感動平陽主因言延年有女弟上乃召之實妙麗善舞由是得幸以延年為協律都尉樂記魏文侯問於子夏曰吾端冕而聽古樂則唯恐臥燕南趙北後漢書公孫瓚時謠言曰燕南陲趙北際中央

不合大如礪唯有此中可避世地角天涯言接末由但以潛欷善敬德中郎竝北境之良選皇華之上求若可輶軒見與陽僕射書別當委白君問

諫仁山淡法師罷道書

竊聞出家閒曠猶若虛空在俗籠樊比於牢獄涅槃經在家迫迮猶如牢獄煩惱因之而生出家寬廓猶如虛空一切善法因之增長非但經有明文亦自世間共見嚮聞法師覆彼舟航文殊問經住家者是煩惱大海出家者是大舟航趣返緇衣之務此為目下之英奇非久長之深計何

以知然從苦入樂未知樂中之樂從樂入苦方知苦中之苦見涅槃經弟子素與法師雖無曩舊相知已來亦復不踈夫良藥必自無甘忠諫者決乎逆耳漢淮南王傳嚴正上書曰毒苦苦口利病忠言逆耳利行倚見其僻是以不忍不言且三十年中造莫大之業如何一旦舍已成之功深為可惜敬度高懷未解深意將非帷帳之策欲集留侯漢張良傳良曰始臣起下邳與上會留臣願封留詳與楊僕射書形類臥龍擬求葛氏蜀志徐庶謂先主曰諸葛孔明臥龍也將軍豈願見之乎黃石兵法寧可再逢漢張良傳良嘗間從容步遊下邳圯上有一父

老衣褐至良所直墮其履圯下良因跪進因授一編書曰讀是則為王者師孺子見我濟北穀城山下黃石即我已

三顧草廬無由兩遇諸葛亮表三顧臣於草廬之中封爵五等惟見不逢書列爵惟五中閤外門雖朱易白世說竺法師在簡文坐劉尹問道人何以遊朱門答曰君自見其朱門貧道如遊蓬戶漢吾丘壽王傳或由窮巷起白屋鳴笳鳳管非有或聞魏文帝與吳質書從者鳴笳以啟路詳答周處女書僯女歌姬空勞反詭左傳晏子曰擅鏡舞女覓之者等若牛毛得之者譬如麟角抱朴子學若牛毛得如麟角以此之外何所窺窬見與王僧辯書法師令若退轉寶女經佛告寶女吾往古世堅固勸助而不退轉未必有一稱心交失現前十種

大利何者佛法不簡細流李斯上秦皇書河海不擇細流入者則尊歸依則貴上生經若有歸依彌勒菩薩當知是人得不退轉上不朝天子下不讓諸侯獨翫世間無為自在其利一也身無執作之勞口餐香積之飯維摩經上方有國佛號香積如來以一鉢盛香飯恒飽衆生心不妻妾之務身飾芻摩之衣未詳按法苑珠林衣中有四者一糞埽衣二毳衣三衲衣四三衣一朝無踐境之憂夕不千里之苦俯仰優游寧不樂哉其利二也躬無任重居必方域白壁朱門韓詩外傳楚襄王遣使者持黃金千斤白璧百雙聘莊子為相理然致敬夜琴晝瑟自足娛懷曉筆暮詩

論情頓足其利三也假使棘生王路晉藝術傳佛圖澄天竺人也本姓帛氏少學道通玄術石季龍傾心事澄季龍大享羣臣於太武前殿澄吟曰殿乎殿乎棘子成林將壞人衣季龍令發殿石下視之有棘生焉冉閔小字棘奴明年季龍死遂大亂橋化長溝未詳巷吏門兒何因仰喚寸絹不輸官庫升米不進公倉庫部倉司豈須求及其利四也門前擾擾鮑照詩擾擾遊宦子我且安眠巷裏云云李陵答蘇武書而執事者云云余無鶩色家休小大之調門停強弱之丁入出隨心往還自在其利五也出家無當之僧猶勝在俗之士假使心存殺戮手無斷命之愆密裏

通情決勝灼然矯俗如斯煩垢萬倍勝於白衣四分律沙門以
世俗法教白衣一入愛河法苑珠林登常樂之高山出愛河之深際永沉無出其利
六也聽鐘聲而致敬增一阿含經鳴鐘得福尋香馥以生心朝覲尊
儀法苑珠林云千尺之尊儀起暮披寶軸剎那之善逐此而生仁王經一
念有九十殺那一一剎那中復有九百生滅水滴微功漸盈大器法苑珠林寶積云世
尊告言譬如有人析一毛為一分以一分於大海中取一滴水喻彌陀佛剎莊嚴彼大海水喻普見佛剎莊嚴
復過於是未知因緣果報善惡皎然就此而言其利難陳矣
假使達相白衣猶有埃塵之務縱令遙寄彈指維摩經度百千

劫猶如彈指遠近低頭形去心留身移意往間有者得如此貧苦者永無因近在目前不言可見其利七也山間樹下故自難期報恩奉盆經一切聖衆或山間禪定或得四道果或樹下經行或得六神通枕石漱流實為希有晉書孫楚曰當欲枕石漱流猶斯之類不可思議如此者難逢一心人悕遇法師未能不學交習聽勝之因一旦退心於理邈矣其利八也開織成之帙見過去之因摛瑠璃之卷驗當來之果賢愚經時佛姨母摩訶波闍波提佛已出家手自紡織預作一端金色之㲲奉上如來佛令持此往奉衆僧注㲲織成大衣也阿育王傳王作八萬四千金銀瑠

璃玻瓈箧盛佛舍利齊竟陵王子良付士淨住子淨行
法門云藉如此之勝因獲若斯之妙果衆香偈轉不住
心退無因果按佛經
佛有過去當來之號
識因識果不以為慿知福知報何
由作罪上無舟檝交見沒溺之悲下失浮囊則有沈身
之患大悲經佛告阿難有大商主在海中間其船卒壞
或有得船版者或有浮者有命終者我於爾時作
彼商主在大海中用其利九也曠濟羣品為天人之師
以浮囊安隱而度
景德傳燈録周昭王二十八年釋迦佛主刹利王家放
大智光明照十方世界湧金蓮花自然捧雙足分手指
天地作師子吼聲年十
九欲出家號天人師
水陸空行皆所尊貴主必闍黎
和尚釋氏要覽梵語云阿
闍黎即唐云軌範也
書輒致敬和尚遠近嗟咏貴

賤顥卬法師令必退轉立成可驗纔脫袈裟【起世經】（剃除鬚髮著袈裟衣）逢人輒稱汝我始解偏袒【法苑珠林】（律中但有三衣通肩被腹如見長老乃偏祖之）姓名便亦可呼平交者故自不論下劣者亦恐不讓薄言稱已榻席懸異從來小得自在【瑜伽論】（王過有十二不得自在）便以君為提封【漢刑法志】（提封萬井）若不屈膝斂手自違無因俯仰承迎未閑合度如此專專何由可與其利十也略言十事空失此幾其間深道寧容具述仰度仁者心居魔境為魔所述意附邪途受邪易性假使眉如細柳何足

關心頗似桃花詎能長久梁元帝詩柳葉生眉上又三月桃花含面脂同衾分枕猶有長信之悲漢書趙氏子弟驕妒健伃恐久見危求供養太后長信宮坐臥忘時不免秋胡之怨列女傳魯秋胡潔婦者秋胡子之妻納之五日去官於陳五年乃歸未至其家見路傍有美婦人以金與之歸至家母呼婦至乃向采桑者也婦自投河而死洛川神女尚復不惑東阿曹植洛神賦注植入朝帝以甄后遺枕付之歸途感而入夢因作感甄賦後改曰洛神按植封東阿王世上班姬即班健伃何關君事夫心者面焉左傳子產曰人心之不同如其面焉若論纏綣左傳臧昭伯載書纏綣從公無通外內則共氣共心一遇纏綿則連宵厭起法師未通返照安悟賣花

大藏一覽悉達多太子妃邪律輸陀羅即是宿命賣花女也未得他心那知彼意嗚呼桂樹戰國策蘇秦對楚王曰楚國食貴於玉薪貴於桂遂為豆火所焚法苑珠林乾薪萬束豆火能焚可惜明珠乃受淤泥埋沒翻譯名義集摩尼或云喻摩正云末尼即珠之總名也此云離垢此寶光淨不為垢穢所染弟子今日橫諮必為法師所哂世上白衣可訾何限遺教經白衣受欲非行道且人無法自制嗔猶可恕一人退道而不安危推此而言實成難解譬如瓦礫盈路人所不驚片子黃金萬夫息步正言法師入道之功已備染俗之法未加何異金搏赤銅銀換鉛錫可悲可

陵和南法苑珠林和南者出要律儀翻為恭敬善見論翻為度我二義俱通昨預沈儀同法席餐奉甘露無畏之吼衆咸歸伏然正法炬朗諸未悟自慶餘年得逢妙說尋事諮展此不申心謹和南

又

陵和南仰注之心難可敷具按公至蒙三月二十日旨用慰積歲傾心麥冷體中何如願一日康勝山中春夏無餘障惱耳遲復存旨弟子二三年來溘然老至眼耳聾闇心氣昏塞故非復在人兼去歲第六兒夭喪痛苦

成疾由來除愈適今月中又有哀故頻歲如此窮慮轉深自念餘生無復能幾無由禮接係仰何言敬重𢰅公今還白書不次弟子徐陵和南

又

陵和南放生星聞公家極相隨喜事是拔公口具謹不多諮惟遲拔公廷出數百里水全其命根如此功德莫數無盡隨喜無量此不委諮弟子徐陵和南

五願上智者禪師書

惜猶可優量能忍難忍方知其最願棄俗事務息塵勞正念相應行志兩全薄加詳慮更可思惟悔之在前無勞後恨如弟子算遠即十數年中決知惻惻近即三五歲内空唱如何萬恨萬悲寧知遠及自誤自錯永棄一生乃知斷弦可續博物志漢武帝時西國有獻膠五兩者弓弦斷以口濡香膠續之以射終日不斷因名曰續弦膠情去難留或若火裏生花可稱希有齊蕭子良集經所謂火中生蓮花此實為希有也迷人知返去道不遙幸速推排即登正路法師非是無智遂為愚者所迷類似何難更為

魔之所繞摩鄧女經阿難隨水邊行見一女人在水邊擔水而阿難從女乞水女即與水女歸告母我得嫁難乃可嫁我不不得者我不嫁也猶須承三寶之力照周等覺謂之佛寶禮無非法謂之法寶至德常和謂之僧寶此乃體一義三同性三寶制彼窮究竪般若之幢佛書有般若波羅密多心經按梵語般若此云智惠吳矩臣曰龍樹菩薩傳并付法藏傳建立法幢摧伏異道也天魔自款因果經菩薩將成道時魔王恐諸衆生皆歸空我境界令三女供給以亂定意菩薩不納三女忽然咸變陋形若此言者當即便冀棄芻蕘若不會高懷幸停淡怪耳

與智顗書

陵和南弟子思出樊籠無由羽化既善根微弱冀願力莊嚴一願臨終正念成就二願不更地獄三途婆娑論羅人為獄卒阿傍之所拘刺不得自在故名地獄法句經身死神去輪轉三途自生自死苦惱無量三願即還人中不高不下處託生勝天王經佛自說云八十種好者五十八章下不高不下隨衆生樂四願童真出家如法奉戒道宣律師感應記清淨梵行修童真業五願不墮流俗之僧憑此誓心以策西暮今書丹款仰乞證明陵和南

徐孝穆全集卷三

總校官舉人臣章維桓
校對官編修臣嚴　福
謄録監生臣　張名林

南北朝·徐陵 撰

徐孝穆全集

（二）

中国书店

詳校官編修臣朱鈐

欽定四庫全書

徐孝穆全集卷四

陳 徐陵 撰

吴江吴兆宜箋注

序

玉臺新詠序（晉陸機塘上行發藻玉臺下注玉臺以喻婦人之貞）

凌雲概日由余之所未窺（海録碎事凌雲臺魏文帝黄初二年築燕昭王好神仙仙人甘宙與王登握日之臺史記秦本紀戎王使由余來聘穆公示以宫室引之登三休之臺顧樵曰周書宣帝既滅北齊詔曰僞齊或穿池運石爲山學海或層臺累構概日凌雲）萬户千門張衡之

所曾賦（張衡西京賦閈庭詭異門千戶萬）周王璧臺之上（穆天子傳盛姬盛柏之子也天子賜之上姬之長是曰盛門天子乃為之臺是曰重璧之臺）漢帝金屋之中（漢武故事帝為膠東王年數歲長公主問曰兒欲得婦否曰欲得指阿嬌好否帝曰若得阿嬌當作金屋貯之）玉樹以珊瑚作枝珠簾以玳瑁為柙（漢武故事上起神屋前庭植玉樹以珊瑚為枝碧玉為葉花子青赤以珠玉為之空其中如小鈴鎗鎗有聲又以白珠為簾玳瑁柙之）其中有麗人焉其人也五陵豪族（見為王儀同表）充選掖庭（後漢皇后紀論漢法常因八月筭民遣中大夫與掖庭丞及相工於洛陽鄉中閱視良家童女年十三以上二十以下姿色端麗合法相者載還後宮）四姓良家（北史魏文帝宏雅重門族以范陽盧敏清河崔宗伯滎陽鄭羲太原王瓊

四姓衣冠所推咸納其女以充後宮樵曰後漢書明帝時外戚樊氏郭氏殷氏馬氏是為四姓小侯非列侯故曰小侯馳名永巷史記范雎傳雎見昭王佯為不知永巷而入其中正義曰永巷宮中獄名也宮中有長巷故名爲後改名掖庭亦有潁川新市晉書明穆庾皇后潁川鄢陵人后美姿儀後漢書光烈陰皇后南陽新野人帝常嘆曰娶妻當得陰麗華按新市未詳河間觀津三輔黃圖列仙傳曰鈎弋夫人姓趙氏河間人右手鈎卷姿色佳麗武帝反其手得玉鈎而手展漢外戚傳孝文竇皇后家在清河親早卒葬觀津師古曰觀津清河之縣也本號嬌娥未詳按左思嬌女詩左家有嬌女皎皎頗白皙曾名巧笑中華古今注段巧笑魏文帝宮人始作紫粉拂面楚王宮內無不推其細腰後漢馬廖傳楚王好細腰宮中多餓死魏國佳人俱言訝其纖

手詩魏風摻摻女手可以縫裳閱詩敦禮非直東鄰之自媒宋玉登徒子好色賦臣東家之子嫣然一笑惑陽城迷下蔡然此女登牆闚臣三年至今未許也　樵曰司馬相如美人賦臣之東鄰有一女子雲髮豐艷蛾眉皓齒欲留臣而共止登垣而望臣三年于茲矣臣棄而不許婉約風流無異西施之被教越絕書美人宮周五百九十步土城者陸門二水門一今北壇利里丘土城句踐所習教美女西施鄭旦宮臺也女出于苧蘿山弟兄協律自小學歌見荅長孺者少長河陽由來能舞漢五行志成帝為微行出遊常與富平侯張放俱稱富平侯家人過河陽主作樂見舞者趙飛燕而幸之琵琶新曲無待石崇晉石崇王明君辭序昔公主嫁烏孫令琵琶馬上作樂以慰其道路之思其送明君亦爾也其造新曲多哀怨之聲故序之箜

箜篌引非因曹植漢書塞南越禱祠太乙后土使樂人侯調作坎侯樂府有曹植箜篌引
傳鼓瑟于楊家漢楊惲傳惲報孫會宗書曰家本秦也能為秦聲婦趙女也雅善鼓瑟
得吹簫於秦女列仙傳簫史者秦穆公時人善吹簫能致孔雀白鶴穆公女弄玉好之公乃妻焉共隨鳳去
至若罷閭長樂陳后知而不平漢武故事建章長樂宮皆輦道相屬懸棟飛閣不由徑路謳者帝祓霸上還過平陽主既飲

樹穀曰漢書衛子夫為平陽主謳者進帝獨悅子夫帝起更衣子夫侍尚衣軒中得幸還坐驩甚主因奏子夫送入宮陳皇后聞子夫得幸幾死者數焉後遂立為皇后
畫出天仙閼氏覽而遂妬桓譚新論陳平為高帝解平城之圍言漢有好麗美女為道其容貌天下無有今困急已馳使歸迎取欲進于單于單于見此人必大好愛之愛之則閼氏日以遠踈

不如及其未到令漢得脫去去亦不持女來且如東隣矣閼氏婦女有妒媢之性必憎惡而事去之

巧笑求侍寢於更衣上注見西子微顰將橫陳於甲帳莊子師金曰西施病心而矉其里之醜人見而美之歸亦捧心而矉其里之富人見之堅閉門而不出貧人見之挈妻子而去之走司馬相如好色賦花容自獻玉體橫陳漢武故事以琉璃珠玉明月夜光雜錯天下珍寶為甲帳其次為乙帳甲以居神乙以自御陪遊馺娑騁纖腰于結風關中記建章宮中有馺娑殿拾遺記每輕風至飛燕殆欲隨風入水帝以翠纓結飛燕之裾樹穀曰傅毅舞賦序激楚結風陽阿之舞長樂鴛鴦奏新聲於度曲見雜曲妝鳴蟬之薄鬢中華古今注魏文帝宮人絕所愛者有莫瓊樹始制為蟬鬢望之縹緲如蟬翼故曰蟬鬢照墮馬之垂

鬟後漢梁冀傳冀妻孫壽色美而善為妖態作愁眉啼妝墮馬髻折腰步齲齒笑以媚惑反插金鈿龍輔女紅餘志魏文帝陳巧笑挽髻別無首飾惟用圓頂金簪一隻插之文帝曰玄雲黯靄兮金星出吳筠詩漢花街青雀寶粟鈿金蟲橫抽寶樹後漢輿服志皇后步搖以黃金為山題貫白珠為桂枝相繆一爵九華南都石黛梁書天監中詔宮中作白妝青黛眉樵曰留青日記廣東始興縣溪中出石墨婦女取以畫眉名畫眉石最發雙蛾古今注魏宮人好畫長眉令作蛾眉驚鶴髻北地燕脂古今注紂以紅藍花汁凝作燕脂以燕國所生故曰燕脂塗之作桃花妝偏開兩靨曹植洛神賦靨輔承權注靨笑靨權頰也亦有嶺上仙童分丸魏帝顏修內傳橋順二子曰璋曰瑞師事仙人盧子基於隆盧山棲霞谷服飛龍藥一丸千年不飢故魏文帝曰西山一

何高高高殊無極上有兩仙童不饑亦不食與我腰中
一九藥光耀有五色服藥兩三日身輕生羽翼
寶鳳授歷軒轅　漢律歷志黃帝使泠綸取竹嶰谷制十
二筩以聽鳳之鳴其雄鳴為六雌鳴亦
六以比黃鍾之宮　譙曰漢書注鳳鳥氏為歷正　金星
軒轅黃帝受河圖作甲子藏紀甲寅日記甲子
與婺女爭華麝月共嫦娥競爽　顧野王詩妝罷金星出
晉杜預曰婺女為已嫁
之女織女為處女　梁簡文帝詩約黃能效月裁金巧作
星　張正見豔歌行裁金作小靨散麝起微黃　酉陽雜俎
近代妝尚靨如射月曰黃星靨靨鈿之名蓋自孫吳鄧
夫人也　王充論衡羿請不死藥於西王母羿妻嫦娥竊
以奔月　譙曰史記婺女四星　驚鸞冶袖時飄韓掾之
天少府也主布帛裁製嫁女
香　北堂書鈔袁宏賦云鮮迴鸞以紆袖　世說韓壽美姿
容賈充辟以為掾充女於青瑣中見壽悅之與之通

光見女盛自拂拭又聞壽有異香之氣是外國所貢一
著人衣歷月不歇光疑壽與女通取左右婢考問之婢
以狀言光秘之以女妻壽飛燕長裾宜結陳王之佩西京雜記趙飛燕立為皇后其
弟合德上遺織成裾陳思王植洛神賦顧試素之先達兮解玉佩以要之雖非圖畫入甘泉
而不分漢外戚傳李夫人少而早卒武帝憐閔焉圖畫其形於甘泉宮言異神仙戲陽
臺而無別宋玉高唐賦昔者先王嘗遊高唐怠而晝寢夢見一婦人曰妾巫山之女也為高唐之客
聞君遊高唐願薦枕席王因幸之去而辭曰妾在巫山之陽高丘之岨旦為朝雲暮為行雨朝朝暮暮陽臺之
下真可謂傾國傾城見雜曲無對無雙者也古詩為焦仲卿妻作精妙
世無雙加以天情開朗逸思雕華妙解文章尤工詩賦琉

璃硯匣終日隨身陸機書在平原常案行曹公器公書刀五枚琉璃筆一枝翡翠筆
牀無時離手藝文類聚傳玄曰漢末一筆之匣緻以隋珠文以翡翠樹萱錄南朝呼筆管為牀
清文滿篋非惟芍藥之花傅統妻芍藥花頌煜煜芍藥植此前庭晨潤甘露晝晞陽靈梁武帝宛轉歌欲題芍藥詩不成新製連篇寧止蒲萄之樹未詳九日登
高時有緣情之作萬年公主非無誄德之辭魏文帝與鍾繇九日送菊書九為陽數而日月並應俗嘉其名以為宜于長久故以享宴高會陸機文賦詩緣情而綺靡晉書武帝左貴嬪諱芬思之妹也少好學善綴文名亞于思常作菊花頌曰英英麗質稟氣靈和春茂翠葉秋耀金華及帝女萬年公主薨帝悼痛不已詔芬為誄其佳麗也如彼其才情也如此既

而椒房宛轉漢官儀皇后所居殿曰椒房以椒和泥塗壁故名溫暖而香辟除惡氣又取蕃實之義柘館陰岑漢書班婕妤賦痛陽祿與柘館兮仍襁褓而離災炯曰三輔黃圖柘觀在上林苑絳鶴晨嚴江總集爲陳六宮謝表鶴籥晨啟銅蠡一作鋪晝靜未詳按孟子以追蠡漢趙岐注追鐘鈕也鈕磨齧處深矣蠡欲絕之貌也三星未夕不事懷衾詩嘒彼小星三五在東又抱衾與裯五日猶賒誰能理曲初學記漢律吏五日得一下沐言休息以洗沐也樹屏曰枚乘雜詩當戶理清曲樵曰詩五日爲期優游少託古逸詩孔子去魯歌曰蓋優哉游哉聊以卒歲寂莫多閒漢揚雄傳京師爲之語曰惟寂莫自投閣厭長樂之踈鐘見謝敕賜啟樵曰三輔黃圖鐘室在長樂中勞中宮之緩箭見與楊僕射書輕身無

力怯南陽之擣衣庾仲雍荆州記秭歸縣有屈原宅女須廟擣衣石猶存樹屏曰古詩閨中有一婦擣衣寄遠人生長深宮笑扶風之織錦臧榮緒晉書竇滔妻蘇氏善屬文苻堅時滔為秦州刺史被徙流沙蘇氏思之織錦為迴文詩寄滔循環宛轉以讀之辭甚悽惋雖復投壺玉女神異經東王公與玉女投壺梟而脫誤不接者天為之笑開口流光今電是也為歡盡於百驍西京雜記郭舍人善投壺以竹為矢激矢令還一矢百餘反謂之為驍爭博齊姬未詳按晉胡貴嬪傳貴嬪諱芳奮之女也武帝嘗與樗蒱爭矢遂傷上指帝怒曰此固將種也心賞窮於六箸鮑宏博塞經各投六箸行六棊故用博陸用十十二棊白六棊黑所擲骰謂之瓊瓊有五彩色故謂之五塞 樹聲曰國策蘇秦說秦王曰臨淄甚富而實其民無不鬭雞走狗六博闒鞠說文六博局戲也

六著十二綦爲曹所作無怡神于暇景惟屬意於新詩可得代彼

萱蕪徽蠲愁疾魏王朗與魏太子書萱草忘憂臯蘇釋勞無以加也但往世名篇

當今巧製分諸麟閣三輔黃圖麒麟閣在未央宮左漢蕭何建以藏秘書散在鴻

都後漢蔡邕傳邕對曰鴻都篇賦之文可且消息樵曰後漢書元和元年置鴻都門學不籍篇

章無由披覽於是然脂暝寫魏志劉馥傳夜然脂照城外樹提伽經庶人然脂諸

侯然蠶天子然漆弄墨晨書撰錄艷歌凡為十卷曾無柔于雅

頌亦靡濫於風人涇渭之閒若斯而已三秦記涇水出幵頭山至高陵

縣而入渭與渭水合流三百里清濁不相雜於是麗以金箱北史齊衡陽王鈞嘗手自細書

五經置巾箱中裝之寶軸隋牛弘集請開獻書表劉裕平姚收其圖籍五經子史纔四千卷皆赤軸青紙文字古拙三臺妙迹龍伸蠖屈之書漢官儀尚書為中臺謁者為外臺御史為憲臺謂之三臺繫辭尺蠖之屈以求伸也龍蛇之蟄以存身也姛曰宣和書譜皇象字休明廣陵人官至侍中工八分篆草世以書聖稱以比龍蠖蟄啟伸槃腹行五色花箋河北膠東之紙鄴中記石虎詔書以五色紙著鳳皇口中令銜之飛下端門桓玄偽事詔平淮作青赤縹綠桃花紙使極精令速作之高樓紅粉古詩盈盈樓上女皎皎當窗牖娥娥紅粉妝纖纖出素手仍定魯魚之文抱朴子書字之諺有寫魯為魚寫帝為虎辟惡生香魚豢典略芸臺香辟紙魚蠹故藏書臺稱芸臺聊防羽陵之蠹穆天子傳仲秋甲戌天子東游次雀梁因蠹書于羽陵靈飛

六甲高擅玉笈 漢武內傳帝受西王母真形六甲靈飛十二事帝盛以黄金几封以白玉笈

鴻烈仙方長推丹枕 博物志劉德治淮南王獄得枕中鴻寶秘書及子向咸而奇之信黄白之術可成謂神仙之道可致按鴻烈解今淮南子是

王如青牛帳裏 録異傳武都郡立大特祠是大梓牛神也今俗畫青牛障是

餘曲未終朱鳥窻前 博物志王母降于九華殿王母索七桃以五枚與帝母食二枚時東方朔竊從殿南廂朱鳥牖中窺母母謂帝曰此窺牖小兒常三來盜我桃

新妝已竟方當開兹縹帙 後漢楊厚傳厚祖父春誡子統曰吾綈袠中有先祖所傳秘記為漢家用爾其脩之 晉中經簿盛書用皂縹囊布裏書函中皆有香囊

散此緗繩 劉向別錄條子書以殺青簡編以緗絲繩

永對玩於書帷 漢董仲舒傳孝景時為博士下帷講誦

長

循環於纖手豈如鄧學春秋儒者之功難習未詳按後漢書明德
馬皇后讀春秋好竇傳黃老金丹之術不成漢書竇皇后景帝母也好黃帝老子
之言帝及讀竇不得不讀老子皆遵其術晉灼曰道家言治丹砂令變化可鑄為黃金固勝西蜀
豪家託情窮於魯殿尚璞曰蜀志劉琰為車騎將軍車服飲食號為侈靡侍婢數十能為
聲樂悉教誦讀魯靈光殿賦東儲甲觀流詠止於洞簫漢成帝紀元帝在太子宮
生甲觀畫堂為世嫡孫皇　樹本曰漢王褒傳元帝為太子嘉褒所謂洞簫頌令後宮貴人左右皆誦讀之
孌彼諸姬詩孌彼諸姬聊與之謀聊同棄日晉陶潛戒子書見賢思齊不宜怱畧以棄
日也猗與彤管詩靜女其孌貽我彤管靚以香奩

碑

司空徐州刺史侯安都德政碑

巖巖天柱大矣周山之峯見與陳司空書桓桓地軸壯哉崑崙之阜博物志崑崙山北地轉下三千六百里有八玄幽都方二十萬里地下有四柱四柱廣十萬里地有二千六百軸犬牙相舉三光懸而不墜見觀進表九土鎮以無疆張衡思玄賦思九土之殊風承乾合德之君則天體元之后所以並洛四鎮舜典帝曰咨四岳咸建五臣見論語業配蒼祇爾雅春為蒼天楊泉物理論地者其神曰祇功成寓縣兆宮曰謝朓詩霸宮興寓縣至於流名雅頌著美

風詩年代悠然寂寥無紀其能繼茲歌詠者司空侯使君乎曰文昭武穆見觀進表胙土開家左傳衆仲曰胙之土而命之氏易開國承家濮水盛其衣簪滎波分其緒秩衛康叔世家周公旦以成王命封康叔為衛君居河淇間故殷墟夷王命衛為侯嗣君五年更貶號曰君獨有濮陽朝于魏魏世家安邑近秦於是徙治大梁無忌謂魏王曰決滎澤水灌大梁大梁必亡仁義之道夷門美於大梁信陵君傳魏有隱士曰侯嬴為大梁夷門監者公子欲厚遺之不肯受曰臣修身潔行數十年決不以監門困故而受公子財儒雅之風司徒重於強漢後漢侯霸傳霸明習故事收錄遺文每春下寬大之詔奉四時之令皆霸所建也建武中為大司徒自適人許邵託命于江湖後漢

許劭有高名好覈論鄉黨人物每月輙更其品題故汝南俗有月旦評焉或勸之仕對曰方今小人道長王室將亂我欲避地淮海以全老幼乃南到廣陵徐州刺史陶謙禮之甚厚劭不自安復投揚州刺史劉繇及繇策平吳劭與繇南奔豫章而卒

高士袁忠寄身於交趾後漢書袁忠閎弟也初平中為沛相及天下大亂棄官客會稽上虞後孫策破會稽忠復浮海南投交阯

俱違建安之難後漢書獻帝興平二年三月李傕脅帝幸其營焚宮室郭汜攻李傕矢及御前明年正月改元建安

獨處衡山之陽盛弘之荊州記衡山者五岳之南岳也至于軒轅乃以灊霍之山為其副焉本傳安都字成師始興曲江入也為郡著姓

祖天資秀傑世載雄豪卓富擬于公侯史記貨殖傳秦破趙遷卓氏之蜀即鐵山鼓鑄運籌筴賈滇蜀民田池射獵之樂擬于人君

班佃必于

旌鼓漢書班壹避地於樓煩致馬牛羊數千羣以財雄邊出入弋獵旌旗鼓吹年百餘歲以壽終父

光祿大夫南史本傳父揖少仕州郡以忠謹稱安都貴為光祿大夫始興內史邑里開通

德之門後漢鄭玄傳國相孔融深敬于玄告高密縣為玄廣開門衢令容高車號通德門州鄉

無抗禮之客漢竇嬰傳每朝議大事列侯莫敢與亢禮自茫茫禹迹

曰芒芒禹跡畫為九州赫赫宗周見詩家滅驪戎國亡夷羿見興王僧辯書

我高祖武皇帝迎河圖于浪泊見為陳武帝書括地象於炎州

楚辭嘉南州之炎德按括地志書名也曰河圖括地象緯書名也見後漢曹褒傳鍔南興涿鹿

之師北問共工之罪五帝本紀黃帝與蚩尤戰于涿鹿之野遂擒殺蚩尤又舜流共工于

幽陵以變北狄天生宰輔堯年致白虎之祥帝王世紀扶始以季秋下旬夢白帝遺馬祖而升丘見白虎其上有感已而生皐陶于曲阜神賜英賢殷帝感蒼龍之傑天官書東宮蒼龍有尾箕星莊子傳說得之以相武丁奄有天下乘東維騎箕尾而比于列星公亦觀時佇聖嘯咤風雲蹤開黃石之書見諫罷道書高詠玄池之野穆天子傳天子西征至于玄池天子三日休于玄池之上乃奏廣樂而歸是曰樂池沈吟梁甫自比管仲之才見與王僧辯書惆悵華郊久負伊生之嘆見與

宗室書南史安都工隸書能鼓琴涉獵書傳為五言詩頗清靡自荒服侵華羣蠻縱軼後皐桂部之地陳書武帝紀高州刺史李遷仕據大皐又大寶元年帝發始興次大庾嶺大破

路養軍四戰五達之郊燕世家樂間曰趙四戰之國其民習兵不可伐詳與宗室書郡境賢豪將謀禦難長者僉論推公主盟義士雄民星羅霧集張協賦綦布星羅揚雄封事霧集雲散公既膺五聘殷本紀伊尹處士湯使人聘迎之五反然後肯往方啟六韜小學紺珠文武龍虎豹犬為六韜率是驍徒仍開嶺嶠南史本傳從武帝攻蔡路養破李遷仕克平侯景並力戰有功封富川縣子自大討瀟湘晉漢春秋氏池縣大柳谷口有蒼石立水中其文曰大討曹楚地記巴陵瀟湘之淵在九江之間今岳州巴陵縣即楚之巴陵漢之下雋也南史陳武帝受禪王琳立梁永嘉王蕭莊于郢州同茲樊酈樊噲酈商也見前下軍違命左傳晉侯伐秦荀偃令曰雞鳴而駕塞井夷竈唯余馬首是瞻欒黶曰晉

國之命未有是也余馬首欲東乃歸下軍從之乃命大還晉人謂之遷延之役上策不宣漢英布傳薛公對曰布反不足怪也使布出于上計山東非漢之有也出于中計勝負之數未可知也出于下計陛下安枕而臥矣敗我王師受拘勁盜大陳格于文祖咸秩具神見書率土依風羣靈亶朔公亦忠為令德左傳君子曰忠為令德天纂之謀吳帳斯開漢袁盎傳吳王濞反盎使吳見守從史飲醉西南陬卒乃以刀決帳道從醉卒直出衛門無擁左傳吳人藩衛侯之舍雖復季孫還魯左傳昭公十三年晉人執季孫韓宣子使叔魚歸季孫平子先歸惠伯待禮隨武濟河見與王僧辯書國慶民安相儔非若即受使持節開府儀同三司丹陽尹通考凡前代帝

王所都皆曰尹南朝曰丹陽尹

注昔光武不尤於馮異務公深禮于孟明終報王官之師遂舉咸陽之地後漢書馮異收散卒設伏與赤眉戰大敗之于崤底降璽書勞異曰始雖垂翅回溪終能奮翼澠池可謂失之東隅收之桑榆赤眉降異威行關中左傳秦伯伐晉濟河焚舟取王官及郊遂自茅津濟封殽尸而還遂霸西戎用孟明也斯乃聖主之宏略而名臣之遠圖者焉本傳安都與周文育西討王琳文育亦自豫章至時兩將俱行不相統攝因部下交爭稍不平王琳至弇口安都乃悉眾往沌口以禦之合戰安都等敗與周文育徐敬成並為琳因總以一長鏁繫之置于艦下令官者王子晉掌視之女都等許賂子晉乃還都自劾詔並赦之復其官爵尋為丹陽尹後王琳入齊安都討琳餘黨所向皆下

皇帝以陶唐啟國致

王版於河宗帝王世紀堯帥諸侯羣臣沈璧於洛河受圖書穆天子傳天子授河宗璧河宗伯天受璧西向沈璧於河再拜稽首顓頊承家佐金天於江水帝王世紀少昊金天氏降居江水顓頊生十年而佐少昊二十而登帝位經綸草昧定鼎之業居多左傳王孫滿曰成王定鼎於郟鄏締構權輿斷鼇之功相半見與楊僕射書樹聲曰陳文帝紀武帝之討王僧辯也先召帝與謀時僧辯壻杜龕據吳興武帝密令帝還長城立柵備之龕遣將杜泰掩至帝部從益明及武帝遣周文育討龕帝遣將軍劉澄蔣元舉攻下龕周文育侯安都敗於沌口武帝詔帝入總軍政尋命率兵城南皖固以英聲馳於海外信義感於寰中王器攸歸繫辭主器者莫若長子當璧斯在見勸進表公於是抗表長信漢霍

光傳衛太子孫號皇曾孫在民間咸稱述焉光與丞相敞等上奏皇太后詔曰可是爲孝宣皇帝詳謝賚賜啓

清宮未央漢文帝紀使太僕嬰東牟侯興居先清宮奉天子法駕迎代邸皇帝即日夕入未央宮從億兆以歸心引公卿而定策馳輕軒於軨轄見與王太尉書奉侍駕於中都七廟之基於焉永固書七世之廟可以觀德萬邦之本由此克寧書民惟邦本本固邦寧本傳太后以衛陽王故未肯下令安都拔劒上殿白太后出璽又手解文帝髮推就喪次仍別奉中旨迎衛陽獻王昌中流而殺之乃復進公司空南徐州刺史於是鎮之以清靜漢書參傳載其清靜民以寧壹安之以惠和後漢左雄傳疏曰守相長吏惠和有顯效者可就增秩勿使移徙非父母喪不得去官望杳

敦耕月令杏花生種百穀瞻蒲勸穡呂氏春秋冬至五旬七日菖始生菖者草之先者也於是始耕室歌千耦詩十千維耦家喜萬鍾見孟子陌上成陰樂府題有陌上桑桑中可詠詩期我乎桑中春鸝始囀說文黃鸝倉庚也鳴則蠶生必具籠筐晉儀禮志皇后親蠶公主及諸命婦皆步摇衣青各載筐鉤從蠶秋蟀載吟月令注引俚諺蜻蛉鳴衣裘成蟋蟀鳴嬾婦驚競鳴機杼或肅拜靈祀晏子齊大旱公八羣臣問以祠靈山躬瞻舞雩周官司巫若國大旱則率巫而舞雩去駕擁於風塵還旌阻於飄沐京坻歲積非勞楚堰之泉詩如坻如京一統志芍陂在鳳陽府即安豐塘也乃楚相孫叔敖所築倉廩年豐無用秦渠之水漢溝洫志韓欲疲秦使鄭

國說秦令鑿涇水秦覺之國曰臣為韓延數歲之命為秦建萬世之功遂成之名鄭國渠雖復東過小縣夏雨逐其輕輪後漢書百里嵩為徐州刺史境內旱嵩行部車所經甘雨輒降南渡滄江秋濤弭其張蓋枚乘七發將以八月之望觀濤乎廣陵之曲江江湧而濤起其始起也洪淋淋焉若白鷺之下翔其少進也浩浩溰溰如素車白馬帷蓋之張固不得同年而語矣若夫聽采民訟昏曉必通召引軒檽躬親辯決立受符於前案未詳按漢酷吏傳右馮翊鈌上欲徵嚴延年符已發為其名酷復止無留諾於後曹北堂書鈔魏孟康為弘農太守事無留諾樹穀曰漢蕭育傳育為茂陵令扶風召詣後曹以職事對育曰蕭育杜陵男子何詣曹也接務高城之中非異甘棠之下燕世

家召公巡行鄉邑有棠樹決獄政事其下欣欣美俗濟濟都麈以賈琮郭賀之風後漢書冀州刺史賈琮舊制傳車驂駕垂赤帷裳琮曰刺史當廣視遠聽糾察美惡豈可垂帷裳以自蔽乎命御者褰之郡縣聞風震悚又荆州刺史郭賀多異政明帝賜以三公冕旒敕行部去襜帷露冕使百姓見其容服行建武永平之化范蔚宗明帝紀論後之言事者莫不先建武永平之政於是州民散騎常侍王瑒等南史王瑒字子瑛梁元帝時位太子中庶子陳武帝入輔以爲司徒左長史拜表宮闕請揚懿美化樹彼高碑民欲天從語見書允膺絲誥銘曰

鬱鬱三象茫茫九州上見綿天滲鹿司馬相如封禪文滋液滲漉浹地虔

劉赫奕高祖爰清國難元勳佐命力牧封侯帝王世紀黄帝得風后於海隅登以為相得力牧於大澤進以為將本傳武帝謀襲王僧辯惟與安都定計徐嗣徽任約等引齊寇至安都屢破之以功進爵為侯亦既旋歸拜家有暉宮亭蠡浦舊翅高飛本傳復其官爵出為南豫州刺史攻王琳將曹慶常愛衆安都自宮亭湖出松門躡愛衆後破之餘衆悉平炯曰荊州記宮亭湖即彭蠡澤也謂之彭澤湖一名匯澤電卷勁寇風行國威吳張紘傳注引吳書曰紘述策平定三郡風行草偃文身被髮穀梁傳吳祝髮文身作貢來綏

我皇纂武攀號東序顧命東序西嚮謁渭同周齊世家西伯將出獵卜之日所獲非龍非彲非虎非羆所獲霸王之輔果遇太公於渭之陽迎門惟呂顧命成王崩俾爰齊侯

呂伋以二千戈虎賁百人逆子釗於南門之外本傳還軍至南皖而武帝崩安都隨文帝還朝乃與羣臣議翼奉文帝流矢為暴天官書項羽拔鉅鹿枉矢西流欃槍斯舉爾雅彗星為欃槍慄慄蒼黎聖人在上天下慄慄不為天下渾其心注慄慄常恐懼也危危刀俎見與楊僕射書自我祖征妖氛克平爰驅犬羝實翦長鯨見勸進表北震巢浦南俘灌城侯瑱傳以瑱為都督侯安都等並隸焉王琳引合肥漅湖之衆舳艫相次而下合戰琳軍少卻本傳留異擁據東陽安都躬自接戰為流矢所中血流至踝乘輿麾軍屬夏潦水漲安都引船入堰樓艦與異城等異奔晉安虜其妻子振旅而歸仍還本鎮吏人表請立碑詔許之青羌卷介赤狄囘兵見勸進表蹈舞難踰歌謠靡宣班固東都賦下舞上歌蹈德詠仁

曰我黎庶俱祈上玄揚雄甘泉賦惟漢十世將郊上玄山移兩越見與王僧智書海變三田見與楊僕射書公為上相復倍斯年

廣州刺史歐陽頠德政碑

弱水導其洪源軒臺表其增殖山海經崑侖之丘有弱水之川環之又西王母之山有軒轅臺懿哉少府師儲皇於二京漢儒林傳歐陽生字和伯千乘人也至曾孫高子陽為博士高孫地餘長賓以太子中庶子授太子後為博士論石渠元帝即位地餘侍中貴幸至少府地理志千乘郡屬青州盛矣司徒傳儒宗於九世後漢歐陽歙傳歙字正思樂安千乘人也自歐陽生傳伏生尚書至歙八世皆為博士學為儒宗世祖即位為河南尹建武六年拜揚州牧八

年徵為大司徒廣陵邕邕族擅江右未詳渤海赫赫名重洛陽晉書

歐陽建字堅石世為冀方右族擅名北州時人為之語曰渤海赫赫歐陽堅石歷山陽令尚書郎馮翊太守

若夫岳鎮龍蟠周官荊山之鎮山曰衡山詳勘進表星懸鶉火左傳味為鶉火注鶉

火南方柳星也衡山誕其高德湘水降其清輝千仞孤標晉書裒顔

曰和嶠森森如千丈松萬頃無度後漢郭泰傳泰曰叔度汪汪若千萬頃陂澄之不清混之不濁

年當小學曲禮人生十年曰幼學志冠成童內則成童舞象因孝為心欲

仁成體本傳顔字靖世長沙臨湘人也為郡豪族少質直有思理以言行著於嶺表屯騎府

君早棄榮祿易簀之日檀弓曾子寢疾病元起易簀幾將毀終禮記毀不

滅性不以死傷生也不杖之言喪服小記庶子不以杖即位深非通制遺貲巨

萬富擬倚頓漢貨殖傳猗頓周盬盬起與王者埒富裁變槐榆並賑宗

戚南次大麓舜典納于大麓注麓山足也北眺清湘得性於橘洲之

間寰宇記橘洲在長沙縣西南四里江中時有大水洲渚皆没此洲獨存湘中記諺曰昭潭無底橘洲浮

披書於杏壇之上莊子漁父篇孔子遊乎緇帷之林休坐乎杏林之上弟子讀書孔子絃歌

鼓琴三冬文史見讓左僕射表五經縱横見與宗室書頻致嘉招確乎

難拔本傳父喪哀毀甚至家產累積悉讓諸兄廬於麓山寺傍專精習業博通經史既而帝啓

黃樞神亡赤伏見讓表天地崩霣川冢沸騰詩百川沸騰山冢崒崩

羣悍窗豪更為禍亂朝披羽檄漢書高祖曰吾以羽檄召天下夜照燿烽晉天文志軒轅西四星曰燿燿者烽火之神也洛鐵蔽於山原晉建武故事王敦死祕不發喪賊背重鎧洛鐵縱金駭於樓堞司馬相如子虛賦縱金鼓吹鳴籟公疲兵屢出獨據胡牀曹瞞傳操與馬超戰超等掩至操恚猶坐胡牀未起勍賊重圍尚凭書几九州春秋孔融為北海太守為袁譚所攻流矢雨集融凭几安坐揚灰既散論衡楊璇為零陵太守時桂陽賊起璇乃置馬車數十乘以囊盛石灰於車上乃會戰從風揚灰向賊遂大破之駕棒將揮抱朴子吳遣將軍討山賊賊中有善禁者每交戰官軍刀刃皆不得拔將軍乃多作勁木白棓擊之禁不得行因而克賊咸克凶渠以保衛服本傳梁左衛將軍蘭欽少與顏善故顏常

隨欲征討南征夷獠禽陳文育所獲不可勝計大獻絅鼓累代所無顔預其功時湘衡界五十餘洞不賓敕衡州刺史韋粲討之粲委顔為都督悉皆平殄常以二主蒙塵見答王太尉書三光掩曜班固典引經緯乾坤出入三光注三光日月星也出入逾於嘗膽吳越春秋越王念復吳仇愁心苦志懸膽於戶出入嘗之殷憂獨其撫心漢酷吏傳大將軍光因舉手自撫心曰使我至今病悸不治第宅深符去病漢霍去病傳上為治第令視之對曰匈奴不滅無以家為也志梟羣醜彌同越石晉書劉琨字越石與親故書曰吾枕戈待旦志梟逆虜自禹圭既錫見勸進表堯玉已傳帝王世紀堯賜舜以昭華之玉物變謳謠風移笙管商周之際孤竹尚其哀歌伯夷傳武王已平殷亂天下宗

周伯夷叔齊義不食周粟隱於首陽山采薇而食之及餓且死作歌曹劉之間蘇子猶其狂哭魏蘇則傳則字文師扶風武功人也則及臨菑侯植聞魏氏代漢皆發服悲哭本傳侯景搆逆梁自解還都征景以顗監衡州及陳武帝入援都顗乃深自結託遷顗為始興內史元帝承制以始興郡為東衡州以顗為刺史況番禺連帥實謂宗枝迷我天機目窺梁鼎以公威名本重逼統前軍乾數難違剥象終悔高祖永言惟舊彌念奇功即訓皇家深弘朝紀檻車才至見移文輿櫬已焚左傳許男面縛銜璧大夫衰絰士輿櫬楚子諸逢伯對曰昔武王克商微子啓如是武王親釋其縛受其璧而祓之焚其櫬禮而命之使復其所祝史妖於夷吾左傳晉侯改葬共太

子秋狐突適下國遇太子太子使登僕而告之曰夷吾無禮余得請於帝矣將以晉畀秦秦將祀余對曰臣聞之神不歆非類民不祀非族君祀毋乃殄乎且民何罪失刑乏祀君其圖之君曰諾吾將復請七日新城西偏將有巫者而見我焉許之遂不見及期而往告之曰帝許我罰有罪矣敝於韓

壇場延於井伯

左傳晉執虞公及井伯以媵秦穆姬　本傳蕭勃在廣州頠委質於勃及勃度嶺出南康以頠為前軍都督周文育破禽之送於武帝釋而禮之

綢繆安樂造次訏謨爰珥豐貂允光金蟪

漢官云秦置散騎又置中常侍漢因之皆銀璫附蟬為文貂尾為飾為之貂璫殤帝改施金璫

但八桂之上

山海經桂林有八樹在番禺東

蠻夷不賓九疑之陽

山海經南方蒼梧之丘蒼梧之川其中有九疑山在長沙零陵界

兵凶歲積以公昔在衡皋深留

夙愛仁恩可以懷猛獸後漢童恢傳恢琅邪姑幕人少仕州郡為吏民常為虎害乃捕二虎恢咒虎曰若殺人者當垂頭伏罪自知非者當號呼稱冤一虎低頭閉目即時殺之一虎視恢鳴吼即時解釋吏人為之歌頌威名可以懼啼兒南史劉胡傳胡為越騎校尉蠻畏之小兒啼語云胡來即止乃授持節散騎常侍本傳不載衡州刺史本傳蕭勃元後嶺南亂頠有聲南土且與武帝有舊乃授安南將軍衡州刺史封始興縣侯我皇帝從唐侯以開國見勸進表屈啓筵而承家漢文帝紀高后崩大臣遂使人迎代王代王卜之占曰大橫庚庚余為天王夏啓以光一恭寶祚開定江沔三改璇衡苞羅湘峽昔中宗屈申於處仲晉書王敦字處仲元帝永昌元年三月敦據石頭擁兵不朝帝遣使謂敦

曰公若不忘本朝於此息兵則天下尚可共安如其不然朕當歸瑯琊以避賢路按元帝廟號中宗高祖遺恨於平城見玉臺新詠序漢武承基方通沙塞漢衛青傳大將軍青凡七出擊匈奴晉明紹運裁平姑孰晉書明帝太寧元年四月敦謀簒位自武昌移鎮姑孰二年六月加司徒王導大都督揚州刺史督諸軍討敦敦復反秋七月至江寧帝親征破之敦死衆潰方其盛業綽有光前踐祚之初進公位征南將軍本傳文帝即位進號廣州刺史又都督東衡州本傳作交廣等隋書揚州南海郡始興縣注齊曰正階梁改名焉又置安遠郡置東衡州二十本傳作十九州諸軍事宜公乃務是民天漢書酈食其曰民以食為天敦其分地火耕水耨貨殖傳楚越之地地廣人稀飯

稻蕪魚或火耕而水耨彌互原野盜賊皆偃工賈競臻鬻米商鹽盈衢滿肆新垣既築外戶無扃禮運故外戶而不閉脂脯豪家鐘鼎為樂見與王僧辯書揚袪灑汗振雨流風蘇秦傳臨菑之塗舉袂成幕揮汗成雨市有千金之租漢高五王傳主父偃言齊臨菑十萬戶市租千金田多萬箱之詠詩乃求萬斯箱僧釋慧羡等來朝絳闕備啓丹誠乞於大路康莊式刋豐琰庶樊卿寶鼎復述台司之功後漢竇憲傳南單于於漢北遺憲古鼎其傍銘曰仲山甫鼎潛夫論仲山甫姓樊謚穆仲封於南陽羊叟高碑更紀征南之德晉書加羊祜征南大將軍詳與李那書於是跪開黃素揚雄答劉歆書

天下上計孝廉及內郡衛卒會者常把三寸弱翰筆貴黃素三尺以問其異語爰登紫泥西京雜記漢以武都紫泥為璽室鑒此誠祈皆如所奏乃詔庸臣為其銘曰

赫赫宗陳桓桓鼎臣千乘建學五典攸因書愼徽五典五典克從盛德斯遠公門日新崇高維岳既甫生申詩維嶽降神生甫及申去衛移廣遷征自鎮攸攸銅略疑作界見與章司空書藐藐金鄰左思吳都賦金鄰象郡之渠注夫南之外有金鄰國去夫南可二千餘里土地出銀莫遠非督無思不實三江靡浪見移文五嶺奚塵見與章司空書式歌式舞詩雖無德與汝式歌且舞仁哉至仁公其饗福於萬斯春

晉陵太守王勵本傳作勱德政碑樹屏曰本傳勱字公齊侯景之亂奔江陵

歷位晉陵太守時兵饑之後郡中凋弊勱為政
清簡吏人便安之大建元年累遷尚書右僕射
時東境大水以勱為晉陵太守在郡甚有
威惠郡人表請立碑頌勱政德詔許之

若夫雎陵世傳已詳載德之華徐州先賢亦著清風之
美偉哉文獻光啓中興晉書王祥傳詳字休徵琅邪臨沂人漢諫議大夫吉之後也歷
官司空轉太尉加侍中五等建封雎陵侯邑一千六百
戶祥弟覽子裁裁子導字茂弘元帝過江導歷位至丞
相輔相三世及薨詔喪塟參用天子之禮諡曰文獻
樹聲曰國語祭公謀父曰我先王不窋奕世載德吳
世標曰後漢王良傳良字仲子東海蘭陵人也王莽時
不仕建武三年徵拜諫議大夫六年代宣秉為大司徒

司直在位恭儉妻子不入官舍布被瓦器范曄論當世咨其清人君高其節隋地理志東海郡屬徐州琅邪郡屬徐州郭埜表其深源見爲貞陽侯書何籌懋其遠慶後漢何敞傳敞六世祖比干為汝陰縣獄吏決曹掾平活數千人有老嫗謂曰公有陰德今天錫君策以廣公之子孫因出懷中符策凡九百九十枚子孫佩印綬者當此𡨋豈惟桓氏之鳴玉范曄論桓氏自榮至典父子兄弟代爲帝師國語趙簡子鳴玉以相張家之珥貂漢書張安世子孫相繼爲侍中中常侍諸曹散騎列校尉者凡十餘人詳歐陽頠碑袁姓之朱衣後漢袁安傳安道逢二書生指一處云葬此地當世爲上公故累世隆盛楊宗之華轂漢楊惲傳惲家方隆盛時乘朱輪者十人又有佽飛遮列漢百官公卿表佽飛掌弋射有九丞兩尉班弓夾門後漢班超傳悉持弓弩夾門而

伏濯龍俯望後漢馬皇后紀太后詔曰前過濯龍門上見外家問起居者車如流水馬如游龍百官志有濯龍監一人緹騎盈道漢官曰執金吾緹騎二百人環濟要略司隸出從緹騎奕世如此何其盛哉南史勱祖份累遷尚書左僕射父琳位司徒左長史兄銓衛尉卿錫累遷吏部郎中僉太子中庶子通尚書右僕射弟質歷位侍中國遷濟陽太守君以藍田美玉三秦記藍田出美玉吳志諸葛恪少有才名孫權奇之曰藍田美玉真不虛也大海明珠曹植贈丁翼詩大國多良材譽海出明珠灼灼美其聲芳英英照其符彩丰神雅澹識量寬和既有崔琰之鬚眉魏書崔琰聲資高暢眉目疏朗鬚長四尺甚有威重朝士瞻望太祖亦敬重焉非無鄭玄之腰帶後漢書鄭玄身長八尺飲酒一斛秀眉明目容儀溫

偉爛爛若高巖下電騷騷若長松裏風世說裴令公目王安豐眼爛爛如巖下電世目李元禮謖謖如勁松下風勢利無擾於胷襟行藏不槩於懷抱家門雍睦孝友為風上交不諂下交不瀆見繁辭脱貂救厄情靡矜炁未詳釋馬窮途惟濟危殆後漢廉范傳范遷蜀郡太守坐法免歸鄉里肅宗崩范奔赴敬陵時廬江郡掾嚴麟奉章弔國俱會於路麟乘小車塗深馬死不能自進范見而愍命從騎下馬與之不告而去至於網羅圖籍脂粉藝文學侶挹其精微辭宗稱其妙絶本傳勱美風儀博涉書史恬然清簡未嘗以利欲干懷出為仁武將軍晉陵太守宋書南徐州刺史領晉陵太守吳時分吳郡無錫以西為毗陵晉東

海王越世子名毘永嘉五年帝改爲晉陵五雞二鵝勤卹有方漢龔遂傳遂爲勃海太守使民家養二母彘五母雞問羊知馬鉤距兼設漢書趙廣漢爲京兆尹善爲鉤距以得事情鉤距者設欲知馬價則先問狗已問羊又問牛然後及馬參五其價以類相準則知馬之貴賤濟北移樹累政之所未治未詳汝南爭水連年之所無斷汝南先賢傳趙規爲安陽令與朗陵黃蔚爭水割指一朝明決曾不留滯四民商販咸用殷阜銘曰

康哉寶蓮美矣良臣渭自灃水源以洛濱公侯世及寧輔相應曰我民秀山川降神風情穆穆孝友恂恂學則

經笥後漢邊韶傳韶曰腹便便五經笥文為世珍高風遠矣曠代難倫鼎鉉虛職易鼎玉鉉台階未臻晉書羊祜表曰恩詔拔臣使同台司注台司三公也安知霜霰遂夭松椿莊子上古有大椿者以八千歲為春八千歲為秋碣石斯表民情既陳徒然下拜何報陽春蔡邕獨斷春為少陽其氣始出生長

丹陽上庸路碑

在天成象咸池屬於五潢在地成形滄海環於四瀆史記天官書西宮咸池曰天五潢注元命包曰咸池主五穀其星五者各有所職　樹本曰封禪書四瀆者江淮河濟也國險者固其金湯漢蒯通傳金城湯池不可攻也儲畜者因於轉漕

漢宣帝紀大司農中丞耿壽昌奏設常平倉以給北邊省轉漕貨財為禮曲禮貧者不以貨財為禮

專侯會通厥田為上書禹貢四海會同又徐州厥田惟上中皆資滲漉見侯安都碑

大矣哉坎德之為用也木華海賦廣哉坎德易坎為水是以握圖

之主財以利民御斗之君因之顯教揚雄長楊賦高祖奉命順斗極運天關

上哉少昊初命水官未詳左傳剡子曰共工氏以水紀故為水師而水名遜矣

高陽爰重冥職紀官顓頊高陽氏以水事冥勤其官而水死舜為大

尉於是九澤載疏禹作司空然後百川咸導河圖曰舜以大尉即

位與三公臨河觀黃龍五采負圖出置舜前以黃玉為柙白玉為檢黃金為繩紫芝為泥章曰天皇帝符璽舜

典伯禹作司空禹貢奠高山大川又九澤旣陂開華山於高掌述征記華山本一山巨靈所開
今睹手跡於華岳而脚跡在首陽山下鑿靈沼於周原詩王在靈沼又周原膴膴莫匪
神功皆由聖德我大梁之受天明命勞己濟民有道稱
皇無為曰帝帝王世紀功合神者稱皇德合地者稱帝德合人者稱王若夫雲雷草
創易雲雷屯又天造草昧翦商黜夏之勲疑脫二句詩后稷之孫實維大王居岐之陽實
始翦商湯誥罪人黜服鑄寶鼎於昆吾安能紀勒後漢崔駰傳綦邕銘論呂尚作
周太師其功銘於昆吾之鼎陳鴻鍾於酆岳豈易揄揚漢司馬相如賦撞鴻鐘山
海經豐山有九鐘注霜降則自鳴樹屛曰班固西都賦雍容揄揚斯固名言所絶也及

乎膺斯寶運大極橫流晉王尼傳尼常歎曰滄海橫流處處不安也屈至道
於汾陽勞凝神於姑射莊子至道之極昏昏默默又用志不分乃凝於神詳卷三聖
人作樂簫韶備以九成見書益稷詰王盡禮春官總於三代見周禮豈止金門桴竹玉泉記立春之日取宜陽金門山竹為管河內葭草為灰以候陽氣
玉尺調鐘世說荀勗善解音聲遂正雅樂阮咸妙賞時為神解每公會作樂而心謂之不調勗意忌之遂出阮為始平太守後有一田父耕於野得周時玉尺便是天下正尺荀始以校已所治鐘鼓金石絲竹皆覺短一黍於是伏阮神識公帶獻明堂之圖封禪書濟南人公玉帶上黃帝時明堂圖明堂圖中有一殿四面無殿以茅蓋通水圜宮垣為複道上有樓從西南入命曰昆侖天子從之入以拜祠上帝

匡衡建后土之議郊祀志匡衡以甘泉泰時河東后土之祠宜可徙置長安顧與羣臣議定若斯而已矣天降丹烏既序孝經干寶搜神記孔子制孝經既成齋戒向北辰而拜乃起白霧摩地赤虹自天而下化為黄玉上有刻字孔子跪受讀之河出應龍乃私周易見勸進表若夫固天將聖垂意藝文五色相宣八音繁會樂記五色成文而不亂注五聲配五行之色屈原九歌云五音紛兮繁會不移漏刻見與楊僕射書纔命口占漢游俠傳陳遵為河南太守名善書吏十人於前治私書謝京師故人遵憑几口占書吏且省官事書數百封親疎各有意河南大驚御紙風飛天章海溢旨紫庭蔡邕琴操周成王琴歌鳳皇翔兮紫庭余何德兮感靈黄竹之辭穆天子傳王遊黄臺之丘時國中

大雪大涷王作黄竹歌三章以哀之晨露卿雲之藻呂氏春秋晨露湯歌也詳勸進表漢之兩帝徒有詠歌漢書高祖有大風歌漢武故事帝作秋風辭魏之三祖空云詩賦沈約謝靈運傳論曹氏基命三祖陳王咸高麗藻以為彭老之教終没愛河昇玄經漂浪愛河流吹欲海儒會之宗方離火宅見與李那書豈知五詩八會之殊文未詳復菴和尚華嚴論贊龍樹菩薩入龍宮看藏得華嚴下本回歸西土傳到此方者乃八十卷經三十九品品分七處九會天上人中之妙典優闐王作佛形像經若生天上天中最勝乃至得作六欲天王於六中中尊貴第一雪山羅漢爭造論門傳燈錄雪山五百仙人飛空而至阿難為說法鷲嶺名僧俱傳經藏見與李那書香象之

力特所未勝雜寶藏經過去久遠比提醯國王有大香象以香象力摧伏迦尸王軍華嚴經現有菩薩名曰香象與其眷屬諸菩薩中三千人俱常在其中而演說法秋兔之毫書而莫盡西京雜記天子筆管以錯寶為跗毛皆以秋兔之毫忠信為寶家語孔子息駕于河梁有河水三十仞圜流九十里有一丈夫方將厲之曰始吾之入也先以忠信及吾之出也又從以忠信所以能入而復出也禱祈免於白駒漢溝洫志武帝用事萬里沙磧還自臨決河湛白馬玉璧令羣臣從官自將軍以下皆負薪寘決河明德惟馨左傳宮之奇引周書曰黍稷非馨明德惟馨山川舍於騂犢見論語至如月離金虎陸機詩業舒離金虎漢書西方金也孔傳昴白虎虎中星然西方七宿畢昴之屬俱白虎泥染石牛廣州記州有石牛每旱殺牛以血和泥泥石牛背既畢即

雨泥方止盡薈蔚朝興傍沱晚注詩薈兮蔚兮南山朝隮又月離於畢俾傍沱矣而清蹕纔動見勸進表纖羅不搖木華海賦輕塵不飛纖蘿不動高閈將臨左傳高其閈閎油雲自闢西京雜記雨雲曰油雲陽烏銜日寧懼虎賁之弓廣雅云日名陽烏淮南子日中有踆烏　樹本曰漢明帝起居注上東巡泰山到滎陽有烏飛鳴乘輿上虎賁王吉射之中而祝曰烏鳴啞啞引弓射之洞左腋陛下壽萬萬臣為二千石賜錢二百萬飛雨彌天無待期門之蓋漢外戚傳上官桀少時為羽林期門郎從武帝上甘泉桀奉蓋雖風常屬車雨下蓋輒御震維舉德易震為長子文炳曰左傳王子朝告諸侯曰王后無適則擇立長年鈞以德德鈞以卜非曰尚年見表後啟若發居鄷檀弓文王舍伯邑考而立武王注伯邑考文王

長子發武王名猶莊在漢後漢書東海恭王彊建武二年立為皇太子十七年而母郭后廢遂讓位於顯宗顯宗明皇帝諱莊光武第四子也母陰皇后按昭明太子早卒簡文帝乃高祖第三子也故云濤
如白馬既礙廣陵之江見侯安都碑山曰金牛孰辨梅湖之
路初學記武原淪陷為當湖又有梅湖趙昱吳越春秋海鹽縣淪為拓湖從居武原鄉故越地也世標曰
劉道真錢塘記明聖湖在縣南父老相傳湖中有金牛專州興郡青鳧赤馬之舟
魏王粲海賦乘因桂之舟晨鳧之舸吳志太傅諸葛恪制為鴨頭船詳與王太尉書皇子天孫鳴
鳳飛龍之乘陶季直京邦記宋武帝度六合龍舟翔鳳以下三千四十五艘晉宮閣記天泉池有
飛龍舟莫不欣斯利涉易利涉大川玩此修渠乍擁楫而長歌

列女傳趙簡子南擊楚津吏醉不能渡將殺之津吏乃女娟持楫而前中流奏河激之歌簡子立為夫人

撫金而鳴籟見歐陽頠碑斯曠世之奇功無疆之鴻烈者也

銘曰

后王降德於衆兆民高文象緯妙達象緯妙義幾神業冠遷夏見為陳武帝書功踰入秦楚懷王與諸將約先入定闗中者王之沛公攻武闗入秦時惟大畜象及同人見慧雨方雷禪枝獨春西域傳羅婆路山北巖泉是佛受山神飯已漱口嚼楊枝因生今為茂林寺號楊枝帝德惟厚書大禹謨益曰都帝德廣運皇恩甚深觀乎禹迹見侯安都碑見我堯心

孝義寺碑

臣聞道階八地猶見后妃淨土論二淨穢土謂淨多穢少即八地已上百緣經佛告比丘此賢劫中波羅柰國梵摩達王正法治化惟無子息禱祀諸神求索有子困不能得時王國中有一池水生一蓮華臺中有一童子結跏趺坐王及后妃見甚歡喜即抱還宮養育漸大隨其行處蓮華承足因香立字名栴檀香後悟非常成辟支佛身升虛空作十八變願生千佛無非賢聖雜寶藏經波羅柰國中有山名曰仙山有梵志在彼山住大小便利於石上有雌鹿來舐即便有身生一女子梵豫國王立為第二夫人後時有身便生千葉蓮華時大夫人取千葉蓮華盛著篋裏擲於河中時烏耆延王接取見千葉蓮華葉葉有一小兒長大各有大力千子即時將諸軍衆降服諸國次到梵豫第二夫人却之以五百子與親父

母以五百子與養父母時二國王分閻浮提各畜五百子佛言欲知彼時千子者賢劫千佛是也以誓願力常生賢聖

汲引之義雖同隨機之感非一至如嬀汭有禮皇源所以前興

堯典釐典二女于嬀汭嬪于虞

周女斯歸陳宗所以流慶

左傳虞以元女大姬配胡公而封諸陳以備三恪

大矣神基帝系淑聖重光者也慈訓太后

陳后妃傳武宣章皇后諱要兒吳興烏程人本姓鈕父景明為章氏所養因改姓焉武帝先娶同郡錢仲方女早卒後乃聘后永定元年立為皇后武帝崩后與中書舍人蔡景歷定計名文帝及即位尊后為皇太后宮曰慈訓

德佐初九道暉上六

周易初九曰潛龍勿用何謂也子曰龍德而隱者也又上六龍戰于野其血玄黃象曰龍戰于野其道窮也

居天上天中之極

見丹陽碑虛太任太姒之尊詩思齊太任文王之母又太姒嗣徽音則百斯男蘋藻之化斯深葛覃之風彌遠詩于以采蘋南澗之濱于以采藻于彼行潦又葛之覃兮施于中國皇帝膺茲上聖契彼援神後漢翟酺傳注援神契鉤命決皆孝經緯篇名也愛敬在乎一人德教刑于四海是以明星皎皎流半月之光孫氏瑞應圖景星者天精也狀如半月生於晦朔助月為明王者不私人則見甘露團團灑如餳之味晉書甘露者仁澤也其凝如脂其美如飴嘉禾自秀孝經援神契德下至地則嘉禾生浪井恒清瑞應圖浪井不鑿自成王者清靜則仙人主之天降徵祥日閱書府左傳女叔侯曰史不絶書府無虛月自大明紹運周易順而麗乎大明神

武應期繫辭古之聰明睿知神武而不殺者夫至道旁通無思不格戊已校尉西關玉門漢書元帝初元時置戊已校尉屯田車師故地後漢班超傳不敢望到酒泉郡但願生入玉門關注玉門關在燉煌郡今沙州伏波將軍南表銅柱見歐陽修顏碑方便三千世界百億須彌長阿含起世經等云四洲地心即是須彌山山外別有八山圍如須彌山下大海深八萬四千由旬其邊八山大海初廣八千由旬中有八功德水如是漸小至第七山下廣一千二百五十由旬其海鹹海廣於無際海外有山即是大鐵圍山四周圍輪并一日月晝夜回轉照四天下名為一國土即以此為量漸至滿千鐵圍繞訖名一小千復至一千鐵圍繞訖名為中千世界即數中千復滿一千鐵圍繞訖名為大千世界此中四洲山王日月乃至頂各有萬億成則同成壞則同壞是皆一化佛

所統之處名為三千大千世界號為娑婆世界同望飛輪轉法輪經佛在鹿野樹下時空中有自然法輪飛來當佛前而轉共稟玄德舜典玄德升聞乃命以位天嘉三年正月二十一日詔旨陳文帝紀世祖文皇帝諱蒨字子華始興昭烈王之長子也武帝甚愛之永定三年六月丙午武帝崩皇后稱遺詔徵文帝入纂皇統改元天嘉仰惟聖德方被兆民乃敕有司改東成里為孝義里昔岱山徙號重華著其受終舜典正月上日受終於文祖嵗二月東巡狩至于岱宗德水移名秦人表其嘉運史記秦始皇本紀始皇并天下更名河曰德水以為水德之始豈若盡在輿地書茲里門仰述天經孝經子曰夫孝天之經也地之義也光臨父母繫辭无有師保如臨

父母臣陵稽首周禮太祝辨九拜一曰稽首乃作銘曰

願此良因大寶積經樂施於人獲五種名利五能為菩提作上妙因宜資貴親公羊傳子以母貴母以子貴三乘並策見與李那書四梵為賓大悲芬陀利經佛言我於林中三十六年遊四梵處為益衆生故食衆果法苑珠林大洛那力者是第四梵王那羅延力是紺殿安坐梁元帝集善覺寺碑云寶縕交映無懃紫紺之宮白帖佛寺為紺園蓮華養神佛升忉利天為母說法經摩耶夫人兩乳血出猶白蓮華而入如來口中燈前禮佛涅槃經君於佛法供養一香燈乃至獻一華則生不動國地後邊身寶積經昔舍衛城有二十人皆是最後邊身更有怨家二十人奪其命根如來為調伏是四十人故告目連言令此地中出佉邏羅刺欲刺我足此刺即長一肘佛言我過去

世入大海中持矟刺人得如是報彼時二十怨賊欲害二十人者作是思惟如來法王尚不免報況我等輩即從坐起向佛悔過

並濟含識法苑珠林梁武帝捨道文引含識於涅槃咸歸至真法苑珠林故經中來至佛所云南無無所著至真等正覺是名口業稱歎如來德也國家隆盛同享遐慶謹勒豐碑檀弓公室視豐碑陳其舞詠見侯安都碑

齊國宋司徒寺碑

無色之外方為化城非想之中猶稱火宅楞嚴經有色無色有想無想若非有色若非無色若非若有想若非無想詳與李那書夫衆生無盡世界無窮華嚴經一切法界虛空界等世界芬若披蓮關令尹喜傳真人遊時各各坐蓮華之上一花輒徑十丈

遠如散墨法華經假使有人磨以為墨過於東方千國上乃下一點大如微塵又過千國土復下一點如是展轉盡地種墨是諸佛土若算師知其數否善財童子南行未窺華嚴經善財童子問法於五十三參善知識而德雲比丘乃第一也又善財童子歎喜頂禮繞無數匝殷勤瞻仰南行目蓮沙門北遊不見盂蘭盆經目蓮見其七母在餓鬼中即鉢盛飯往餉其母一一剎土皆由業緣觀佛三昧經六日出時此地皆烝煙出從須彌山乃至三千大千剎土及八大地獄靡不燒滅未曾有經罪業因緣相續不絕百緣經以是業緣五百世中受毒龍身萬萬僧祇終非常樂藥王藥上經眾生得聞是五十三佛名者是人於百千萬億阿僧祇劫不墮惡道大集經佛言休息綺語獲十種功德三常樂實事隋書經籍志涅槃譯言滅度亦曰常樂天宮蹇產起世經其天宮城內雕飾受欲

具歡樂不可具說楚辭忍蹇產而不釋注蹇產詰曲貌

猶傾大四之風

樹本曰圓覺經此身四大和合毛髮爪齒皮肉筋骨髓腦垢色皆歸於地唾涕膿血涎沫津液痰淚精氣大小便利皆歸於水暖氣歸火動轉歸風四大各離今日妄身常在何處

魔殿崔嵬

中樓炭經在欲色二界中間別有魔宮華嚴經如來即於口中放大光明名無礙無畏映蔽一切諸魔宮殿

終懼三災之際

長河含經三災上際云何若火災起時至光音天為際若水起時至徧淨天為際若風災起時至果為天際

朱樓寶墖輝煥爭華

宣律師住持感應傳樹神即將七寶來至尊所以神力故於一念頃即成四墖高五十由旬又造真珠樓觀及白銀臺於此四墖內各造樓觀具八萬四千　炯曰西域志波斯匿王都城東百里大海邊有大墖墖中有小墖高一丈二尺裝衆寶飾之夜中每有光耀如大火聚云佛涅槃百五歲後龍樹菩薩入大海

化龍王龍王以此寶塔奉獻龍樹龍樹受已將施此國地造莊飾嚴好過佛[illegible]時經百五十年魔天燒滅則當此土

既義暢中土道流遐域顯默同歸華夷俱慕自枕石漱流見隷釋道書始終一槃悟智交養三千餘年春秋八十三古人云道存人亡法師之謂凡我門徒感風徽之緬邈傷諮悟之永滅敢以殘見揚德金石銘曰

九流依眞後漢書班固九流百家之言靡不窮究三乘歸佛見與李那書道住

絶迹慈還接物白帖如來慈心如彼大雲蔭注世界孰是發蒙易初六發蒙昭

我慧日齊王巾頭陀寺碑注慧日喻明也攝亂以定本相經年十九踰城出家學道勤行精進

精進禪定闢雅以律齊尚統師傳魏皇初三年曇摩迦羅譯出戒律秦皇雄感嚴理通情王孫偏解遠死滯生太平御覽蜀本紀曰始皇陵有銀蠶金雀以多奇物故俗云秦皇地市漢書揚王孫學黃老之術厚自奉養生無所不致及終令其子曰吾欲臝葬以反吾真必無易吾意班固贊曰觀揚王孫之志賢於秦始皇遠矣夫子之悟萬劫獨明寒暑遞易悲欣皐壤家語孔子出聞哭聲至皐魚也曰吾有三哭少而遊學以後吾親一高尚吾志事君二與友厚而小絕之三立槁而死檀弓孔子之故人曰原壤其母死夫子助之沐椁原壤登木曰久矣予之不託於音也歌曰貍首之班然執女手之卷然夫子為弗聞也者而過之 炯曰莊子山林與皐壤與使我欣欣然而樂與樂未畢也哀又繼之秋逢四轉春鴻五響孤松獨秀德音長往節

有推遷情無遺想

長干寺衆食碑

昔炎皇肇訓繫辭神農氏作斲木為耜揉木為耒耒耜之利以教天下稷正脩官舜典棄黎民阻飢汝后稷播時百穀信矣民天之言見歐陽詢碑誠哉國寶之義范子計然曰五穀者國之重寶自非道登正覺本願經佛告阿難我以十事致最正覺安住於大般涅槃華嚴經乃至最後涅槃分布其身起廟塔心經注梵語涅槃此云無為行在真空觀佛三昧經過去久遠有佛出世號曰空王烔曰海錄碎事如來藏中性火真空性空真火深入於無為般若見羅諫道書則菩薩應化咸同色身婆沙

論佛在世時色身受用奘法師傳娑毗吠伽論師於觀自在菩薩立志祈請待見於是觀自在乃為現色身立世阿毗曇論閻浮提衆生色身種種不同諸佛淨土皆為摶食法華論無煩惱衆生住處名為淨土毗婆沙論若以一摶之食起殷淨心奉於僧衆於當來世決定不逢饑饉災起證常住者涅槃經有人聞常住二字是人生生不墮惡道憂乞乳糜支僧載外國事佛在貝多樹下坐滿六年長者女以金鉢盛牛乳糜上佛佛於水邊啜糜補尊位者猶假香飯見諫罷道書亦有三心未滅菩薩善戒經菩薩心有上中下七反餘生觀佛三昧經金翅鳥王名曰正音日食一龍王及五百小龍經八千歲死相既現諸龍吐毒不能得食從金剛山直下從大水際至風輪際為風所吹還上金剛如是七返然後命終應會天宮法苑珠林傳云釋迦受食四王奉鉢滅後流行上升

兜率彌勒見曰釋迦佛鉢令來至此七日供養還下龍宮就齋龍海智度論阿羅漢常入龍宮食已

以鉢投與沙彌令洗鉢中有殘飯數粒沙彌嗅之大香食之甚美況復繪居地轉未詳按奘

法師西國傳數量之稱謂踰繕那踰繕那者自古聖王一日運行也舊傳一踰繕那四十里矣咸憩珠

疑作殊庭漢書上望祀蓬萊之屬幾至殊庭師古曰殊庭蓬萊中仙人庭固以皆種仙禾

粒資靈粟者矣曹植社頌靈稼阿那一禾千莖拾遺記員嶠之山名環丘上有方湖千里多大

鵲高一丈羣飛於湖際銜采不周之粟於環丘之上粟生穟高五尺其粒皎然如玉也法師常願

以智慧火燒煩惱薪華嚴經智慧火令衆生離障礙苦皆得具足文殊問經住家者為煩

惱所燒出家者滅煩惱火普施衆生同餐甘露四分律天帝釋便作是念我今令王慧燈

以此瘡死者甚非所以當以天甘露灌其身上瘡即平復

況復安居自恣

經律異相精舍告成白王遣使請佛安居

顧學高年或次第於王城

法苑珠林食中有六者一乞食二次第乞食三不作餘食法食四一坐食五一團食亦名節量食六中後不飲漿雜阿含經爾時世尊晨朝著衣持鉢共諸比丘入王舍城乞食

猶棲遑於貧里

後漢徐穉傳謂茅容曰為我謝郭林宗何為栖栖不遑寧處維摩詰經憶念我昔於貧里而行乞時

迦留乞麪若用神道

十誦律佛在舍衛國時有長老迦留陀夷得阿羅漢道持鉢入城乞食到一婆羅門舍主人不在婦閉門作煎餅迦留陀夷比丘即入禪定起通從外地沒涌出中庭乃以指彈婦即語夷言縱使眼脫我亦不與而以神力即兩眼脫出復念縱出眼如梡我亦不與即變眼如梡復念縱若倒立我前我亦不與即於前倒立復念縱汝若死我亦不與即

入滅受想定心想皆滅無所覺知即為語比丘言汝若活者我施與一餅迦留陀夷便出於定婦更刮盆邊得一小麵煎之迦留語言我不須是餅為說妙法即於座上得法眼淨作優婆夷須提請飯致遺豪貴未詳於是思營衆業勝天王經乃往古世廣修淨業顧造坊廚涅槃經須達長者七日之內成立大房足三百口禪坊淨處六十三所冬室夏堂各各別異廚坊浴室洗腳之處大小圊廁無不備足庶使應供之僧皆同自然之食百緣經佛在世時王舍城中有一長者其婦生女名曰善愛後來出家世尊告善愛尼言汝今可設飲食供養佛僧尋取佛鉢擲虛空中百味飲食自然盈滿如是次第取千二百五十比丘鉢所飯亦皆滿都令豐足升堂濟濟無勞四輩之頌大集經復有比丘晝夜精勤樂修善法讀誦經典坐禪習慧不捨須臾以是因緣感請四輩種

種供養高廩峨峨恒有千食之糒詩亦有高廩萬億及秭水經注洮河西南一百七十里有黃沙望黃沙猶若人委千糒於地其外鐵市銅街晉石苞傳苞為吏到鄴乃販鐵於鄴市中詳與楊僕射書青樓紫陌魏曹植詩青樓臨大道王粲儼賦倚紫陌而竝征辛家黑白之里未詳甲第王侯之門漢書張放傳帝賜甲第莫不供施相高資儲轉衆沐魄經給二十歲儲資糧法師善巧方便佛本行經有釋名為善覺其子名羼提提婆堪教太子兵戎法式其所解知一切凡有二十九種善巧妙術又淨飯王復白仙言我意欲令我子常在云何方便及令幼年勿使舍我漚合含羅未詳四分律世尊般涅槃後百歲毗舍離跋闍子比丘行十事乃至十事非法非毗尼非佛所教已皆下舍羅在毗舍離七百阿羅漢集論法毗尼故名

七百集法毗尼又感應記祇洹寺殿內簷下有四銀臺兩臺內有毗尼藏黃金為牒白銀為字毗尼律藏是龍
王書教授滋生隨年增長假使桑林不雨呂氏春秋湯五年不雨乃以身
禱於桑林郄水揚波漢書上使汲仁郭昌發卒數萬人塞瓠子決河猶厥稻粱永無
飢乏加以五鹽具足海錄碎事五色鹽出安息國阿含經一切味不過八種一苦二澀三
辛四鹹五淡六甜七酢八不了味七菜芳軟荊楚歲時記正月七日為人日以七種菜為羹薤
類天廚未詳[illegible]尼[illegible]秀行狀於彼天工彼波利薤將還意欲與分法師有人問何意將薤去答云
欲與分法師是人不聽將去　烱曰[illegible]天廚六星在紫微宮東北果同香樹栴檀樹經維耶梨國
有五百人經歷演山一人臥熱失伴有大栴檀香樹樹神謂窮人言可止留此自相給衣食到春可去窮人還

至國中國王病頭痛唯得梅檀香以護病得愈王便令
匠臣將窮人往代取香樹至到樹所使者見樹華果煌
煌心不忍代羨鼎之大殷王未逢未詳按劉向說苑湯時大旱使人持九足鼎祝山川
而天大雨麋鑊之洪齊都非擬見形之文
昆吾在次皆鳴鷲嶺之
鐘感通記如來成道已至第三十八年於祇洹精舍重閣講堂上佛告文殊師利菩薩汝往戒壇所鳴鐘召
十方天龍比丘諸大菩薩衆等普集祇洹銳日大
衆經佛在王舍城靈鷲山者古昔諸佛之所遊居如來
感神之所建立詳升陽碑暘谷初升同洗龍池之鉢堯典分命羲仲宅嵎夷曰暘谷
寅谷出日道宣律師住持感應曰佛告文殊師利戒入
王舍城受彼國王請我所食訖即命羅睺先將我鉢還
於彼龍
池洗之

徐孝穆全集卷四

徐孝穆全集卷五

陳　徐陵　撰

吳江吳兆宜箋注

東陽雙林寺傅大士碑

夫至人無已屈體申教聖人無名顯用藏迹故維摩詰降同長者之儀維摩經毗耶離城中有長老名維摩詰文殊師利現儒生之像宣律師住持感應傳佛告文殊師利及四天王等教初流行彼汝文殊師利分身變為國王金剛齊菩薩分身為大臣金剛幢菩薩分身為比丘汝等三大士共流通我教提河獻供之旅王

城列衆之端見長干寺碑抑號居士子月佛本生經比丘名蓮華藏多與國王長者居士而為親友時為善宿成實論八戒優婆塞者此言善宿男大經所說智度論有梵志名長爪言十八種大經盡欲讀之當轉法輪釋道安西域志波羅㮈斯國佛轉法輪處大品之言皆紹尊位法苑珠林晉周閔家有大品一部以半幅八丈素反覆書之斯則神通應化不可思議者乎法苑珠林諸德釋云世界初成昔古遺迹相似而現並是佛之神力變化所為故五不可思議中一是佛神力也東揚郡烏傷縣雙林寺傅大士者即其縣人也翻譯名義集娑羅樹東南西北四方各雙故曰雙樹方面悉皆一榮一枯昔巖谿藴德渭浦呈祥天賜殷宗誕興元相書說命夢帝賚予良

弼俾以形旁求于天下說築傳巖之野惟肖爰立作相景侯佐命樊滕是埒漢書傳寬謚景侯與樊噲夏侯嬰同為高祖功臣介子揚名甘陳為伍漢書傳介子與甘延壽陳湯俱立功西域東京世載西晉重光惟是良家降神攸託若如本生本行或示緣起千佛因緣經梵王言我見辟支佛受持五戒以戒齋法當行十善觀諸緣起按佛有本生本行二經子長子雲自敘元系漢書司馬遷字子長揚雄字子雲俱有自序則云補處菩薩仰嗣釋迦法王真子是號彌勒大悲經佛告阿難我為第四次復彌勒當補我處釋迦譜善慧菩薩功行滿足位登十地生兜率天一生補處名聖善白為諸天師瑜伽論若諸國王任持正法名為法王佛在金棺敕福經若受約敕是佛真子賢愚經婆羅門

家生一男兒字曰彌勒法苑珠林西云釋迦此云能仁西云彌勒此云慈氏雖三會濟濟華林之道未孚賢愚經彌勒出家學道成最正覺三會說法得蒙度者悉我遺法種福衆生皆得在彼三會之中頌曰挺此四人姿映蔚華林園千尺巖巖穰佉之化猶遠彌勒下生經身長千尺圓光二十丈真諦師傳彌勒佛出世時須達為蠰佉國大臣名須達多此園地還廣一由旬純以七寶徧滿布地奉施如來起為住處注梵語蠰佉此云貝但分身世界濟度羣生雜寶經佛法寬廣濟度無涯機有殊源應無恒質自序因緣大宗如此

按傳水經云觀世音菩薩有五百身在此閻浮提地長阿含經南方天王名毗瑠璃此云增長主領鳩槃荼及薜荔神將護閻浮提人示同凡品教化

衆生彌勒菩薩亦有五百身在閻浮提種種示現利益衆生故其本迹難得而詳言者也爾其烝烝大孝肅肅惟恭厥行以禮教為宗其言以忠信為本加以風神爽朗氣調清高流化親朋善和紛諍維摩經善和諍訟言必饒益豈惟更盈毀璧未詳宜僚下丸而已哉莊子徐無鬼篇市南宜僚弄丸而兩家之難釋至如王戎吏部晉書王戎襲父爵辟相國掾歷吏部黃門郎散騎常侍鄧禹司徒後漢鄧禹傳光武即位於鄗使使者持節拜禹為大司徒禹時年二十四同此時年有懷棲遯仍隱居松山雙林寺棄捨恩愛非梁鴻之並遊見答周處

士書拜辭親老如蘇躭之永別**神仙傳**蘇躭郴縣人少孤養母至孝忽辭母云受性應仙當違供養母曰汝去使我如何存活曰明年天下疫疾庭中井水簷邊橘樹可以代養至時病者食橘葉飲井水愈自修禪遠磴**婆娑論**人趣中有修禪發智絕粒長齋**裴法師傳**馱那羯磔迦國屬南印度都城東西據山間各有大寺其寺有婆毗吠伽論師於觀自在菩薩絕粒而服水三年立志祈請待見彌勒菩薩非服流霞**抱朴子**項曼卿修道山中自言至天上遊紫府遇仙人與流霞一杯飲之輒不饑渴若餐朝流**司馬相如大人賦**吸流瀣餐朝霞**列仙傳**陵陽子春餐朝霞夏食流瀣

太守王烋言其詭詐乃使邦佐幽諸後曹迄至無旬曾無假疑作段食**增一阿含經**有四種食諸入口之物可食噉者是謂段食於是州鄉媿

伏漢法本內傳明帝置佛舍利及經放火燒經並成煨燼道士等大生媿伏佛之舍利放五色光上空如蓋覆日映衆遠邇歸依師子月佛本生經比丘即爲彌猴說三歸依逃迹山林集一切福德三昧經昔過去久遠阿僧祇劫有一仙人住山林中名日最勝具五神通常行慈心肆行蘭若華嚴經願一切衆生常安居止阿蘭若處靜靜不動又釋氏要覽梵言阿蘭若此言空靜又自序云七佛如來十方並現觀佛三昧經毗婆尸佛尸棄佛毗舍婆佛拘留孫佛拘那含牟尼佛迦葉佛釋迦牟尼佛七佛身並紫金色釋尊摩頂法苑珠林第三身心恭敬禮者聞唱佛名便念佛身如在目前手摩其頂除我罪業願受深法華嚴經有諸法師得勝妙法大乘深法每至楗椎應叩增一阿含經佛告阿難汝今連楗釋氏要覽梵云楗椎此云鐘磬法鼓裁鳴

華嚴經普為衆生擊法鼓空界神仙共來行道菩薩處胎經上方七十二億空界菩薩亦來雲集入胎中其外人所見者拳握之內或吐異香婆娑論帝釋欲遊戲時伊鉢羅龍王背上自然有其香手現胷臆之間乍表金色宗門統要世尊於涅槃會上以手摩胷告衆云汝等善觀吾紫磨金色之身時有信安縣隋書東陽郡領信安縣比丘僧朔與其同類遠來觀化未及祗肅忽見大士身長丈餘朔等驚懃相趨禮拜虔恭既畢更覩常形又有比丘智緦優婆夷錢滿願等伏膺累載頻覩異儀或見脚長二尺指長五寸餘兩眼光明雙瞳照耀皆為金色並

若金錢阿育王經阿育王夫人產生一女一手常卷掌中有一金錢隨取隨生譬李老而

相侔老子志略老子一名李耳兩目日光方瞳綠筋同周文而等狀孟子文王十尺姜

嫄所履詩疏姜嫄履大人迹天步可以為儔詩天步艱難河流大展祖沖

之述異記符健皇始中津監覡登於河中流得大屐一隻長七尺三寸足迹稱屐指長尺餘丈深七寸神

足宜其相比興起行經辟支行空七反回旋飛還時城內人見此神足舉國歡喜支郎之

彥既恥黃睛海錄碎事魏高僧支謙博覽經籍兩眼多白而睛黃時人謂曰支郎眼中黃形軀雖

細是智囊瞿曇之師涅槃經迦毗羅城有釋種子字悉達多姓瞿曇氏有懃青目寶女

經如來瞳子如紺青色既而四空妙定大寶積經菩薩至於空處修習四禪熏脩已

成江總集香贊曰熏修福田八解明心菩薩本行經今最後身值釋迦佛捨豪出家得阿羅漢三明六通具八解脫莊嚴斯滿法苑珠林三十二相微妙莊嚴時還鄉黨化度鄉親俱識還源並知回向法苑珠林回向者回諸福德向無上道或立捨鬚髮如聞善来百緣經佛告善来鬚髮自落法服著身便成沙門大傾財寶同修淨福維摩經憶所修福念於淨命大士熏禪所甜婆娑論生彼天者要是進向那舍身得四禪發於無漏起熏禪業方是得生凡夫無此熏禪業故不得生也獨在高巖爰挺嘉木是名檮樹擢本相對似雙槐於夾門晉潘岳詩綠槐夾門植合榦成陰類雙桐於空井魏文帝詩雙桐生空井厥體貞勁無爽大

年莊子小年不及大年置霜停雪寒暑葱翠晉左思吳都賦緑葉翠莖冒霜停雪信

可以方諸堅國梁元帝阿育王像碑云遊羅衛便居堅固之林始譬彼娑羅涅槃經我於此娑羅雙樹大師子吼者名大涅槃兆寬曰支僧載外國事阿育王起浮屠於佛泥洹處雙樹及墖今無復有也此樹名娑羅樹其樹華名娑羅法也此華色白如霜雪香無比也既見守於神龍括地圖龍池之山多五花樹羣龍食之將為疑於變鶴神境記滎陽郡南有石室室後有孤松千丈常有雙鶴晨必接翮夕輒偶影傳曰昔有夫婦二人俱隱此室年既數百化成雙鶴乃於山

根嶺下創造伽藍過去因果經諸僧伽藍中竹園僧伽藍最為其始釋氏要覽梵語題云僧伽藍摩此云衆園因此高柯故名雙林寺矣按傳大士傳云大士捨宅於松下建

寺因以樹名雙林大士亦還其里舍貸貿妻兒營締支提地持論菩薩供養如來略說十種二支提供養若菩薩為如來故供養優婆若窟若舍若故若新是名支提供養銳曰僧祇律云有舍利者名墖無舍利者名支提繕寫尊法隨願往生經歌讚三寶讀誦尊經常以聚沙畫地皆因圖果大威德陀羅尼經佛告阿難譬如有大沙聚將一滴水潤此沙聚可令徹過如一婦人以千數丈夫受欲果報不可令其知足也百緣經佛將比丘入城乞食逢一婆羅門以指畫地與我五百金錢爾乃聽過須達長者即與金錢五百乃聽佛過佛言過去善生太子路逢一人共輔相子摴蒱博戲時輔相子負彼戲人金錢五百太子語之我當代償彼太子者我是輔相子者須達是戲人者婆羅門是凡負債者不可不償乃至成佛不脫此難芥子菴羅無疑褊陋大悲經世尊告

阿難我滅度後若有人乃至供養我之舍利如芥子等
恭敬尊重讚下供養　有孝曰小未曾有經佛般涅槃
後以如芥子舍利起塔大如菴摩勒果其剎如鍼上施
槃後以如芥子舍利起像如穬麥大功德滿足百倍法
顯經菴婆羅女家為佛起塔　樹敏曰闍義云菴羅是果
樹之名其果似桃此樹花開生一女國人歎異以園封
之園既屬女故言菴羅樹園宿善冥熏見
佛歡喜以園奉佛佛即受之而為所住　乃起九層磚
塔華手經若是塔廟毀壞當加　形相巍然六時虔拜龍
修治若塊若泥乃至一磚　樹
十住論菩薩晝夜各有三時於此六時　巡繞斯託又以
禮拜十方諸佛懺悔勸請隨喜回向
大乘洛陽伽藍記神龜四年太后遣崇靈寺比丘慧生
向西域取經凡得一百七十部皆是大乘妙典
方等靈藥寶珠大志經大志至年十七為衆生故
發意入海取明月寶珠以濟衆生　春言

山谷希得傳寫龍鄉思其燒照後漢郡國志泰山郡有龍鄉城象駕之

其流通傳燈錄水中龍力大陸中象力大故負荷大法去此之龍象復造五時經典

千有餘卷與夫鬻子而茔同其至誠家語孔子聞婦人哭聲謂顔淵曰此非獨喪哀又有離别之苦問之果然父死賣子以葬嫁妻而隱無殊高節晉書許邁遺婦孫氏還家從改名元徧遊名山莫知所終若寄博麨阿育王經佛在世時八王舍城乞食見二小兒一名德勝二名無勝以土為麨著於倉中見佛相好德勝歡喜掬倉中土名為麨者奉上世尊緣是善根佛般涅槃一百年後作轉輪王王閻浮提如因賣花過見因果經普光佛出興於世爾時善慧仙人欲訪花所忽遇瞿夷持花七莖畏王制令藏著缾中善慧至誠感花踊上追呼就買此女答言當送内宫欲以上佛

善慧告言五百銀錢雇五莖花欲以獻佛瞿夷曰曰我今當以此花相與願我生生常為君妻善慧答言我修梵行求無為道不得相許共持菩提阿育王經如來大覺於菩提樹下覺生死之緣詳諫罷道書

諸法方成親眷大藏一覽佛告諸比丘言然燈如來出興世時善慧仙人豈異人乎即我是今此人之中迦葉兄弟及其眷屬千比丘是賣花女者今耶輸是

至是有相無相之懷法苑珠林奘法師云依如西域釋迦一代說法總有三時第三時中為大行菩薩雙說有相無相法為破有相無相法令悟中道究竟圓教

虛已虛心之德化雖在臂方推理於自然莊子子輿曰浸假而化予之左臂以為雞予因以求時夜樹穀曰按佛本行經爾時太子具報使人令王深信因果不信自然

毒蛇傷體終無擾於深定佛本行經畢鉢羅耶童子與跋陀羅女為

夫婦同修梵行周歷年載終不同寢此女既睡一手垂
地忽有一蛇而夫畏彼蛇螫其手即衣裹手擧於婦臂
安放牀上後同投佛出家道宣律師住持感應記佛告
文殊汝取我法角黄金為鉫至彼比丘所吹我出世曲
及起深定曲門徒蕭肅學侶詵詵通彼慈悲觀佛三昧經如来功德慈悲無
量義無偏黨書洪範無偏無黨大通元年縣中長宿雜寶藏經恭敬父母
耆長宿老傳普通等一百人詣縣令范胥連名薦述又以中
大通四年縣中豪傑傅德宣等道俗三百人詣縣令蕭
詡具陳德業夫以連城之寶照廡之珍野老怪而相捐
工人迷而不識魏文帝送玉玦書價越萬金貴重連城尹文子魏田父有耕于野者得玉以告

鄰人鄰人詐之曰此怪石也田父置於廡下光照一室怖而棄之鄰人以獻魏王名玉工相之工曰五城之都僅可一觀

胥等體有流俗才無鑒真亟欲騰問終成虧怠梁高祖武皇帝紹隆三寶大寶積經菩薩修定後有十法十修定能興正法紹隆三寶弘濟四生法苑珠林廣興六度接引四生迹冠優塡觀佛三昧經時優闐王遥慕世尊鑄金為像是衆像之始也神高仙像毗曇說仙譽國王殺五百婆羅門生地獄中發生信心生甘露國夫以陳蕃靜室猶懷天下之心後漢陳蕃傳蕃常處一室而庭宇蕪穢曰大夫夫當掃除天下伊尹躬耕思弘聖王之道見與宗室書況我有慧日明炬文選王巾頭陀寺碑注慧日喻明也法華經世尊以智慧為燈炬如風寶車華嚴

經如風無所礙濟是沈舟能升彼岸智度論若能不退成辦佛道名到彼岸涅槃經彼岸者喻如來也固宜光宣正法菩薩本行經釋迦佛如來滅後正法住世五百歲像法住世亦五百歲影響人王者乎新翻大般若經擁護天王及人王等令護正法久住世間於是

以中大通六年正月二十八日遣弟子傳暀出都致書

高祖其辭曰雙林樹下當來解脫法苑珠林三乘名義解脫體同善慧

大士白國主救世菩薩今條上中下善希能受持其上

善以虛懷為本不著為宗法苑珠林由上界樂行寂滅不著不能發起麤貪恚瞋故名無苦無樂忘想為因涅槃為果其中善以治身為本治國

為宗天上人間果報安樂雜寶藏經況其果報豈可量也其下善以護養衆生勝殘去殺普令百姓俱稟六齋涅槃經年常三長月恒六齋菜蔬節味夫以四海之君萬邦之主須居王上莫不祗肅爾時國師智者法師與名德諸衆僧等言辭謹敬多乖釋迦之書佛本行經太子復諮審多阿闍黎言此書凡有六十四種未審尊者欲教我何書文牒畢恭翻豫山公之啓晉書山濤在與選甄拔人物各有題目奏之時稱山公啓事有士年非長老禪門規式西域人凡稱人道老臘長呼為須菩提如中國凡具道眼有可尊之德者號曰長老也位匪沙門後漢書佛慈心為主不殺生類專務清靜其精進者號為沙門漢言息心

蓋息意去欲以歸無為也通疏乘輿過無虔恪京都道俗莫不嗟疑雖至都投太樂令何昌并有弘誓誓在御路燒其左手以此因緣希當聞達昌以此書呈同泰寺僧皓法師師衆所知識名稱普聞見書隨喜勸以呈奏皇心歡悅遽遣招迎来謁宸闈亟論經典同泰寺前臨北闕漢書蕭何治未央宮立東闕北闕前殿家邇南宮有孝曰杜田正謬云漢建尚書百官府名曰南宮仍請安居備諸資給見長干寺碑後徙居鍾山之下定林寺遊巖倚樹見諫罷道書宴坐經行百緣經鵶鵮王見佛比丘寂然宴坐甚懷喜悅　樹敏曰付法

迦葉語婦我若眠息汝當經行汝若眠息我當經行京洛名僧樂府有煌煌京洛行學徒雲
集莫不提函負帙問慧諮禪居蔭高松卧依磐石於是
四徼之中恒注甘露穆天子傳天子北征至於羣玉之山河平無險四徼中繩先王所謂
策府普曜經太子滿十月已臨産之時先現瑞應三十有二十三諸天玉女持萬金餅盛甘露住虚空中六
旬之內常雨天酒正法念經彼夜摩天男共天女中入池遊戲同飲天酒豈非神仙
影響示現禎祥者乎帝於華林園重雲殿自開講三慧
般若經窮須真之所問佛性論要須真實利益衆生先自調伏御法勝之
高堂起世經三十三天集會坐時於中惟論微細善語深義稱量觀察皆是世間諸勝要法真實正理是

以諸天稱為善法堂兆宮曰長阿含一時忉利諸天集善法堂有所講論**百千龍像**阿育王經昔阿恕伽王以金鑄作龍像及以王像以拜稱之尚瑗曰道宣律師感應記又告娑竭龍王汝可化身為八萬四千黄金龍像頭用七寶成身以黄金作之**圍繞聲聽**增一阿含經千二百弟子前後圍繞如來在中**黑貂朱紱**史記蘇秦傳黑貂之裘敝易朱紱方來**王侯滿筵國華民秀**國語季文子曰吾聞以德榮為國華王制命鄉論秀士升之司徒曰選士**公卿連席乃令大士獨榻對揚天扆**書說命敢對揚天子之休命**并遺傳詔及宣傳左右四人接受言論爾時納揆之於臺內**舜典納于百揆百揆時敘**司隸之在殿中杜預還朝**晉書平吳之後徵杜預為司隸校尉加位特進**馬防親**

貴後漢馬防傳防貴寵最盛與九卿絕席舊儀縣席皆等庶僚以大士絕

世通人故加其殊禮矣及玉輦升殿范蔚宗後漢輿服志天子五路以玉

為飾雲蹕在階崔豹古今注秦制出警入蹕謂出軍者皆警戒入國者皆蹕止也謝朓詩千載朝雲

陛文陶潛集聯句惜之曰雲駕庶可飭晏然箕坐漢書郭解出入皆避一人獨箕踞視曾不

山立樂記總干而山立憲司譏問愈見凝跱但答云法地若動

則一切法不安應對言語皆為爽異昔漢皇愛道欒大

不臣漢郊祀志封欒大天道將軍令衣羽衣立白茅上受印以示不臣魏祖優賢楊叟

如客魏志文帝引楊彪待以客禮河上之老輕舉臨於孝文神仙傳河上公

不知其姓氏結草為菴於河湄讀老子漢文帝駕往諮之嚴子之高閒卧加於光武後漢逸民傳太史奏客星犯帝座帝笑曰朕故人嚴子陵共卧耳方其古烈信可為儔

帝又於壽光殿獨延大士講論元賾言無重頌彌陀疏鈔梵語祇夜多此云重頌句備伽陀祖珽事苑梵言伽陀此言諷誦音會宮商義兼華藻豈惟寶積獻蓋文成七言維摩經云寶積與五百長者子俱持七寶蓋來詣佛所佛之威力令諸寶蓋合成一蓋徧覆三千大千世界釋子彈琴歌為千偈而已長阿含反王聞四子端正曰此真釋子也雜阿含經過去世時拘薩羅國有彈琴人名曰鹿牛有六廣大天宮天女來至拘薩羅國鹿牛彈琴人所語言為我彈琴我當歌舞天女於歌頌頌中自說所以生此因緣彼人即

便彈琴彼六天女即便歌舞固非論經於白虎之殿後漢丁鴻傳鴻字孝公肅宗詔鴻論定五經同異於白虎觀時人語曰殿中無雙丁孝公應詔於金馬之門漢書東方朔待詔金馬門說義雲臺後漢逸民傳周黨伏而不謁博士范升奏曰臣願與坐雲臺之下考試圖國之道受釐宣室賈誼傳上方受釐坐宣室可同年而語哉自火運將終民無先覺雖復五方內顯蒼鵝之兆未萌晉五行志懷帝永嘉元年二月洛陽東北步廣里地陷有蒼白二色鵝出蒼者飛翔沖天白者止焉董養曰步廣周之狄泉盟會地也白者金色國之行也蒼為兵象是後劉淵石勒相繼起兵四海橫流夷羊之牧匪現汲家周書度邑解惟天不享於殷發之未生至於今六十年夷羊有牧飛鴻過野　樹敏曰　訓夷羊在

牧許慎曰夷羊土神商之將亡見於商郊牧野之地大士天眼所照預覩未來藏經羅漢道人尋即入定以天眼觀摩掌之明夙鑒時禍竺佛圖澄西域人時石勒與劉曜相拒攜隙以問澄澄曰可禽耳麻油塗掌令視見之曜被執朱繩縳肘後果獲之如掌所見良羣生之板蕩泣世道之崩淪救苦為懷大悲為病誓欲虛中閑氣法苑珠林晉長安有沙公者西域人虛晴眼氣不食五穀日能行五百里識食為齋非服名香正法念經餓鬼大數有三十六種十四食香鬼法苑珠林宋釋慧益廣陵人憩竹林寺積勤苦行惟食香丸但資禪悅起世經閻浮提人等飯麨豆肉等名為麤段食按摩澡浴拭膏等名為微細食自外三州及六欲諸天等並以麤微細為食自此以上色界無色天並以禪悅法喜為食

方乃燒其苦器涅槃經身為苦器憂畏無量製造華燈摩耶經龍樹善設法要滅邪見幢然正法燈願以此一光明徧照十方佛土因果經無量諸天作諸伎樂燒衆名香散天妙華隨菩薩滿虛空中放大光明普照十方勸請調御實性論為六種人故說三寶一調御師二調御師法三調御師弟子常住世間救現在之兵災劫中世界經二十小劫中中間有小三災二曰兵刀災除當來之苦集長阿含經諸比丘欲求光明者當求苦集滅道光明於是學衆悲號山門踊叫弟子居士徐普拔濬普成等九人求輸己命願代宗師其中或馘耳而刵鼻或焚臂而燒手善財童子重睹知識華嚴經彌勒領無量諸大菩薩從他

方來彈指一聲閣門遂開善財即入入已即閉善財見一樓閣中皆有彌勒一一彌勒前皆有善財一一善財皆悉合掌回顧詳答求官人書忍辱仙人是馮相畢新婆娑論過去此賢劫中有王名羯利時有仙人號為忍辱住一林中勤修苦行仙人便伸一臂王以利劍斬之王復命伸一臂即復斬之次斬兩足復截兩耳又割其鼻史記傳靳傳陽陵侯傅寬注引地理志云馮相陽陵縣大士乃延其教化更住閣浮見長干寺碑宏訓門人備行衆善於是弟子居士范難陀弟子比丘法曠弟子優婆夷嚴比丘各在山林燒身現滅次有比丘寶月等二人窮身繫索挂錠為燈說文錠謂之燈呂靜韻集無足曰燈有足曰錠次有比丘慧海菩提等八人

燒指供養法華經能然手指乃至足一指供養佛塔勝以國城妻子及三千大士國土珍寶而供養者次有比丘尼曇展慧光法纖等四十九人行不食齋法次有比丘僧拔慧品等六十二人割耳出血用和名香奉依師教並載在碑陰書其名品夫二儀大德所貴曰生繫辭易有太極是生兩儀又天地之大德曰生六趣含靈所重惟命婆娑論六趣之中能止息意故名為人雖復夢幻影響同歸摩滅諫王經世間榮位如幻如夢不可久保付法藏經縱使富貴如天終歸磨滅愛使迷情惟貪長久法苑珠林龍樹菩薩捨離欲愛出定為道老子天長地久自非善巧方便漚和含羅見長干寺碑

照以慈燈梁陸倕誌法師墓志銘曰慧雲晝歇慈燈夜昏露其妙藥付法藏經法是妙藥能愈結病豈或捨不貲之軀而能行希有之事大品經若我聲聞弟子之中欲行第一希有之事者當為世間廣宣如是大乘經典若令割身奉鬼聞半偈於涅槃涅槃經佛言我念過去作婆羅門在雪山中修菩薩行時天帝釋即下試之自變其身作羅剎像住菩薩前口說半偈云諸行無常是生滅法菩薩即語羅剎但能具足說是偈竟我當以身奉施供養賣髓祠天能供養於般若雜譬喻經敕人王曰吾本捕人當持祠天已得四百九十九人今得御一人其數已滿殺以祠天汝何不懼國王對曰旦出宮時路逢道人為我說偈即許施物今未得與以是為恨今王玄慈寬恕假日施訖還來不敢違要也理當剗心靡吝千佛因緣經雪山中有婆羅門

名牢度跋提白夜叉言我今不惜心之與血即持利劒破骨出心與之擢骨無疑者乎彌勒所問本願經往過世有王太子號曰蓮華王見一人身體病癩曰得王身髓以塗我身其病乃愈太子即破身骨以得其髓持與病者大士小學之年不遊黌舍曲禮人生十年曰幼學漢儒林傳序武帝時太學生徒動至數萬郡國黌舍悉皆充滿大成之德自道墳典學記九年知類通達強立而不反謂之大成左傳左史倚相趨過王曰是能讀三墳五典八索九丘安禪合掌惟無三昧經人求道安禪先當斷念善現論禮佛時應繞三匝三拜四方作禮合十指掌叉手於項卻行而出說偈論經三千威儀云出家人所作業務一者坐禪二者誦經法三者勸化眾事滴海未盡其書大悲經如來爾時知彼水滴在大海中見知住處不與餘水共相和雜不增不減平等如故

滴水者喻一發心微少善根大海者喻佛如來應正徧知懸河不窮其義晉書王衍曰郭象清言如懸河久而不竭前後講維摩思益經等比丘智瓚傳習受持所應度者化緣既畢新翻大阿羅漢難提蜜多羅所說法住記化緣既畢將歸涅槃以大建元年朱明始獻見為陳武帝書奄然右卧法苑珠林經云仰卧者是脩羅卧伏地卧者是餓鬼卧左脅卧者是貪欲人卧若右脅卧者是出家人卧鶴齡曰中阿含經如來爾時將詣雙樹四欝多羅僧以為施坐僧伽梨為枕右脅而卧足足相累而般涅槃將歸大空觀佛三昧經有王名曰雜寶華光子名快見和尚為說甚深般若波羅蜜經大空之義二句初滿三心是滅見長干寺碑爾時隆暑晉潘岳射雉賦時暑忽隆熾便已赫曦李顒悲四

時賦悲炎節之赫曦屈伸如常溫暖無異洗浴究竟扶坐著衣色貌數渝光彩鮮潔爰經信次詩疏一宿曰宿再宿曰信宛若平生烏傷縣令陳鍾者即往臨赴猶復反手傳香道宣律師住持感應記十方諸佛各手捻香付彼爐中皆如疇昔若此神變無聞前古雖復青牛道士漢武內傳封君達號青牛道士有病死者以竹管中藥與服皆愈白馬先生未詳便遁形骸本憖希企若其滅定無想彈指而石壁已開奘法師傳婆毗吠伽論師執金剛神所誦金剛咒咒芥子擊於石壁豁然洞開時有百千萬衆觀覩驚歎論師跨門再三顧命衆人唯有六人從入論師入已當即石扃還合如壁　炯曰華嚴經八法界品爾時善財童子

敬繞彌勒菩薩合掌白言惟願大聖開樓觀門令我等入彌勒菩薩即彈右指門自然開善財即入入已還閉法王在殯申足而金棺猶啓傳燈錄佛滅後有第一祖迦葉至雙林樹間號泣佛於金棺內現雙足非斯矣莫與為儔遺誡於雙林山頂如法燒身一分舍利法苑珠林舍利者西域梵語此云骨身舍利有三種一骨舍利色白二髮舍利色黑三肉舍利色赤若佛舍利椎力不破若弟子舍利椎擊便破起墖於家一分舍利起墖在山又造彌勒像二軀置此雙墖莫移我眠牀當取法猛上人織成彌勒像永安牀上寄此尊儀見諫道書罷以標形相也賢愚經此袈裟乃是三世聖人標相於是門徒巨痛遂奘遺言

用震旦之常儀華嚴經震旦國在一住處名那羅延窟
從昔已來諸菩薩眾於中止住法苑珠
林東夏九州名西域為天竺者是總名也或云身毒如
梵稱此方為脂那或云真丹或作震旦此蓋承聲有楚
夏大悲經迦葉以已身火闍維其身闍
耳秉闍維之舊法維身已灰炭不現挺曰法苑珠林
髮爪兩墖衣影二臺皆是如來在世已見成軌自收迹
河邊闍維林外八王請分還國起墖及餅炭二所於是
十剎四部皆集法苑珠林賓頭盧住西瞿耶尼教化四
輿焉眾廣宣佛法閻浮提四部弟子思見賓
頭盧佛傳燈錄法達念法華經三千部禮祖
聽還國悲同白車不投地六祖曰無念念即正有念念
成邪有無俱不圓覺經比丘比丘尼式叉摩
計長御白牛車七眾攀號那娑彌室羅末尼此出家五
眾優婆塞優婆夷此梁元帝集內典碑銘集
在家二眾比七眾也哀踰青樹林序曰白林將謝青樹

已列弟子比丘法璿菩提智瓚等以為伯陽之德貞桓紀於賴鄉史記老子姓李名耳字伯陽楚國苦縣賴鄉人續漢書桓帝夢老子令中常侍左悺於賴鄉祀之詔陳相邊韶立祠兼刻石金石錄苦縣老子銘舊傳蔡邕文并書仲尼之道高碑書於魯縣祀廳記孔子廟列七碑無像檜柏猶茂亦有揚雄弟子漢揚雄傳雄卒侯芭為起墳喪之三年鄭玄門人後漢鄭玄傳玄卒門生相與撰玄答諸弟子問五經依論語作鄭志八篇俱述清猷載刊玄石水經注杜預曰梁國蒙縣北有薄伐城城中有成湯冢今城內有故冢方墳疑即杜元凱所謂湯冢者也而世謂之王子喬冢其後有人著大冠絳單衣杖竹立冢前呼采薪孺子伊永昌曰我王子喬也勿得取我墳上樹也忽然不見國相東萊王璋以為神聖所興必有銘表乃與長史邊

（乾逐樹之玄石紀頌遺烈）於是祈闍兩觀（何休曰天子外闕兩觀）冒涉三江（書禹貢三江既入）爰降絲綸（禮記王言如絲其出如綸）克成豐琰陵雖不敏夙

仰高風輕課庸音乃為銘曰

大矣權迹勞哉赴時或現商主（佛本行經雞尸馬王即我身是五百人中商主者即舍利弗是五百商人即刪闍耶波離婆闍迦諸弟子等五百人是）聊為國師畢同巧

匠（增一阿含經優填王敕國出巧匠會以牛頭栴檀作佛供養晨夕禮拜）屈示良醫（智度論菩薩不應遠離諸佛譬如病若不離良醫）猗與開士（法苑珠林開士應真尊揭末邀）類此難

思當來解脫克紹迦維（普曜經佛兜率天降神於西域迦維衛國淨梵王宮摩耶夫人

剖右脅而生兆纂曰因果經太子身黃金色三十二相放大光明普照三千大千世界迦維羅衛國三千日月萬二千天地之中央也妙道猶祕法苑珠林耶𢦏問方外對曰捨搢紳之容亦何傷於妙道機緣未適智度論佛成道已不即說法於五十七日今檢括機緣然後說法弗降雞頭法苑珠林昔天竺雞頭摩寺五通菩薩往安樂界請阿彌陀佛娑婆衆生願生淨土無佛影像願力莫由請垂降許佛言汝且往去尋當現彼寧開狼迹摩耶經摩訶迦葉於狼迹山中入滅盡定北地爰從東山攸宅族貴泥陽宗分蘭石魏志傅嘏傳嘏字蘭石北地泥陽人傅介子之後也莫測其本徒觀其迹邈有蒲塞心冥世雄明宣苦苦法句佛言天下之苦莫過有身身者衆苦之本離世苦本當求寂滅妙鑒空空孔稚圭北山移文談

空空於釋部汲引三界自誓三昧經三界一欲界二色界三無色界行藏六通華嚴經六通一天眼二天耳三地心四宿命五神足六漏盡

爰初隱逸宴處林叢祖珽事苑梵語貪婆此云叢林譬如大樹叢叢故僧聚處得名叢林

食等餐露齋疑服風求離牢獄經此等梵志服風食氣

敬禮珍壇見宋司徒寺碑歸依靈像法苑珠林故釋伽云吾今此身即是法身由是法身所依持故如泥木靈像遠有所表敬誠殷禮獲福無量

未若天尊躬臨方丈太玄真一本際經運道一切為極尊而常處三清出諸天上故稱天尊 忠柱曰法苑珠林唐顯慶中王元策使西域有維摩詰石室以手板縱橫量之得十笏故名方丈室讀此碑則唐之前已有此名矣

慧炬常照慈燈斯朗長阿含經燈燭之明不如炬火釋梵天仙大悲芬陀利經

佛言我於此閻浮提為轉輪王名曰燈明即捨詣林求梵仙行晨昏來往濟濟行法洗談講德秀臧丈莊子文王觀於臧見一丈人釣而其釣莫釣遂迎臧丈人而授之政以為太師風高廣成莊子黄帝聞廣成子在於空同之上故往見之來儀上國益稷鳳皇來儀史記徐君好季札劒為使上國未獻抗禮承明漢汲黯傳大將軍青既益尊黯與亢禮嚴助傳帝賜助書曰君厭承明之廬勞侍從之事妙辯無相深言不生楞嚴經除住三昧是名無生撞鐘比說樂記善待問者如撞鐘擊鼓憝英樂論天口漢劉歆七略齊田駢好談論齊人語曰天口駢天口者言不可窮誰其與京左傳懿氏卜妻敬仲占之曰八世之後莫之與京作現仙掌爰標神足色艷沈檀楞嚴經白栴檀塗身自能除一切熱

慳香踰薝蔔經云如入薝蔔林中聞薝蔔花香不聞他香樹屏曰華嚴經有世界名薝蔔華色我有邊際付法藏經流轉生死無有邊際隨機延保誓毀身城法句經說偈曰防心意品意如城當開心獄唯識論善惡熏心令心異見實無地獄是故心外雖無地獄惡業成時強自妄見忽示泡影金剛經如夢幻泡影俄如風燭法苑珠林命如風燭難可駐留嗷嗷門人象師若親寧焚軟疊涅槃經菩薩為法因緣剜身為燈氎纏皮肉酥油灌之燒以為炷尚瑗曰菩薩處胎經八士國王各持五百張白氎栴檀木蜜盡肉金棺裏以五百張氎纏裹金棺復五百乘車載香酥油以灌白氎爾時世尊欲入金剛三昧碎身舍利於娑婆世界弗燎香薪新婆娑論是上座觀肉是菩薩肉共取香薪焚燒其肉收其餘骨起窣堵波禮拜供養如是佛檜合

窟為室觀佛三昧經佛初留影石室在那乾呵羅國毒龍池側爾時世尊從石窟出時龍聞佛還國啼哭雨淚佛安慰龍我受汝請當坐汝窟中經千五百歲佛坐窟中作十八變踊身入石猶如明鏡在於石内映現於外諸天百千供養佛影影亦說法迄今猶現

方墳以墠所云墠者或云墠婆此云墳

方須彌據海起世經於須彌山佉提羅迦山二山之間有須彌海闊四萬四千由旬周圍無量

變灰揚塵曹毗志怪漢武帝鑿昆明池極深悉見灰墨無復土以問東方朔朔曰試聞西域胡至明帝時外國道人入洛時有憶朔言問之胡人云經云天地大劫將盡則劫燒此劫燒之餘詳與楊僕射書

淨土無壞法苑珠林云西方常清淨自然無一切雜穢故云淨土

靈儀自真法苑珠林梁武帝捨道文鑠靈儀於象外曰

何時涌墖復睹全身法苑珠林阿育王遣使浮海壞

撒諸墖分取舍利還值風瀨頗有遺落故今海族之中
時或遇者智度論佛問阿難吾在龍宮說法龍子得道
留全身舍利高一百
三十丈汝知之不

天台山徐則法師碑

北史徐則東海剡人也杖策
入縉雲山不娶妻常服巾褐
陳太建中應名來憩於至真觀期月又辭入天
台山太傅徐陵為之刊山立頌晉王廣鎮揚州
聞其名手書召之曰夫道得衆妙法體自然包
涵二儀混成萬物人能宏道道不虛行先生履
德養空玄宗齊物深曉義理頗味法門悅性冲
玄恬神虛白餐松餌朮栖息烟霞望赤城而待
風雲遊玉堂而駕龍鳳雖復藏名台岳猶且騰
實江淮籍甚嘉猷有勞寤寐欽承素道久積虛
襟側夕幽人夢想巖穴霜風已冷海氣將寒偃
息茂林道體休愈昔商山四皓輕舉漢庭淮南

八公来儀藩邸古今雖異山谷不殊市朝之隱前賢已説尊凡述聖舍先生而誰故遣使人往彼延請想無勞束帛賁然来思不待蒲輪去彼空谷希能屈已佇望披雲遂詣揚州而死年八十二

夫海水揚塵幾千年而可見見與揚僕射書天衣拂石幾萬歲而應平觀佛三昧經諸佛化作八萬佛樹師子之座今釋迦樹最短若干天衣而布其上樹敏曰樓炭經有一大石方四十里百歲諸天来下取羅縠衣拂石盡劫猶未窮至人者譬彼晨昏方乎晷刻固非俗士之所能言寰中之所能量者也至如不死之草猶稱南裔博物志禹戮防風防風二臣恐以刃自貫其心而死禹哀之拔

其刃療以不死之草長生之樹尚挺西崑淮南子崑崙山有層城九重高萬一千里上有不死樹在其西百紀遊龜皆登蓮葉史記龜策傳神龜巢蓮上抱朴子千歲龜五色具焉解人言或浮於蓮葉之上或在叢蓍之下千齡壽鶴或舞松枝見傅大士碑假矣生民何其天脆譬彼風電隨願往生經四大假合形如芭蕉中無有實又如電光不得久停同諸泡沫中阿含經譬如大雨滴泡一生一滅琢火之歎聞諸往賢劉勰新論人之短死猶如石火炯然以過逝水之悲嗟乎前聖論語逝者如斯夫不舍晝夜樵人看博信未始乎淹留異苑昔有人乘馬山行遥岫裏有二老翁相對樗蒱遂下馬以策拄地而觀之自謂俄頃視其馬鞭漼然已爛顧瞻其馬鞍骸枯朽既還至家無復親屬仙客

彈琴固不移於俄頃琴書琴高以琴養性初學於羅浮山後遊四海然而子孫皆其數世幽明録漢永平中劉晨阮肇采藥失道行至溪澗二女迎歸食以胡麻飯求去指示之至家已七世矣鄉黨咸為草萊是以志士名賢飄然長騖膘驙榮利見答周處士書歷織風塵服冕乘軒其猶桎梏朱庭紫闥事甚樊籠南史楊休之不樂煩職曰此官真是樊籠隱淪巖洞桓譚新論天下神人五一曰神仙二曰隱淪餐餌芝髓忽矣身輕見玉臺新詠序俄然羽化訓解故事道士亡曰羽化金繩玉版受謁帝之符見丹陽碑龍駕霓裳處仙官之籙晉郭璞華山贊誰其遊之龍駕雲裳法師蕭然道氣卓矣仙才漢武内傳

西王母云劉徹好道然形慢神穢雖語之以至道殆恐非仙才也千仞孤標萬頃無度見歐陽頠碑所以伊川控鶴列仙傳王喬周靈王太子晉也好吹笙作鳳鳴遊伊洛之間浮丘公接以上嵩高山後於山上見桓良曰告我家七月七日待我於緱氏山頭至日果乘白鶴駐山巔葉縣乘鳧風俗通孝明帝時尚書郎河東王喬遷為葉縣令喬月朔常詣臺朝明帝怪其來速而無車騎密令太史候望言其臨至時常有雙鳧從東南飛來因候伺見鳧舉羅得一雙舄使尚方識乃四年所賜尚書官履也靈化無方道還斯在銘曰

来去三島神仙傳海上有三神山曰蓬萊曰方丈曰瀛洲謂之三島寶遊二童見玉臺新詠序然香雨上擊磬雲中玉粒雖軟見長干寺碑金膏未鎔穆天

子傳河伯示汝黄金之膏方流道業濟彼昏蒙

頌

皇太子臨辟雍頌有序

臣聞天大王大詳於道德之言見勸進表天文人文顯於爻象之說見說是以大君革命黔首所以庇焉聖人創物文籍所以生焉或由此道制為民極莫不對越上靈裁成庶類濟世育德昭彼昆蟲皇帝世膺下武體炫上德見勸進表握天鏡而授河圖見丹陽碑執玉衡而運乾象見舜典皇太

子耀彼重離光茲乞卷儀天以文化成天下俱見易侍中國子祭酒新安王南史新安王伯固文帝第五子天嘉六年立為新安郡王十年為國子祭酒頗知玄理而墮業無所通至於摘句問難往往有奇意宗室羽儀易其羽可用為儀衣冠準的後漢馮援傳為天下表的惟善為樂後漢書明帝問東平王處家何等最樂王曰為善最樂造次必儒漢景十三王傳河間獻王德被服儒術造次必於儒者粤以十一年三月二十一日受詔弘宣發論語題攝齊升堂見論語摳衣即席曲禮將即席容毋怍詳讓表對揚天人開闢大訓清言既吐精義入神見繫辭副德爰動音辭鋒起問難泉涌後漢馮援傳謀

若涌泉辨紛綸之興見與宗室書定倫理之疑王振鏘鏘孟子孔子之謂集大成集大成也者金聲而玉振之也秩臣曰後漢樊準傳詳覽羣言響如振玉雲浮雨布介王奉繫聖蹤馳辨秀出信令張禹懃其師法漢張禹傳禹字子文河南軹人也蕭望之奏禹經學精習有師法可試事久之試為博士詔令禹授太子論語何宴忸其訓詁通考引隋經籍志魯論語吏部尚書何晏為集解梁陳之時唯鄭玄何晏立於國學穆穆焉洋洋焉此實虞朝之盛德生民之觀望者也臣抑又闡之魯頌聿興史克宣其懿小序駉頌僖公也季孫行父請命於周而史克作是頌晉雍大啓王廙逞其辭晉王廙傳廙字世將為濮陽太守元帝作鎮江左廙棄郡

過江及帝即位庾奏中興賦所以述休平之風揚君上之德輕以下才敢為頌曰

皇運勃起膺圖受命紫蓋東臨黃旗南映吳志陳紀曰舊說黃旗紫蓋運在東南積仁累德重明疊聖四海無浪見與王僧辨書三階已平黃帝泰階六符經泰階者天之三階也三階平則陰陽和風雨時儲駕戾止和鸞有聲宏風講肆北堂書鈔孔藏與子琳書講肆書傳崇儒肅成丹書貴道竹書紀年西伯發受丹書於呂尚黃金賤籯漢韋賢傳遺子黃金滿籯不如教子一經洙泗興業闕里增榮孔子世家注伍緝之從征記闕里背洙面泗

銘

太極殿銘 有序

夫紫蓋黃旗揭都之王氣長久見辟雍頌**虎踞龍蟠金陵之地體貞固**見勸進表**天居爽塏**左傳景公欲更晏子之宅曰請更諸爽塏者**大寢尊嚴**張衡西京賦正殿路寢注周曰路寢漢曰正殿**高膺**疑作應**端門**天官書太微三光之廷匡衛十二星藩臣中端門左右掖門門內六星諸侯其內五星五帝座**仰模營室**天官書紫宮後六星絕漢抵營室曰閣道注正義曰營室七星天子之宮**歸於有德譬彼河圖**見丹陽碑**傳我休明義同商鼎**左傳王孫滿對楚子曰昔夏之方有德也鑄鼎象物桀有昏德鼎遷

於商商紂暴虐鼎遷於周德之休明雖小重也太極殿者法氐象亢王者之位以尊天官書云亢為疏廟注元命包曰亢四星為朝廷又氐為天根注星經云氐四星為路寢聽朝所居左平右城天子之堂為貴初學記歷代殿名或沿或革惟魏之太極自晉以降正殿皆因之摯虞決疑要注云其制有陛右城左平平以文甎相亞次城者為階級也九錫之禮納陛以登謂受此陛以上殿往朝煨燼多歷年所世道隆平宜其休復監軍鄒子度啓稱即日忽有一大梓柱從流來泊在彼渚岸陳武帝紀初侯景之平也太極殿被焚承聖中議欲營之獨闕一柱永定二年秋七月有樟木大十八圍長四丈五尺流泊陶家後渚監軍鄒子度以聞詔中書令沈衆兼起部尚書構太極殿嵯峨容於若漢

水之仙槎荆楚歲時記漢武帝令張騫使大夏尋河源乘槎經月而至搖漾波濤似新亭之龍剎未詳孤拔靈山允昭天貺昔梁氏承聖將圖纘脩東國窺江西人犯蹕定之方中亟興師旅揆之以日輒有災故詩定之方中作于楚宫揆之以日作于楚室是知秦人所止實漢祖而為宫見與王僧辯書吳鄴佳氣乃元皇而斯宅晉陽秋秦時望氣者曰東南有天子氣五百年有王者興始皇遂東遊以厭之改金陵為秣陵孫權又改為建業至晉元帝適時逢其千櫨赫奕萬栱崚嶒魏何晏景福殿賦欂櫨各落以相承欒栱夭蟜而交結注欂櫨曲短梁也欒以承栱栱以承枓植綠蔆而動微風舒丹蓮而制流火

風俗通殿堂象東井形刻作荷蔆荷菱水物也所以厭火甘泉遠望觀正殿之崢嶸揚雄甘泉賦似紫宮之崢嶸函谷遥看美皇居之壯麗漢書高祖七年至長安蕭何修未央宮曰非令壯麗無以示威信乎齊三光而示宇宙尸子上下四方曰宇往古來今曰宙詳勸進表會萬國而朝諸侯史記夏本紀禹會諸侯於塗山執玉帛者萬國爰

命徽臣乃爲銘曰

雍畤相望封禪書雍旁故有吳陽武畤雍東有好畤皆廢無祠故秦文公立畤郊上帝諸神祠皆聚云參差未央偃師回顧崔嵬德陽見與揚僕射書高捫太乙揚雄甘泉賦配帝居之懸圃兮象太乙之威神注太乙天神也正睹瑶光張衡西京賦上飛闥而仰眺正

睹瑤光與玉繩峨峨靈柱赫赫流樟美哉宮室孟子為宮室之美嘉哉令疑作上一本作今日玉燭寶典正月一日為元日亦云上日御扆垂旒禮記天子玉藻十有二旒詳為貞陽侯書當朝靖躍見傅大士碑樂備韶夏左傳韶箾舞樂大夏禹樂禮兼文質論語文質彬彬帝旅無喧王旗斯謐摯虞決疑要注晉制大會於太極殿其會則五時朝服庭設金石虎賁旄頭文衣繡尾肅肅卿士詩召南肅肅宵征邕邕承弼書冏命以旦夕承弼厥辟漢座雕屏謝承後漢書鄭弘為太尉時舉第五倫為司空班次在下每正朝見宏曲躬自卑上聞知其故遂聽置雲母屛風分隔其間由此為故事周人檻櫺城隅有勒詩靜女其姝俟我于城隅殿省皆銘況復皇寢宜昭國經

方流典訓永樹天庭揚雄甘泉賦開天庭兮延羣神

報德寺刹下銘

昔者明王大孝感動神祇助月致景星之祥見孝義非寺碑煙流慶雲之色史記若煙非煙若雲非雲郁郁紛紛蕭索輪囷是謂慶雲然而嚴敬之道惟事盡於配天明發之懷誠不過於饗帝禮記祭法注祀天以始祖配祭義莊敬則嚴威又惟聖人為能饗帝孝子為能饗親又祭之日明發不寐饗而致之又從而思之豈如以梵宮之樂資乎廟堂淨土之因見長干寺碑歸於園寢雖復青雲譙郡之境魏志文帝生於沛國譙郡時有雲氣青色而圜如車蓋當於其

上終日望氣者以為至貴之證碧泉疑作白水春陵之鄉東觀漢記光武出自長沙定王定王生春陵節侯至孫孝侯改封白水鄉因故國名曰春陵上幼懷凝重未曾遊陟年將志學即事登庸壹力淮潯屬有嘉夢其夢也畢陌宏敞後漢郡國志右扶風高帝改安陵注皇覽曰縣西北畢陌秦武王冢橋山屈盤帝王世紀黃帝葬於上郡陽周之橋山氣象靈長風煙騰薄使疑作便隊雙表續搜神記有鵠集遼東城門華表柱曰漢書音義便房藏中便坐也兆宮其高百尋左則青龍蟠蜿右則白虎蹲踞曲禮左青龍而右白虎軒轅之駕譬婉婉而多慙漢郊祀歌上曰吾聞黃帝不死有冢何也或對曰黃帝以仙上天羣臣葬其衣冠吳王之

墳狀耽耽而非擬〔吳録孫堅墓上數有光如雲氣五色上屬天下蔓延數里〕有人指其地云此是國陵自爾迄永定初其間二十有餘年至嵗紀頻移崇塋乃作觀其山川形勢王相徵圖〔後漢趙岐孟子天時注謂五行旺相孤虛之屬〕瞻拜高巒宛如前夢大矣哉孝悌之至通於神明者與銘曰

壯矣金表〔見傳大士碑〕傍依壖垣〔漢鼂錯傳內史府居太上廟堧中門東出不便錯乃穿門南出鑿廟堧垣〕高連彩霓〔固西都賦虹霓回帶乎棼楣〕極睇翔鵾〔鵾疑作鯤莊子北溟有魚其名為鯤化而為鳥其名為鵬怒而飛其翼若垂天之雲鵬之徙於南溟也水擊三千里摶扶搖而上

者九萬里

梵偈宵唱異苑陳思王植常登魚山忽聞嵒岫裏有誦經聲清遒深亮遠谷流響不覺斂襟祇敬便效而則之今梵唱皆植依擬所造

雲花晝翻未詳按崔豹古今注黃帝與蚩尤戰常有五色雲氣金枝玉葉止於帝上有花葩之象因而作華蓋

三心斷縛六道除怨見與李邪書

趙夢天樂見讓表

秦遊帝閣張衡西京賦昔者大帝悅秦穆公而覲之饗以鈞天廣樂

王靈在上巨勝奚論未詳

福彼羣品俱排大昏皇家七百於萬維孫左傳王孫滿對楚子曰成王定鼎於郟鄏卜世三十卜年七百天所命也詩於萬斯年

麈尾銘秦原曰漢書地理志儋耳珠崖郡山多麈麖注師古曰麈似鹿而大麖似鹿而小麈

音主麈音京

爰有妙物繫辭神也者妙萬物而為言者也窮兹巧制員上天形乾為天為圜平地下勢易地勢坤靡靡絲垂緜緜縷細入貢宜吳出先陪楚未詳壁懸石拜晉陽秋石勒偽事王浚浚遺勒麈尾勒為不執置之於壁朝拜之曰見王公所賜如見公也帳中玉舉晉書王衍美貌每捉玉柄麈尾與手同色既落天花維摩詰經天女以天花散諸菩薩即皆墮落至大弟子便著不墮天女曰結習未盡故花著身結習盡者花不著身亦通神語未詳用動舍默出處隨時繫辭君子之道或出或處或默或語揚斯雅論釋此繁疑拂靜麈暑晉王導麈尾銘勿謂質卑御于君子拂穢清暑

虛心以俟原曰秦嘉婦與嘉書曰今奉毛牛尾拂一枚可拂塵垢引飾妙辭漢李尤麈尾銘揮成德柄言為訓辭誰云質賤左右宜之詩左之右之無不宜之

哀策文

陳文帝哀策文

後漢書禮儀志太常上啓奠太祝令跪讀謚策太尉再拜稽首治禮告事畢太尉奉謚策還詣殿端門太常上祖奠東園武士載大行司徒却行道立車前治禮引太尉入就位大行車西少南東面奉策太史令奉哀策立後太常跪曰進皇帝進太尉讀謚策藏金匱皇帝次科藏于廟太史奉哀策葦篋詣陵司徒跪曰大駕請舍太史令自車南北面讀哀策掌故在後司徒跪曰請就下位東園武士奉下車司徒跪曰請就下房都導東園武士奉

車入房司徒太史令奉謚哀策東園
園武士執事下明器詳孝義寺碑

維太康元年太歲丙戌四月丁未朔二十七日癸酉大行皇帝崩於有覺殿漢霍光傳行璽大行前注韋昭曰大行不反之辭也殯於太極之西階粤六月丙寅將遷於永寧陵禮也宮車晩出江淹恨賦宮車晩出注宮車晩出猶云晏駕也幄殿晨張後漢禮儀志司徒跪曰請就幄導登旌帷具列檀弓銘明旌也以死者為不可別已故以其旗識之又曾子曰尸未設飾故帷堂小斂而出幬綍翿成行雜記升正柩諸侯執綍五百人匠人執羽葆御柩檀弓顏柳曰天子龍輴而椁幬哀子嗣皇帝諱雜記祭稱哀子孝孫喪稱哀子哀孫擗蜃輅於丹陛謝朓齊敬皇后

哀策文慄蜃衞而延首注蜃車也四輪迫地而有有似蜃因名攀龍帷於紫庭檀弓天子之殯也菆塗龍輴以椁注菆木以周龍輴如椁而塗之天子殯以輴車畫轅為龍趨過窮於屏闈論語鯉趨而過庭拜慟感於明靈東京飛其瑞露後漢明帝紀永平十七年甘露降於甘陵按安帝紀注甘陵孝德皇后之陵因以為縣北陸霣其祥星乃詔雲臺之史見傳大士碑稽采咸池之曲樂汁圖經黃帝樂曰咸池叶大雅於鳴金見歐陽頠碑同藏書於羣玉穆天子傳穆天子西登崑崙見王母曰登已至於羣玉之上先王所謂策府也其辭曰

若水傳帝帝王世紀少昊帝名摯字青陽姬姓降居若水有聖德邑於窮桑以登帝位熏風

御民帝王世紀舜作五弦之琴以歌南風之詩曰南風之熏兮可以解吾民之愠兮重光所集崔豹古今注漢明帝為太子樂人作歌詩四章一曰日重光世載於陳班彪王命論奕世載德

赫矣高祖悠哉上旻蟬聯寶冑梁沈約曰爵位蟬聯暉煥郊禋見與揚僕射書我皇誕聖膺此家慶易積善之家必有餘慶道主衢罇淮南子聖人之道猶中衢而設尊神凝懸鏡莊子聖人之用心也若鏡不將不迎應而不藏故勝物以無傷

洛書天表河紀靈命尚書中候堯沈璧於洛玄龜負書出背甲赤文成字止壇又沈璧於河黑龜出文題納揆馳芳賓門流詠舜典納于百揆百揆時序賓於四門四門穆穆稽陰克伐易高宗伐鬼方三年克之稽陰會稽山陰也震野勤王禹貢震澤底定南史章昭

達傳文帝為吳興太守武帝謀討王僧辯令文帝還長城招聚兵衆以備杜龕僧辯誅後昭達因從文帝進軍以討龕龕平又從討張彪於會稽克之杜龕傳龕為震州刺史亳道增構殷本紀湯始居亳從先王居注孔安國曰契父帝嚳都亳湯自商丘遷焉故曰從先王居豳風會昌詩有豳風掛屏曰左思蜀都賦天帝運期而會昌言瞻少昊實仗高陽帝王世紀顓頊高陽氏生十年而佐少昊二十年而登帝位駕彼軨葛見與王太尉書清宮未央見安安都碑歡單兆庶德洎遐荒穆齋高寢漢宣帝紀神爵集高寢上膳長樂漢高祖紀五年後九月治長樂宮肅肅承顏哀哀薦酌悼園恭儉漢戾太子傳納史良娣産子男進號曰史皇孫史皇孫子是為孝宣帝有司奏親謚宜曰悼皇母曰悼后比諸侯王園置奉邑三百家

章陵謙約後漢地理志章陵故春陵世祖更名大寶崇名繫辭聖人之大寶曰位無間改作纂武升歷禮記孔悝鼎銘獻公乃命成叔纂乃祖服遺愛實繁左傳子產卒仲尼出涕曰古之遺愛也仲虺之誥實繁有徒三湘九派水經江至尋陽分為九道詳與王僧辨書沴氣雲昏後漢五行志氣之相傷謂之沴力折天柱才傾地門見侯安都碑甘泉夜照漢文帝紀烽火及甘泉宮細柳朝屯見為陳武帝書谷魁山鬼左傳王孫滿曰魑魅罔兩莫能逢之秦本紀始皇曰山鬼固不過知一歲事也鍔曰橫流塞源黃帝兵法云涓涓不塞將為江河詳丹陽碑赫赫英謩赳赳雄斷偏行天討無遺神算鬱埽江淮長驅巴漢九夷百越書旅獒惟克商遂通道于

九夷八蠻啓源曰漢高帝紀詔曰故衡山王吴芮從百越之兵以佐諸侯誅暴秦雷隨風渙北浮昆邪漢匈奴傳昆邪王殺休屠王并將其衆降漢西戲伊軒後漢西域傳明帝取伊吾廬通西域秩臣曰漢西域傳武帝遣人使安息安息王遣使以犂軒眩人獻於漢負荷皇極書洪範皇建其有極劬勞庶幾後漢章帝紀孝明皇帝聖德淳茂劬勞日昃注日昃日昳也詩庶幾夙夜勤民聽政旰食宵衣書無逸文王自朝至于日中昃不遑暇食用咸和萬民左傳伍奢曰楚君大夫其旰食乎漢鄒陽傳孝文皇帝據關入立寒心銷志不明衣服服貴綈皂漢書孝文皇帝身衣弋綈風移閶闔漢書孝文皇帝所幸慎夫人衣不曳地唐山罷奏漢禮樂志房中祠樂高祖唐山夫人所作也濮水韜徽樂記注濮上紂臣師延靡靡之樂訪采狂狷

孟子孔子曰不得中行而與之必也狂狷乎搜剔側微堯典明明揚側陋世感中孚民維大畜見易外戶無閑見歐陽頠碑高垣奚築降情儒雅漢章帝紀詔曰朕諮訪儒雅凝懷庠塾王制有虞氏養國老於上庠養庶老於下庠學記古之教者家有塾御廡為歡臨雍彌肅後漢明帝紀永平二年帝幸辟雍初行養老禮十五年幸孔子宅祠仲尼及七十二弟子親御講堂命皇太子諸王說經禮兼三代樂備九成書益稷簫韶九成天資武德地照文明壘履斯在初學記賈子曰天子黑方履幪巾自清連珠合璧漢律歷志日月如連珠五星如合璧曜爽流精左傳子産曰是以有精爽獸舞時豫書益稷夔曰於予擊石拊石百獸率舞易豫之時義大矣哉禽歌頌

平漢王莽傳策羣司曰赤煒頌平考聲以律帝載維遠王靈維大占雨占風論衡太平瑞應風不鳴條雨不破塊五日一風十日一雨荒中海外憬彼鞮譯王制東方曰寄南方曰象西方曰狄鞮北方曰譯咸承冠帶魏世家唐雎曰魏所以稱東藩受冠帶祠春秋者以秦之彊足以為與也是曰君臨斯為交泰見易白環已賚世本西王母慕舜之德乃獻白環及玦玄圭克禎見勸進表東河佇揖漢武帝紀元封四年幸河東祠后土詔賜三縣及楊氏皆無出今年祖賦注師古曰揚氏河東聚邑名北狄思征仲虺之誥南征北狄怨鉞斧將戒王制諸侯賜弓矢然後征賜鈇鉞然後殺璁珩未鳴詩服其命服朱芾斯皇有瑲葱珩星淫去楚曰沴悲荆左傳魯梓慎曰今茲宋鄭其饑乎歲在星紀而

溼於玄枵又楚有雲如眾赤鳥夾日以飛三日億兆何嚳穹旻遠傾爾雅穹蒼蒼天也又秋為旻天大禹胼胝帝王世紀禹治水勞身涉勤手足胼胝故世傳禹病偏枯足不相過今誣稱禹步是也重華腒腊說文北方謂鳥腊曰腒按舜名重華銳曰韻書引傳曰堯如腊舜如腒仰惟勞務同斯違懌書顧命王不懌發夢無徵文王世子文王謂武王曰汝何夢矣武王對曰夢帝與我九齡文王曰古者謂年齡齒亦齡也我百爾九十我與爾三焉昭祈奚益見為貞陽侯書聽茂陵之鐘鼓漢武帝紀葬茂陵古今注云光武原陵垣四出司馬門寢殿鐘虡皆在周垣內抱橋陽之劍舃列仙傳軒轅自擇亡日與羣臣辭還葬橋山山崩棺空惟有劍舃在焉詎髣髴於宸儀潘岳悼亡詩髣髴覩爾容終纏緜於號擗嗚呼哀

哉三占以吉書洪範三人占則從二人之言四海同奔列賵天宇穀梁傳乘馬曰賵崩號帝閣喪大記復小臣復復者朝服君以衮升東榮中屋復危北面三號卷衣投於前司服受之降自西北榮注復招魂也屈原離騷吾令帝閣開闔兮千門啓於閶闔後漢張衡西京賦注閶闔天門也詳玉臺新詠序萬乘警於靈轀秦本紀始皇崩於平臺棺載轀涼車中槐風悲於輦道松雨思於郊原爾雅守宮槐葉晝聶宵炕兆寬曰謝莊宋宣貴妃誄鞞楚挽於槐風唱邊簫於松霧鸞旗動而虛蹕漢霍光傳法駕駕皮軒鸞旗詳傳大士碑宿衛靜而空尊漢書霍光傳大將軍光宿衛忠正叔孫通傳高帝曰吾乃今知皇帝之貴也兆騫曰後漢禮儀志云登遐皇后詔虎賁羽林中郎署皆嚴宿衛嗚呼哀哉畢陌

平夷流山蟠固後漢光武紀帝初作壽陵令所制地不過二三頃無為山陵陂池裁令流水而已
紀無還市帝王世紀舜葬於蒼梧九疑山之陽是為零陵謂之紀市唐有通樹帝王世紀堯葬於濟陰之成陽西北號為穀林經白社之修塗回青門之廣路史記幼平故秦東陵侯秦滅種瓜長安城東故世謂之東陵瓜又云青門瓜青門東陵也疑用夏侯嬰事見章貽達碑
思沛邑以東臨漢高祖紀謂沛父兄曰遊子悲故鄉吾雖都關中萬歲之後吾魂魄猶思樂沛
懷周京以西顧詩匪眷西顧此維與宅鳴呼哀哉機神不測性
道難稱見論語充窮靡寄檀弓始死充充如有窮孺慕奚憑檀弓有子與子游立見孺子慕者
惟封云與禪肅遺玉牒之與金繩漢郊祀志管仲曰黃

帝封泰山禪云亭武帝封泰山下東方其下則有玉牒書禮畢禪泰山阯東北肅然白虎通封禪金泥銀繩詳詳與陳司空書揚英聲而永久司馬相如封禪文蜚英聲共日月而俱升詩如月之恒如日之升嗚呼哀哉

墓志

司空章昭達墓志

周原膴膴見佳氣葱葱後漢書王伯阿望舂陵城曰佳氣哉鬱鬱葱葱王業攸興帝圖斯感昔光武佐命鄴縣者鄧侯後漢書光武南陽蔡陽人鄧禹南陽新野人高祖元臣同郡者蕭相漢書蕭何沛人詳與楊僕射書台輔之

量便著綺紈見為始興王表瑚璉之資見論語無待雕琢起家為東宮直前所奉之君則梁簡文皇帝既而黑山巨盜憑陵上國見與王僧辯書白水強鄰虔劉中夏見移齊公公側其產業簒是驍雄思報皇儲累殲鯨鯢本傳昭達字伯通吳興武康人也性倜儻輕財尚氣梁大同中昭達為東宮直侯景之亂昭達率鄉人援臺屬豳風有象見詩代邸方隆見勸進表搜荆楚之英才漢李陵傳陵曰臣所將屯邊者皆荆楚勇士奇才劍客也資班輸之妙略墨子公輸般為雲梯以攻宋墨子解帶為城以牒為械輸般九攻墨子九拒百樓忽起登雲霄而俯臨後漢公孫瓚傳兵法百樓不攻萬弩齊張隨雷

霆而並震孫臏傳馬陵道狹而旁多阻隘可伏兵乃斫大樹白而書之曰龐涓死於此樹之下龐涓果夜至斫樹下齊軍萬弩俱發涓乃自剄揚兵於九天之上玄女九宮戰法行兵之道天地之寶九天九地各有表裏九天之上六甲子也九地之下六癸酉也子能慎之萬全可保決勝於千里之中見與揭僕射書殪彼羣兇皆無旋踵漢霍光傳田延年曰今日之議不得旋踵本傳臺城陷昭達還鄉里與陳文帝遊因結君臣分景侯平文帝為吳興太守昭達杖策來謁文帝委以將帥陳武帝謀討王僧辯令文帝還長城招聚兵衆以備杜龕頻使昭達往京口稟承計畫僧辯誅後杜龕遣其將杜泰來攻長城昭達因從文帝進軍吳興以討龕龕平又從討張彪於會稽克之天嘉九年追論長城功封欣樂縣侯二年改封邵武縣侯廢帝即位改封邵陵郡公陳寶應志懷反叛客引

周迪資其食力吏事寬裕見爲貞陽侯書公奉詔崇朝詩曾不崇朝飲水將力莊子朝受命而夕飲冰前茅後勁步驟奔馳左傳楚人遂疾進師車馳卒奔乘晉軍又隨武子曰前茅慮無中權後勁仍同甄闡漢書漢五年立無諸爲閩粵王王閩中故地孝惠三年立搖爲東海王都東甌殄其巢窟若夫鳴蛇之洞深谷隱於蒼天水經注漢水又東合洛谷其地有神蛇戍左右山溪多五色蛇性馴良不爲毒拒臣曰山海經鱗山多鳴蛇四翼音如磬見則大旱飛猨之嶺喬木參於雲日一統志福建延平府府城南有閩猨洞昔有方士煉丹其中二白猿往來甚馴風晨月夕時聞清嘯故名宜越艇而登嶠淮南子越舲蜀艇不能無水而浮蒙燕犀而涉江晉庾翼與慕容皝牋書鄧百川

昔送此犀皮兩當鎧一領復是異物故復致之威武紛紜見為貞陽侯書震山風海於

是咸俘偽師悉據高墉易公用射隼于高墉之上爰泊滄溟莫不懲

艾本傳陳寶應納周迪共冦臨川又以昭達為都督討迪迪走昭達乃踰嶺討陳寶應與戰不利因據上流為筏施拍其上壞其水柵又出兵攻其步軍方大合戰會文帝遣余孝頃出自海道適至因并力乘之遂定閩中盡禽留異寶應以功授鎮軍將軍開府儀同三司既而齊人無信將謀郢蕃闕

艦戈船漢書有戈船將軍窺江淹漢公纔聞羽檄見歐陽頠碑遽稟

師期馳襲荆郢應時燒蕩本傳尋隨侯安都拒王琳乘平虜大艦中流而進先鋒發柏中賊艦王琳平昭達策勳第一方欲宣威隴汧大討梁華屬上將之

韶光遲中台之掩曜天官書斗魁帶匡六星一曰上將魁下六星兩兩相比者名曰三能注蘇林曰音三台大建三年薨於軍幕本傳大建二年征江陵時梁明帝與周軍大畜舟艦於青泥中昭達分遣偏將錢道戢程文季乘輕舟焚之周又於峽口南岸築壘名安蜀城於江上橫行大索編葦爲橋以渡軍糧昭達乃命軍士爲長戟施樓船上仰割其索索斷糧絕因縱兵攻其城降之三年於軍中病薨贈大將軍配享文帝廟廷子大寶襲邵陵郡公爾乃青烏相墓藝文類聚相冢書有青烏子白鶴標墳幽明錄孫鍾以種瓜爲業有三少年詣鍾乞瓜曰此山下善可作冢鍾隨下山三人悉化成白鶴飛入空中即孫堅所葬地林有逃車左傳趙旃棄車而走林樹同華蓋蜀志先主舍東南[illegible]有桑樹生高五丈餘遙望幢幢如小車蓋先主少時與宗中諸兒於樹下戲言

吾必當乘此羽葆蓋車前於熊軾後漢輿服志公列侯安車朱班輪倚鹿較伏熊軾皁繒蓋黑轓右騑後乘龍轜潘岳寡婦賦龍轜儼其星駕兮注畫輴為龍轜喪車也介士發三河之民漢霍光傳光薨發三河卒穿復土起冢祠堂哀鐃同駟馬之曲博物志公卿送夏侯嬰葬至東都門外馬不行接地悲鳴得石椁銘曰佳城鬱鬱三千年見白日吁嗟滕公居此室乃葬之長安傳疑作專坐恩禮威於西京初學記漢初並用士人為尚書令秩二千石又東漢與司隸校尉御史中丞皆專席坐京師號曰三獨坐也襄陽墮淚悲慟喧於南北見侯安都碑

河東康簡王墓志南史河東康簡王叔獻字子恭宣帝第九子性恭謹聰敏好學

太建五年立位南徐州刺史莞贈司空謚康簡隋書冀州河東郡河東縣注舊曰蒲坂縣置河東郡

夫聖人至德天道福謙見易大哉堯舜貽慶長遠明兩之盛易明兩作中陽纂於豢龍見與楊僕射及宗室書百世之祀皇家兆於鳴鳳左傳楚公子棄疾師師滅陳晉侯問於史趙曰陳其遂亡乎對曰未也臣聞盛德必百世祀又陳公子完奔齊懿氏卜妻完其妻占之曰吉是謂鳳皇于飛和鳴鏘鏘有嬀之後將育于姜遠青丘於海北漢武內傳長州一名青丘仙草靈藥甘液玉英靡所不有應紫蓋於江南見太極殿銘帝系王基重光累葉熙而累洽高祖之建天柱列

聖之補地維見侯安都碑蕩蕩乎民無得而名焉者也見論語王資神昴緯帝王世紀修巳見流星貫昴感而生禹託曜房靈春秋元命苞姬昌蒼帝之精位在房心體斯孝德不由師保月生之對何用於擬議後漢黄琬傳漢建和初正月日食京師不見黄瓊為魏郡太守以狀聞詔問所食多少瓊不能對瓊孫琬時七歲在旁曰何不言日食之餘如月之初瓊大驚琬後累官光祿大夫日近之言無階於等級楚語中叔時曰明等級以道之禮詳與李那書封河東王加侍中淑貌與金燧相宜莊子陽燧見日則然為火注陽燧鑑也摩拭令熱便置日中以艾就之火生清顏與玉壺同照鮑昭樂府清如玉壺冰授使持節南徐州刺史武羌旅

拒見移文亭障遷移漢西域傳漢列亭障至玉門漠草非長廣之東隋書青州東萊郡膠水縣注舊曰長廣湖萊近荊門之北後漢郡國志夷陵有荊門王常讖庾翼使白面之非才南史沈慶之傳慶之曰陛下今欲伐國而與白面書生謀之事何由濟深慕曹彰歎黃鬚之為可見為始興王表丈精不退奚應善言呂氏春秋宋景公時熒惑守心子韋曰君有至德之言三天必三賞君是夜熒惑退三舍水蛭難消徒持陰德賈誼書楚惠王食寒菹而得蛭因遂吞之腹有疾而不能食令尹入問疾王曰吾食菹而得蛭不行其罪是法廢而威不立也譴而誅之恐監食者皆死遂吞之令尹曰天道無親惟德是輔王有仁德疾不為傷王果疾愈斃於沙鎮時年一十有七追贈司空加

鼓吹班劒謚曰康簡至洛北占墳河南除道葭悲煙殿之聲後漢律歷志候氣之法室中以木為案每律各一內庫外高從其方位加律其上以葭莩灰抑其內端按律而候之氣至者灰去其為氣所動者其灰散人及風所動者其灰聚殿中候用玉律十二惟二至乃候劒動豐城之氣見於李邪書豈惟晉皇寵悼重琅邪之贈官晉書琅邪悼王煥字耀祖初繼帝弟長樂亭侯渾後封顯義亭侯及煥疾篤帝為之徹膳及下詔封為琅邪王嗣恭王後能而薨年二歲帝悼念無已將葬以煥既封列國加以成人之禮詔立凶門柏歷備吉凶儀服營起陵園魏后高文制蒼舒之哀誄魏志鄧哀王沖字蒼舒年十三疾病太祖親為請命及亡哀甚贈騎都尉印綬黃初二年追贈謚沖曰鄧哀侯又追加號為公注魏書載策曰朕承天序享有四海

並建魏魏以肅王室惟爾不遠斯榮且葬禮未備
追悼之懷愴然彼傷太和五年加沖號曰鄧哀王

裴使君墓志

南史裴之横字如岳少好賓游重氣侠不事產業歎曰大丈夫富貴必作百幅被梁簡文在東宮遷直閤將軍臺城陷之横與兄之高歸元帝位廷尉卿河東内史隨王僧辯拒侯景景退還東徐州刺史封豫寧侯又隨僧辯破景景東奔僧辯命之横與杜崱入守臺城魏克江陵齊遣上黨王高渙挾貞陽侯明攻東關晉安王承制以之横為徐州刺史都督衆軍出守蘄城之横營壘未周而齊軍大至兵盡矢窮遂於陣殁贈司空謚曰壯

君五音之候兼其收牧疑作技抱朴子黄帝審攻藏則納五音之策八陣之圖窮其巧變晉桓温傳諸葛亮造八陣圖於魚復平沙上温見之曰此常山蛇勢也用能

戰必勝攻必取督稱無難兵號解煩吳志宗室傳孫皎弟儀為無難督樹屏曰胡綜傳權使綜料諸縣得六千人立解煩兩部朝飛火箭夜聳雲梯史記公輸班作陵雲之梯以攻宋城燧象從奔左傳鍼尹固與王同舟王使執燧象以奔吳師聯狼已合未詳按戰國策秦惠王謂寒泉子曰諸侯之不可一猶連雞之不能俱上於棲也於是嚴顏不撓極咍諸戎蜀志張飛生獲巴郡太守嚴顏顏曰我州但有斷頭將軍無降將軍也龎德高聲肆言羣逆魏志龎德為關侯所得立而不跪罵曰我寧為國家鬼不為賊將也遂為羽所殺氊裘總至猶持子路之纓左傳蒯聵攻出公劫孔悝以登臺子路曰太子無勇若燔臺半必舍孔叔太子聞之懼下石乞盂黶敵子路以戈擊之斷纓子路曰君子死冠不免結纓而死

鋒刃相交終荷温生之節後漢書温序遷護羌校尉行部至襄武為隗囂别將苟宇所拘劫序素有氣力大怒叱宇等曰敵何敢迫脅漢將因以節撾殺數人宇曰此義士死節可賜以劍序受劍銜鬚於口顧左右曰既為賊所迫殺無令鬚汙血遂伏劍而死每以財輕篻籜義重嵩衡劉宅字貧乏之孤孔叢子郈成子自魯聘晉過於衛右宰轂臣止而觴之行三十里而聞衛亂轂臣死之成子迎其妻子隔宅而居之開門延故人之殯見論語篤好朋遊居常滿席每至解雲靄靄披王安之衣未詳明月團團似班姬之扇班婕妤怨歌行新製齊紈素鮮潔如霜雪裁為合歡扇團團似明月日帶花以如笑樹敏曰劉勰新論春葩含日如笑風鳴條而若歌傍列絲桐對

揚文酒一石之後逾能斷獄漢書于定國飲酒至數石不亂治獄益精明五斗之量猶未解醒世說劉伶跪而祝曰天生劉伶以酒為名一飲一石五斗解醒嗟乎潘岳之詩致哀周家文選注晉惠帝元康六年氐賊齊萬年與楊茂陷關中既定帝命諸臣作關中詩潘岳詩曰周徇師令身膏氐斧人之云亡貞節克舉按晉書周處別傳氐賊齊萬年為亂處仰天歎曰我為大臣以身殉國不亦可乎遂戰死莊公之誅用慫相遺檀弓魯莊公及宋人戰于乘丘縣賁父御卜國為右馬驚敗績公隊佐車授綏公曰末之卜也縣賁父曰他日不敗績而今敗績是無勇也遂死之圉人浴馬有流矢在白肉公曰非其罪也遂誅之

徐孝穆全集卷五

徐孝穆全集卷六

陳　徐陵　撰

吳江吳兆宜箋注

詔

陳武帝即位詔

五德更運帝王所以御天三正相因夏殷所以宰世雖色分辭翰時異文質揖讓征伐迭用參差而育德振民義同一揆朕以寡昧時屬艱危國步屢屯天維

三絕肆勤先后拯厥横流藉將帥之功兼猛士之力
一匡天下再造黔黎梁氏以天禄永終歴數攸在遵
興能之典集大命於朕躬顧惟菲薄辭不獲亮式從
天睠俯協民心受終文祖升禋上帝繼迹百王君臨
萬宇若涉川水罔知攸濟實業初建皇祚維新思俾
惠澤覃被億兆可大赦天下改梁太平二年為永定
元年賜民爵二級文武二等鰥寡孤獨不能自存者
人穀五斛逋租宿債皆勿復收其有犯鄉里清議贓

汚淫盜者皆洗除先注與之更始長徒敕繫特皆原之亡官失爵禁錮奪勞一依舊典

梁禪陳詔

五運更始三正迭代司牧黎庶是屬聖賢用能經綸乾坤彌綸區宇大庇黔首闡揚鴻烈革晦以明積代同軌百王踵武咸由此則梁德湮微禍亂薦發太清云始見困長蛇承聖之季又罹封豕爰立天成重竊神器三光亟沈七廟乏祀含生已泯鼎命斯墜我武

元之祚有如綴旒靜惟屯剥夕惕載懷相國陳王有
命自天降神維嶽天地合德晷曜齊明拯社稷之横
流提億兆之塗炭東誅逆叛北殲獯醜威加四海仁
漸萬國復張崩樂重興絶禮儒館聿脩戎亭虛候大
功在舜盛績惟禹巍巍蕩蕩無得而稱來獻白環豈
直皇虞之世入貢素雉非止隆周之日固以效珍川
陸表瑞煙雲甘露醴泉旦夕凝涌嘉禾芝草孳植郊
甸道昭於悠代勲格於皇穹明明上天光華日月草

故著於玄象代德彰於圖讖獄訟有歸謳歌爰適天之歷數實有攸在朕惟庸藐闇於古昔永稽崇替為日已久敢忘列代之遺典人祇之至願乎今便遜位别宮敬禪於陳一依唐虞宋齊故事

陳公九錫詔

肇昔元胎剖判太素氤氲崇建人皇必憑洪宰故賢哲之后牧伯征於四方神武之君大監治乎萬國又有一匡九合渠門之賜以隆戮帶圜温行宮之寵斯

茂時危所以貞固運泰所以光熙斯乃千載同風百
王不刊之道也太傅義興公允文允武乃聖乃神固
天生德康濟黔首昔在休期早隆朝寄遠踰滄海大
拯交越皇運不造書契未聞中國其亡兵凶總至哀
哀噍類譬彼窮牢悠悠上天莫云斯極否終則泰元
輔應期救此將崩援茲已溺乘舟履輦架險浮深經
畧中塗畢殲羣醜洎乎石頭姑孰流髓履腸一朝指
撝六合清晏是用光昭下武翼亮中都雪三后之勳

讎夷三靈之巨慝堯治禹佐未始能階殷相周師固
非云擬重之以屯剥餘象荆楚大崩天地無心乘輿
委御四郊薦食競謀諸夏八方棊跱莫有匡救強臣
致命黜我沖人顧影於荼孺之魂甘心於甯卿之辱
却粲下髻求哀之路莫從竊鈇逃責容身之地無所
公神兵奄至不日清澄惟是孱蒙再膺天禄斯又巍
巍蕩蕩無得而稱焉加以伐兹忠義屠彼妖逆震部
夷氛稽山罷祲番禺蠡澤北鄙西郊殲厥凶徒罄無

遺種斯則兆民之命修短所縣率土之基興亡是賴於是刑禮兼訓沿革有章中外咸平遐邇寧一用能使陽光合魄曜象呈暉棲閣遊庭抱仁含信宏勳該於厚地大道格於玄天羲農炎昊以來卷領垂衣之世聖人濟物未有如斯者也夫倫物典策桓文是膺助理陰陽蕭曹不讓未有功高於寓縣而賞薄於伊周凡厥人祇固懷延佇實由公謙撝自牧降損爲懷嘉數遲回永言增歎豈可申茲雅尚久廢朝猷宜戒

司勳敬申鴻典且重華大聖嬀汭惟賢盛德之祀無忘公侯之門必復是以殷嘉亶父繼后稷之官堯命羲和纂重黎之位況其本支攸建宜誓山河者乎其進公位相國總百揆封十郡為陳公備九錫之禮加璽紱遠遊冠綠綟綬位在諸侯王上其鎮衛大將軍揚州牧如故

進武帝為長城公詔

德懋懋官功懋懋賞皇王盛則所謂元龜司空公南

徐州刺史長城縣開國侯諱忠華寅亮風度宏遠體文經武明允篤誠曩者率五嶺之强兵誅四海之雠敵固以勤功彝鼎書勳太常克定京師勤勞自重自鎮撫枌榆永寧豐沛東涼既息北蔡無歸代馬燕犀氣雄天下裹糧坐甲固敵是求方欲大討於秦崤敦脩於輿睦協謀上相爰納朕躬思所以敬荅忠勳用申朝典可進爵為長城縣公

陳文帝登祚尊皇太后詔

朕以虛薄才非宏濟竊守藩維常懷盈滿豈圖蒼昊
不弔國步艱難皇嗣元良藐在崝渭二臣奉迎川塗
靡從六傳還朝淹留永日今國圖無主家業事隆上
奉父母之嚴規下逼羣公之廷諍遂以庸質升纂帝
基對揚大化彌增號懼今宜式遵舊則奉上皇后尊
號為皇太后御慈訓宮一依前典若中流靜晏皇嗣
歸來輒當解紱於箕山之陽歸老於琅邪之國復子
明辟還承寶圖若問與夷無媿園寢

封始興王詔

漢祖天倫伯叔追封晉元世系瑯邪傳國仰惟二后重光率由前典朕昔因藩次嘗繼本宗分在要荒久離寒燠天嘉紹祚別命皇枝歸自崤函禮隔登獻每至霜庭可履矚垣寢而懷悲風樹鳴條望章陵而增感今嗣王秉德獲罪慈訓永言主奠宜自朕躬但國步時艱皇基務切復奉家業升纂帝圖重違情禮言深哽慟可以第二皇子升陵為始興王

文

為陳武帝即位告天文

皇帝臣諱敢用玄牡昭告於皇皇后帝梁氏以圮剝薦臻歷運有極欽若天應以命於諱夫肇有烝民乃樹司牧選賢與能未常厥姓放勳重華之世咸無意於受終當塗典午之君雖有心於揖讓皆以英才處萬乘高勛御四海故能大庇黔首光宅區縣有梁末運仍葉邅屯獯醜憑陵久移神器承聖在外非能祀

夏天未悔禍復罹寇逆嫡嗣廢黜宗支僭詐天地蕩
覆紀綱泯絶諱爰初投袂大拯横流重舉義兵實戡
多難廢王立帝實有厥功安國定社用盡其力是謂
小康方期大道既而煙雲表色日月呈瑞緯聚東井
龍見譙邦除舊布新既彰玄象遷虞事夏且協謳訟
九域八荒同布衷款百神羣祀皆有誠願梁帝高謝
萬邦授以大寶諱自惟菲薄讓德不嗣至於再三辭
匃獲許僉以百姓須主萬幾難曠皇靈眷命非可謙

拒畏天之威用膺嘉祚永言夙志能無慙德敬簡元辰升壇告禪告類上帝用荅民心永保於我有陳惟明靈是饗

梁禪陳策文

咨爾陳王惟昔上古厥初生民驪連栗陸之前容成大庭之代並結繩寫鳥杳冥慌忽故靡得而詳焉自羲皇軒昊之君陶唐有虞之主或垂衣而御四海或無為而子萬姓居之如馭朽索去之如脫敝屣裁遇

許由便能捨帝暫逢善卷即以讓王故知玄扈璇璣
非關尊貴金根玉輅示表君臨及南觀河渚東沉刻
璧精華既竭耄勤已倦則抗首而笑惟賢是與謗然
作歌簡能斯授遺風餘烈昭晰圖書漢魏因循是為
故實宋齊授受又宏斯義我高祖應期撫運握樞御
宇三后重光祖宗齊聖及時屬陽九封豕薦食西都
失馭長鯨交侵乃臮天成輕弄龜鼎慄慄黔首若崩
厥角微微皇極將甚綴旒惟王乃聖乃神欽明文思

二儀並運四時合序天錫智勇人挺雄傑珠庭日角龍行虎步爰初投袂日乃勤王電掃畨禺雲撤彭蠡揃其元惡定我京畿及王賀帝宏質茲冠屨既行伊霍用保沖人震澤稽陰並懷叛逆獯厥醜虜三亂皇都裁命偏師二邦自殄薄伐獮狁六戎盡殪嶺南叛換湘郢結連賊帥既擒兇渠傳首用能百揆時序四門允穆無思不服無遠不屆上達穹昊下漏深泉蛟魚並見謳歌攸屬況乎長彗横天已徵布新之兆壁

日斯既實表更姓之符是以始創義師紫雲曜彩肇
惟尊主黄龍負舟楛矢素翬梯山以至白環玉玦慕
德而臻若夫安國字氓本因萬物之志時乘御宇良
會樂推之心七百無常期皇王非一族昔木德既季
而傳祚於我有梁天之歷數允集明哲式遵前典廣
詢羣議王公卿尹莫不攸屬敬從人祇之願授帝位
於爾躬四海困窮天祿永終王其允執厥中軌儀前
式以副溥天之望禋祀上帝時膺大禮永固洪業豈

不盛歟

陳公九錫文

大哉乾元資日月以貞觀至哉坤元憑山川以載物故惟天為大陟配者欽明惟王建國翼輔者齊聖是以文武之佐磻谿藴其玉璜堯舜之臣濙河鏤其金版況乎體得一之鴻姿寧陽九之危厄極横流於碣石撲燎火於崑岑驅馭於韋彭跨躡於秦晉神功行而靡用聖道運而無名者乎今將授公典策其敬聽

朕命日者昊天不弔鍾亂於我國家綱漏吞舟强隣内闞茫茫宇宙慄慄黎元方足圓顱萬不遺一太清否亢橋山之痛已深太寶屯如平陽之禍相繼上宰膺運康救兆民鞠旅於滇池之南揚旌於桂嶺之北懸三光於已墜謐四海於羣飛屠猰貐於中原斮鯨鯢於濛汜蕩寧上國光啓中興此則公之大造於皇家者也既而天未悔禍敵壘薦臻南夏崩騰西京蕩覆羣敵孔熾藉亂乘間推納藩枝盜假神器冢司昏

撓旁引寇雠既見貶於桐宮方謀危於漢閣皇運已殆何殊贅旒中國摇然非徒如綫公赫然投袂匡救本朝復莒齊都平戎王室朕所以還膺寶歷重履宸居挹建武之風猷歌宣王之雅頌此又公之再造於皇家者也公應務之初登庸惟始三川五嶺莫不窺臨銀洞珠官所在寧謐孫盧肇釁越貊為灾畨部阽危勢將淪殄公赤旗所指妖壘洞開白羽纔撝兇徒紛潰非其神武久喪南藩此又公之功也大同之末

邊政不修李賁狂迷竊我交愛敢稱大號驕恣甚於尉佗據有連州雄豪熾於梁碩公英謨雄算電埽風行馳御樓船直跨滄海新昌典徹備歷艱難蘇歷嘉寧盡為京觀三山獠洞八角蠻陬逖矣水寓之鄉悠哉火山之國馬援之所不届陶璜之所未開莫不懼我王靈爭朝邊候歸琛天府獻狀鴻臚此又公之功也自寇虜陵江宮闈幽辱公枕戈嘗膽提劍撫心氣涌青霄神飛紫闥而番禺連率本自諸夷言得其朋

是懷同惡公仗此忠誠乘機勦定執沛令而釁鼓平新野而據鞍此又公之功也世道初艱方隅多難勲門桀黠作亂衡疑兵切池隍衆兼獦獠公以國盗邊警知無不為恤是同盟誅其醜類莫不魚驚鳥散面縛頭懸南土黔黎重保蘇息此又公之功也長驅嶺嶠夢想京畿緣道酋豪遞為榛梗路養渠率全據大都蓄聚逋逃方謀阻亂百樓不戰雲梯之所未窺萬弩齊張高輣之所非敵公龍驤虎步嘯吒風雲山靡

堅城野無強陣清妖氛於瀆石滅沴氣於雩都此又公之功也遷仕凶慝屯據大皐乞活類馬騰之軍流民多杜弢之衆推鋒轉鬬自北徂南頻歲稽誅實惟勍虜公坐揮三畧遙制六奇義勇同心貔貅騁力雷奔電掣谷靜山空列郡無犬吠之驚叢祠罷狐鳴之盜此又公之功也王師討虜次届淪波兵乏兼儲士有飢色公回麾蠡澤積穀巴丘億庾之詠斯豐壺漿之迎是衆軍民轉漕曾無砥柱之難舳艫相望如運

敖倉之府犀渠貝冑顧蔑雷霆高艦層樓仰捫霄漢
故使三軍勇銳百戰無前承此兵糧遂殄兇逆此又
公之功也若夫英圖邁俗義旅如雲溢壘猜攜用掩
戎畧公志唯同獎師克在和鵠塞非虞鴻門是會若
晉侯之誓白水如蕭王之推赤心屈體交盟人祇感
咽故使舟師並路遠邇同心此又公之功也姑熟襟
要崤函阻憑寇虜據其關梁大盜負其扃鐍公一校
裁攜三雄並奮左賢右角沙潰土崩木甲殪於中原

氈裘赴於江水他他藉藉萬計千羣鄂坂之隘斯開夷庚之道無塞此又公之功也義軍大衆俱集帝京逆豎兇徒猶屯皇邑若夫表裏山河金湯險固疏龍首以抗殿揄華岳以為城雜虜憑焉强兵自若公回玆地軸抗此天羅曾不崇朝俾無遺噍軍容甚穆國政方脩物重觀於衣冠民還瞻於禮樂楚人滿道爭覩於葉公漢老銜悲俱觀於司隸此又公之功也內難初靖諸侯出關外郡傳烽鮮卑犯塞莫非且渠當

户中貴名王冀馬列於淮南胡笳動於徐北公舟師步甲亘野横江熾厥羣羝遂殫封豨莫不維木而止戎車靡遺遇濘而還歸驂盡殪此又公之功也公克黜禍難劬勞皇室而孫甯之黨翻啟狄心伊洛之間咸爲敵戍雖金陵佳氣石壘天嚴朝暗沙塵夜諠金鼓公三籌既畫八陣斯張裁舉雲鈈亦抽金僕咸俘醜類悉反高墉異李廣之皆誅同龐元之盡赦此又公之功也任約叛换梟聲不悛氐羯貪婪狼心無改

穹廬氊幕抵北闕而為營烏孫天馬指東都而成陣
公左甄右落箕張翼舒埽是欃槍驅其獫狁長狄之
種埋於國門椎髻之囚烹於軍市投秦坑而盡沸噎
濉水而不流此又公之功也一相居中自折㬎鼎五
湖小守妄懷同惡公夙駕兼道秉羽杖戈玉斧將揮
金鉦且戒妖酋震懾遽請灰釘爇櫬以表其含宏焚
書以安其反側此又公之功也賊龕免橫陵虐具區
阻兵安忍憑災怙亂自古䖝言烏迹混沌洪荒凡或

虔劉未此殘酷公雖宗居汝潁世寓東南育聖誕賢之鄉含章挺生之地眷言桑梓公私憤切卓爾英狀承規奉算戮此大憝如烹小鮮此又公之功也亂離永久羣盜孔多浙左兖渠連兵構逆豈止千兵五校白雀黄龍而已哉公以中軍無率選是親賢奸宼逆窮漼然冰泮刑溏之所文命動其大威雷門之間句踐行其嚴戮英規聖迹異代同風此又公之功也同姓有扈頑凶不賓憑藉宗盟圖危社稷觀兵滙澤勢

震京師驅率南蠻巳為東帝公論兵於廟堂之上決
勝於尊俎之間寇賈樊滕浮江下瀨一朝揃撲無待
甸師萬里澄清非勞新息此又公之功也豫章妖寇
依憑山澤繕甲完聚各歷歲時結從連横爰洎交廣
吕嘉既獲吴濞已鏦命我還師征其不恪連營盡拔
偽黨斯擒曜聖武於匡山回神旌於蠡派此又公之
功也自八紘九野瓜剖豆分竊帝偷王連州比縣公
武靈已暢文德又宣折簡馳書風猷斯遠至於蒼蒼

浴日沓沓無雷北洎丈夫之鄉南踰女子之國莫不屈膝膜拜求吏款關此又公之功也京師禍亂亟積寒暄雙闕低昂九門寥豁寧秦宮之可顧豈魯殿之猶存五都簪弁百僚卿士奇服縵纓咸為本俗高冠厚履希復華風宋微子麥穗之歌周大夫黍離之歎方之於斯未足為悲矣公求衣昧旦昃食高舂興構宮闈具瞻遐邇膠庠宗稷之典六符十等之章還闡秦始之風流重覩永平之遺事此又公之功也公有

濟天下之勲重之以明德凝神體道合德符天用百
姓以為心隨萬幾而成務恥一物非唐虞之民歸舍
靈於仁壽之域上德不德無為以為夏長春生顯仁
藏用忠信為寶風雨弗愆仁惠為基牛羊勿踐功成
治定樂奏咸雲安上治民禮兼文質物色丘園衣裾
里巷朝多君子野無遺賢菽粟同水火之饒工商富
猗頓之旅是以天無藴寶地有呈祥滴露卿雲朝團
曉映山車澤馬服御登閑既景煥於圖書方葳蕤於

史牒高勳踰於象緯積德冠於嵩華固無得而稱者矣朕又聞之前王宰世茂賞尊賢式樹蕃長總征羣伯二南崇絶四履遐曠泱泱表海胙土惟齊巖巖泰山俾侯於魯抑又勤王反鄭夾輔遷周名伯之命斯隆河陽之禮咸備況復經營宇宙豈惟斷鼇足之功宏濟蒼生非直鑿龍門之險而酬庸報德寂爾無聞朕所以垂拱當宁載懷慙悸者也今授公相國以南豫州之陳留南丹陽宣城揚州之吳興東陽新安新

寧南徐州之義興江州之鄱陽臨川十郡封公為陳
公錫兹青土苴以白茅爰定爾邦用建冢社昔旦奭
分陝俱為保師晉鄭諸侯咸作卿士兼其内外禮實
攸宜今命使持節兼太尉王通授相國印綬陳公璽
紱使持節兼司空王瑒授陳公茅土金獸符第一至
第五左竹使符第一至第十相國秩踰三鉉任總百
司位絶朝班禮由事革其以相國總百揆除録尚書
之號上所假節侍中貂蟬中書監印章中外都督太

傳印綬義興公印策其鎮衛大將軍揚州牧如故又
加公九錫其敬聽後命以公禮為楨榦律等衛策四
維皆舉八柄有章是用錫公大輅戎輅各一玄牡二
駟以公賤寶崇穀疏爵待農室富京坻民知榮辱是
用錫公袞冕之服赤舃副焉以公調理陰陽燮諧風
雨三靈允降萬國同和是用錫公軒縣之樂六佾之
舞以公宣導王猷宏闡風教光景所照覲象必通是
用錫公朱戶以居以公抑揚清濁褒德進賢髦士盈

朝幽人虛谷是用錫公納陛以登以公巍然廊廟為
世鎔範折衝四表臨御八荒是用錫公武賁之士三
百人以公折兹明罰期在刑措象恭無赦干紀必誅
是用錫公斧鉞各一以公英猷遠量跨厲嵩溟混一
車書括囊寰宇是用錫公彤弓一彤矢百玈弓十玈
矢千以公天經地義貫徹幽明春露秋霜允恭粢盛
是用錫公秬鬯一卣圭瓚副焉陳國置丞相以下一
遵舊式往欽哉其恭循朕命克相皇天宏建邦家允

興洪業以光我高祖之休命

璽書

陳武帝下州郡璽書

夫三正革代商周所以應天五勝相推軒羲所以當運梁德不造喪亂積年東夏奔騰西都蕩覆蕭勃干紀非惟趙倫侯景滔天踰於劉載貞陽反篡賊約連兵江左累屬於鮮卑金陵久非於梁國自有氤氳混沌之世龍圖鳳紀之前東漢興平之初西朝永嘉之

亂天下分崩未有若於梁朝者也朕以虛薄屬當興
運自昔登庸首清諸越徐聞浪泊靡不征行浮海乘
山所在戡定冒遡風塵騁馳師旅六延梁祀十翦强
寇宣曰人謀皆由天啟梁氏以天祿斯改期運永終
欽若唐虞推其鼎玉朕東西退讓拜手陳辭避舜子
於箕山之陽求支伯於滄洲之野而公卿敦逼率土
翹惶天命難稽遂享嘉祚今月乙亥升禮大壇言念
遷桐但有慙德自梁氏將末頻月亢陽火運斯終秋

霖奄降翌日成禮圓丘宿設埃雲晚霽星象夜張朝景重輪泫三危之膏露晨光合璧帶五色之卿雲顧惟寡薄彌慙休祉昧旦丕顯方思致治卿等擁旄方岳相任股肱剖符名宇方寄恤隱王歷維新念有欣慶想深求民瘼務在廉平愛恵以撫孤貧威刑以禦强猾若有萑蒲之盜或犯戎商山谷之酋擅强幽險皆從肆赦咸使聞知如或迷途俾在無貸今遣使人具宣往旨念思善政副此虛懷

梁禪陳璽書

君子者自昭明德達人者先天弗違故能進退咸亨動靜元吉朕雖蒙寡庶乎景行何則三才剖判九有區分情性相乖亂離云起是以建彼司牧推乎聖賢授受者任其時來皇王者本非一族人謀是與屈已從萬物之心天意斯歸鞠躬奉百靈之命謳歌所往則攘袂以膺之菁華已竭乃褰裳而去之昔在唐虞鑒於天道舉其黎獻授彼明哲雖復質文殊軌沿革

不同歷代因循斯世靡替我大梁所以考厲太室接禮貳宮月正元日受終文祖但運不常夷道無恒泰山岳傾偃河海沸騰電目雷聲之禽鉤爪鋸牙之獸咀齧含生不知紀極二后英聖相仍在天遠人貪狡爭侵中國縣王都帝人懷干紀一民尺土皆非梁地朕以不造幼罹閔凶仰憑衡佐亟移年序周成漢惠邈矣無階惟是童蒙必貽顛蹶若使時無聖哲世靡艱難尤當高蹈於滄洲自求於支伯者矣惟王應期

誕秀開籙掘圖性道故其難聞嘉庸已其被物乾行
同其壽覆日御比其貞明登承聖於復禹之功樹鞠
子於興周之業滅陸渾於伊洛殲驪戎於鎬京大小
二震之驍徒東南兩越之勍寇遽行天討無遺神策
於是祖述堯舜憲章文武大樂與天地同和大禮於
天地同節鼓之以雷霆潤之以風雨仁霑葭葦信及
豚魚般牖斯空夏臺虛設民惟大畜野有同仁升平
頌平無偏無黨固以雲飛紫蓋水躍黃龍東伐西征

晻映川陸榮光曖曖已冐郊廛甘露瀼瀼亟流庭苑車轍馬迹誰不率從蟠木流沙誰不懷德祥圖遠至非惟赤伏之符靈命昭然何止黃星之氣海口河目聖賢之表既彰握旄執鉞君人之狀斯偉且自攝提無紀孟陬殄滅枉矢宵飛天弧曉映久矣失鹿之共逐時我蛟龍之出泉草運之兆咸徵惟新之符並集朕以欽若勛華虔迴星琯昔者木運斯盡予高祖受焉今歷去炎精神歸樞紐敬以火德傳於爾陳遠鑒

前王近謀羣辟明靈有悅率土同心今遣使持節兼
太保侍中尚書左僕射平樂亭侯王通兼太尉司徒
左長史王瑒奉皇帝璽綬受終之禮一依唐虞故事
王其時陟元后寧育兆民光闡洪猷以永昊天之休
命

欽定四庫全書

徐孝穆備考 附卷六後

吳江徐文炳大文補輯

陳武帝即位詔

漢律歷志土生金故為金德金生水故為水德水生木故為木德木生火故為火德火生土故為土德 漢劉向傳三統注張晏曰一曰天統謂周建子為正二曰地統謂殷建丑為正三曰人統謂夏建寅為正 晉王尼傳尼常歎曰滄海橫流處處不安也 任昉表千載一逢再造難荅 禮記大道之行也天下為公選賢與能

書大誥若涉淵水

予惟往求朕攸濟

梁禪陳詔

班固典引經緯乾坤出入三光注三光日月星也史岑出師頌渾一區宇　秦始皇本紀更名民曰黔首應劭曰黔亦黎黑也　左傳申包胥曰吳為封豕長蛇洊食上國　陳武帝紀貞陽侯明即位曰歐玄天成老子天下神器不可以有為為者敗之　書七世之廟可以觀德　左傳師曠對曰匱神乏祀　易鼎君子以正位凝命　公羊傳君若贅旒然　詩維嶽降神生甫及申書民墜塗炭　後漢曹襃傳詔曰漢遭秦餘禮壞樂崩世本西王母慕舜之德乃獻白環及玦　韓詩外傳周公居攝二年制禮作樂天下和平越裳氏以三象重譯而獻白雉　史記若煙非煙若雲非雲郁郁紛紛蕭索輪囷是謂慶雲　魏文帝紀注甘露醴泉衆瑞竝出陳書武帝紀梁紹泰二年三月自去冬至是甘露頻降於鍾山梅岡南澗及京口江寧縣境或至三數升大如

奕棊子漢公孫弘策嘉禾興朱草生此和之至也
呂氏春秋虞舜卿雲歌曰卿雲爛兮糺縵縵兮日月光
華旦復旦兮左傳晉文公請隧弗許曰王章也未有
代德而有二王亦叔父之所惡也後漢竇融傳臣融有
子年十五不得令
觀天文見讖記

陳公九錫詔

漢王莽傳張純等曰謹以六藝通義經文
所見周官禮記宜於今者為九命之錫臣
請錫命
奏可
後漢張衡靈憲賦元氣剖判剛柔始分清濁異位天成
於外地定於內又太素之前寂莫冥默不可為象班固
典引太極之原兩儀始分烟烟熅熅管子桓公九合
諸侯一匡天下天子賞以渠門赤旂左傳云天王出
居于鄭僖公二十五年晉侯辭秦師而下三月甲辰次
於陽樊右師圍溫左師逆王夏四月丁巳王入于王城

取大叔于温殺之於隰城戊午晉侯朝王王饗醴命之宥與之陽樊温原攢茅之田晉於是始啓南陽 陳武帝紀太平元年九月帝進封義興郡公二年八月帝進位太傅 隋書揚州毗陵郡義興縣注舊曰陽羨置義興郡 書乃聖乃神乃武乃文 論語固天縱之將聖又天生德於予 漢書項羽嘗攻襄城襄城無噍類竆牢未詳按董卓傳縱放兵士剽虜資物謂之搜牢注言牢固者皆搜索取之 魏略侍中陳羣尚書桓階奏曰諸明圖緯者皆言漢行氣盡黄家當興殿下應期十分天下而有其九以服事虞 木華海賦戲廣浮深 劉向新序扶傷舉死履陽涉血 陳武帝紀江寧令陳嗣等據姑孰不從帝命侯安都等討平之聚其首為京觀 漢陳平傳天下指揮即定 家語冠頌六合是式 詩下武維周 文選注三靈天地人也 左傳衛太叔文子曰今甯子視君不如奕棊 張協賦棊布星羅 梁敬帝紀僧辯納貞陽侯明即僞位以帝為皇太子 書金縢惟

予沖人弗及知左傳齊陳乞弒其君荼絶子曰女忘
君之為孺子牛而折其齒乎而背之也左傳衛子鮮
以公命與甯喜言公曰苟反政由甯氏祭則寡人班
固諸侯王表有逃責之臺被竊鈇之言然天下謂之共
主強大弗之敢傾陸機辯亡論神兵東驅奮寡犯衆
梁敬帝紀司空陳霸先襲殺王僧辯黜蕭明而奉帝
南史杜龕傳貞陽侯明以龕為震州刺史吳興太守
龕僧辯壻也僧辯敗龕乃據吳興以拒之部將杜泰降
陳文帝龕尚醉不覺文帝斬之南史張彪少亾命為
盜頗有部曲王僧辯遇之甚厚引為爪牙與杜龕相似
世為張杜為東揚州刺史會僧辯見害時陳文帝已據
震澤將及會稽彪將沈泰吳寶真等叛迎文帝彪遂敗
走文帝遣劫殺之隋書揚州南海郡南海縣注舊分
置番禺縣荆州九江郡湓城縣注有彭蠡湖左傳邾
子曰命在養民死之長短時也尚書中候黃帝時鳳
皇巢阿閣麒麟在囿蔡邕琴操周成王琴歌曰鳳皇翔

兮紫庭抱朴子鳳頭上青戴仁足下黃蹈信呂氏春
秋北方曰玄天淮南子古有鍪頭而卷領以王天下
繫辭黃帝堯舜垂衣裳而天下治齊世家會諸侯於
葵丘周襄王使宰孔賜桓公文武胙彤弓矢大輅命無
拜左傳天王狩于河陽晉侯獻楚俘于王王策命晉侯
為侯伯賜之大輅之服戎輅之服彤弓一彤矢百玈弓
矢千秬鬯一卣虎賁三百人漢王陵傳平謝曰宰相
者上佐天子理陰陽順四時蕭曹傳贊二人同心遂安
海内謝朓詩霸功興寓縣周禮司勳掌六卿賞地
之法以等其功舜典若稽古帝舜曰重華堯典釐降
二女于嬀汭嬪于虞左傳史趙曰盛德必百世祀又
卜偃曰公侯之子孫必復其始周本紀古公亶父復
修后稷公劉之業積德行義國人皆戴之堯典乃命羲
和欽若昊天太史公自序重黎氏世序天地魏志天
子使魏公位在諸侯王上改授金璽赤紱遠遊冠後漢
輿服志遠遊冠制如通天有展筩横之於前無山述諸

王所服也漢書諸侯王高帝初置金璽盭綬如淳曰盭
綠也晉灼曰盭草名也似艾可染綠因以為綬名盭音
戾　宋宋州郡志順帝昇
明元年改揚州刺史曰牧

進武帝為長城公詔

陳武帝紀元帝承制授帝征北大將軍開府儀同三司
南徐州刺史進封長城縣公承聖三年三月進帝位司
空隋書揚州吳郡領長城縣詳九錫文左傳高陽氏
有才子八人明允篤誠　漢張耳傳南有五嶺之戍注
大庾始安臨賀桂陽揭陽也陳武帝紀太清二年冬
侯景寇逼帝將赴援遣杜僧明胡款將二千人頓於嶺
上并厚結始興豪傑同謀義舉　祭統衛孔悝之鼎銘
悝拜稽首曰對揚以辟之勤大命施於蒸彝鼎　周禮
司勳凡有功者銘書於王之大常　漢書高祖初起禱
豐枌榆社　樊噲傳噲曰始陛下與臣等起豐沛定天下

何其壯也後漢班超傳疏曰代馬依風左傳趙穿怒曰裹糧坐甲固敵是求敵至不擊將何俟焉晉漢春秋氏池縣大柳谷口有蒼石立水中其文曰大討曹

陳文帝登祚尊皇太后詔

陳后妃傳武宣章皇后諱要兒吳興烏程人本姓鈕父景明為章氏所養因改姓武帝先娶同郡錢仲方女早卒後乃聘后永定元年立為皇后武帝崩后與中書舍人蔡景歷定計召文帝及即位尊后為皇太后宮曰慈訓太建二年崩謚曰宣

後漢明帝紀制曰朕以虛薄何以享斯南史衡陽獻王昌字敬業武帝第六子也景平拜長城國世子吳興太守魏克荊州與宣帝俱還長安武帝即位頻遣使請宣帝及昌周人許而未遣及武帝崩乃遣之時王琳作梗中流昌不得還居於安陸天嘉元年封衡陽郡王入境濟江於中流殞之使以溺告謚曰獻漢書代王令

張武等六人乘六乘傳詣長安 魏隸高士傳 許由字仲武堯舜致天下而讓焉乃退而遯耕於中岳潁水之陽箕山之下 晉書 百僚稱上尊號中宗慨然流涕曰吾本琅邪王諸賢見逼不已乃呼私奴命駕將返國 書洛誥 周公拜手稽首曰朕復子明辟 左傳 穆公疾召大司馬而屬殤公焉曰先君舍與夷而立寡人寡人弗敢忘若以大夫之靈得保首領以沒先尹若問與夷其將何辭以對

封始興王詔

南史 始興王伯茂字鬱之文帝第二子也文帝　位封伯茂為始興王 穀梁傳 兄弟天倫也漢高帝紀六年以碭郡薛郡郯郡三十六縣立弟文信君交為楚王交高祖同父少弟也以雲中雁門代郡五十三縣立兄宜信侯喜為代王喜即仲也 周禮疏 天子謂之帝系諸侯謂之世本詳登祚詔 國語 蠻夷要服戎狄荒服 祭義 霜露既降君子履之必有悽愴之心 商頌 寢成孔安 說苑 吾丘子

擁鐮戴索而哭對孔子曰樹欲靜而風不定子欲養而親不在往而不來者年也不可得再見者親也後漢地理志章陵故春陵世祖更名明帝紀車駕從皇太后幸章陵觀舊廬陳宣帝紀光大二年十一月慈訓太后黜廢帝為臨海王以帝入纘皇統

隋書南海郡曲江縣注舊置始興郡

為陳武帝即位告天文

湯誥敢用玄牡敢昭告于上天神后詩皇皇后帝左傳云天生民而立之君使司牧之蜀志譙周問杜瓊曰昔周徵君羣以為當塗高者魏也其義何也瓊曰魏闕名也當塗言高聖人取類言爾又周嘗書版示文王曰典午忽兮月酉没兮典午者謂司馬也月酉者謂八月也至八月而司馬文王崩詳策文左傳伍員諫吳子曰少康使女艾諜澆使季杼誘豷遂滅過戈復禹之績祀夏配天不失舊物左傳楚子投袂而起易坤

靈國至德之萌日月若連璧也漢天文志漢元年十
月五星聚於東井此高皇帝受命之符也纂要云五
星謂之五緯魏文帝紀初漢熹平五年黃龍見譙太
史令單颺曰其國後當有王者興不及五十年亦當復
見陳武帝紀太平元年九月丁未中散大夫王彭牋稱
今月五日平日於御路見龍迹自大社至象闕亙三四
里張衡靈憲賦地有九域山川賈誼過秦論有并吞
八荒之心左傳襄公十一年同盟於亳載書曰羣神
羣祀繫辭聖人之大寶曰位皋陶謨一日二日萬
幾陳武帝紀梁帝遜於別宮帝謙讓再三羣臣固請
乃許之書成湯放
桀于南巢惟有慙德

梁禪陳策文

三皇本紀自人皇已後有五龍氏燧人氏大庭氏柏皇
氏中央氏卷須氏栗陸氏驪連氏赫胥氏尊盧氏混沌

氏昊英氏有巢氏朱襄氏葛天氏陰康氏無懷氏葢三皇已來有天下者之號 莊子 容成氏大庭氏結繩而用之 晉衛恒書勢 黄帝之史沮誦蒼頡眺彼鳥迹始作書契 古逸詩 伯牙水僊操 序山林窅冥 書五子之歌 凜乎若朽索之馭六馬 孟子 舜視棄天下猶棄敝屣也 逸士傳 堯之讓許由也由以告巢父巢父曰汝何不隱汝形藏汝光非吾友也乃擊其膺而下之許由悵然不自得乃遇清冷之水洗其耳拭其目曰向者聞言負吾友遂去終身不相見 高士傳 善卷者舜以天下讓之卷遂入深山 黄錄 黄帝坐元扈洛上與大司馬容光左右輔周昌等百二十人臨觀鳳皇銜圖置帝前圖以黄金為押 書 在璇璣玉衡以齊七政 徐廣輿服志 天子輅金根車 竹書紀年 舜設壇於河依堯故事至於下昃榮光休至黄龍負圖出於壇畔 帝王世紀 後年二月堯率羣臣刻璧為書東沈洛水 竹書紀年 帝載歌曰襲乎鼓之軒乎舞之菁華已竭褰裳去之

書大禹謨帝曰格汝禹朕宅帝位三十有三載耄期倦于勤汝惟不怠總朕師 尚書大傳十有四祀鍾石笙筦變聲樂未罷疾風發屋天大雷雨帝沈首而笑曰明哉一人天下也乃見於鍾石 尚書大傳謠然作大唐之歌按南史本作讌非 司馬相如封禪文晻昧昭晰 後漢獻帝紀建安二十五年三月改元延康冬十月皇帝遜位魏王丕稱天子奉帝為山陽公 魏志陳留王咸熙二年二月使使者奉皇帝璽綬冊禪位於晉嗣王如漢魏故事 宋武帝紀晉琅邪王王元熙二年六月禪位於宋改元永初封晉帝為零陵王 齊高帝紀宋順帝昇明三年四月帝禪位於齊改元建元封宋帝為汝陰王 梁武帝紀齊和帝中興二年四月下詔禪位改元天監封齊帝為巴陵王 吳志賀齊傳齊曰殿下以神武應期廓開王業 漢匈奴傳王室遂衰戎狄交侵梟古暨宇 後漢宦者傳論魏武因之遂遷龜鼎 老子聖人在天下惵惵為天下渾其心 注惵惵常恐怖也 後

漢寒朗傳贊惵惵楚黎詳梁禪陳詔百姓懍懍若
崩厥角書次五曰建用皇極東觀漢記日角偃月
相之極貴晉書載記慕容德額有日角偃月重文洛書
黑帝子湯長八尺一寸珠庭宋武帝紀桓元妻劉氏
謂玄曰劉裕龍行虎步恐必不為人下漢書宣帝紀
昭帝崩毋嗣大將軍霍光請皇后徵昌邑王賀王受皇
帝璽綬光奏王賀淫亂請廢高后紀立恒山王宏為皇
帝大臣相與陰謀以為少帝及三弟為王者皆非孝惠
子復共誅之尊立文帝賈誼疏冠雖敝不以苴履漢
書項氏畔換師古曰畔換猶言跋扈也書無遠弗屆
尚書大傳舜時蛟魚躍踊于其淵遷虞而事夏也
左傳申須曰彗所以除舊布新也漢五行志董仲舒以
為比食又既象陽將絕夷狄主上國之象也陳武帝
紀侯景登石頭城密謂左右曰此軍上有紫氣不易可
當又帝進軍頓西昌有黃龍見水濱家語武王克商
肅慎氏貢楛矢石砮詳梁禪陳詔老子聖人處上而

民不重處前而民不害是以天下樂推而不厭左傳王孫滿曰周卜世三十卜年七百漢劉向疏王者必通三統明天命所授者博非獨一姓也南史阮孝緒傳齊為木行

陳公九錫文

尚書中候王至磻溪之水呂尚釣於崖王下拜尚荅曰得玉璜刻曰姬受命呂佐撿德來昌來提撰爾雒鈐報在齊及佐周克殷封於齊吳越春秋禹案黃帝中經曰在九疑山東南天柱號曰委宛其書金簡青玉為字禹乃求之夢赤繡文衣男子自稱玄夷蒼水使者候禹令齊三日禹乃得書言治水之要老子侯王得一而天下正漢書陽九厄曰初入百六陽九禹貢至于碣石入于海孟子洪水横流書火炎昆岡玉石俱焚漢書注師古曰豕韋國彭姓左傳秦伯西戎晉主東夏齊王融曲水詩序跨蹍呂姬漢酷吏傳序綱漏

於吞舟之魚 詩内嬰于中國覃及鬼方 晉陸機功臣頌茫茫宇宙上墋下黷 莊子圓顱方趾 南史梁武帝太清三年崩 列仙傳軒轅自擇亡日與羣臣辭還葬橋山山崩棺空惟有劍舄在棺焉 南史簡文帝大寶二年崩 晉書漢主劉聰陷洛陽遷懷帝於平陽太子業即位於長安是為愍帝劉曜陷長安送帝於平陽皆遇害 華陽國志滇池縣有澤水周回二百里似如倒流故俗曰滇池 山海經桂林有八樹在番禺東 隋書熙平郡桂嶺縣注舊曰興安開皇十八年改名恐非 揚雄劇秦美新海水羣飛注喻大亂也 淮南子堯使羿殺窫窳斷修蛇擒封豨萬民大悦 左傳楚子曰古者明王伐不敬取其鯨鯢而封之於是乎有京觀 淮南子日曙於蒙谷之浦注蒙谷蒙汜之木也 南史湘東王繹承制授霸先交州刺史尋改南江州刺史與王僧辯擊斬侯景 殷本紀伊尹放太甲于桐宮 漢金日磾傳莽何羅褏白刃從東廂上見日磾色變行觸寶瑟

僵日彈捽胡投何羅殿下得擒縛之公羊傳中國不絕若綖也戰國策王孫賈入市呼曰淖齒亂齊國殺湣王欲與我誅之者袒右乃攻淖齒殺之求湣王子法章共立以為齊王保莒城以拒燕軍左傳齊侯使管夷吾平戎於王王以上卿之禮饗管仲南史西魏遣于謹入江陵執元帝霸先與王僧辯迎元帝子方智至建業承制齊遣高涣送淵明來主梁嗣僧辯納之以方智為太子霸先殺僧辯廢淵明復立方智是為敬帝

南史孫冏盧子雄討李賁衆潰而歸武林侯諮誣奏冏等逗留賜死子雄弟子畧及杜僧佑周文育等率衆攻廣州參軍陳霸先帥精甲三千擊破之擇僧佑文育為主帥國語吳晉會於黄池吳王赤旗赤羽之矰望之如火陸機漢高祖功臣頌胡馬洞開家語子路曰願得白羽若月赤羽若日左傳民逃其上曰潰魏王粲從軍詩所從神且武焉得久勞師南史武帝大同十年李賁自稱越帝置百官以霸先為交州司馬與

交州刺史楊瞟討賁賁敗奔嘉寧城復率衆出屯典澈湖霸先乘流先進賁衆大潰竄入屈獠洞屈獠斬賁賁兄天寶収餘兵圍愛州霸先討平之 陳書武帝紀 十一年六月軍至交州賁衆數萬於蘇歷江口立城柵以拒官軍瞟推高祖為前鋒所向摧陷賁走典澈湖於屈獠界立砦 隋書揚州交阯郡注舊曰交州九真郡注梁置愛州 漢書南海尉任囂病且死召龍川令趙佗行南海尉事高祖定天下遣陸賈立佗為南粤王其後佗乃自尊號南武帝 陳琳檄吳文 跨州連郡有威有名十有餘輩 未詳 通鑑 黄門郎史淑自長安奔涼州稱愍帝出降前一日使淑齎詔賜張寔拜涼州牧承制行事先是長安謠曰秦川中血没腕唯有涼州倚柱觀及漢兵覆關中氐羌掠隴右雍秦之民死者什八九獨涼州安全舊唐書李軌據河西殺其吏部尚書梁碩恐非 晉地理志 新昌郡吳置 宋州郡志 越巂太守領蘇利長 隋書交阯郡領嘉寧縣 左思魏都賦 蠻陬夷

落注㬋聚也後漢南匈奴傳其大臣貴者左賢王次左谷蠡王次右賢王次右谷蠡王謂之四角次左右日逐王次左右溫禺鞮王次左右斬將王是為六角皆單于子弟次第當為單于者也　陸機詩余固水鄉士　東方朔神異經南荒之外有火山晝夜火然　廣州記馬援討平交阯於嶠南立銅柱以表漢之極界　晉書交州牧陶璜上言交廣東西數千里不賓屬者六萬餘户服官役纔五千餘家二州脣齒惟兵是鎮　後漢竇融傳贊王靈以宣　王屮頭陀寺碑炎區九譯沙場一候注一候者言少邊患　周禮天府掌祖廟之守藏與其禁令　後漢百官志大鴻臚掌諸侯及四方歸義蠻夷　晉劉琨傳琨枕戈待旦吳越春秋句踐反國飲食必嘗膽　漢高帝紀吾以布衣提三尺劍取天下　酷吏傳大將軍光因舉手自撫心曰使我至今病悸　淮南子鴻鵠背負青天膺摩赤霄　陸機辨亡論反帝座於紫闥　陳武帝紀侯景寇逼帝將赴援廣州刺史元景仲

陰將圖帝帝與成州刺史王懷明等馳檄以討景仲景
仲繼於閣下帝迎蕭勃鎮廣州 易 西南得朋 左傳
韓宣子曰同惡相求如市賈焉 漢書 父老帥子弟殺
沛令立高祖為沛公祠黃帝祭蚩尤於沛庭而釁鼓
後漢光武紀 光武初騎牛殺新野尉乃得馬 漢書貨
殖傳 桀黠奴人之所患 隋書 永安郡注後齊置衡州澧
陽郡崇義縣注後周置衡州零陵郡營道縣注有九疑
山 南史 臨賀內史歐陽頠監衡州蘭裕蘭京禮扇誘始
興等十郡共攻頠霸先救之悉擒裕等仍監始興郡事
并厚結豪傑共謀義舉 丘遲書 魚遊於沸鼎之中 漢
李陵傳 陵曰各鳥獸散猶有得脫歸報天子者 左傳
晉州綽射殖綽中肩弛弓而自後縛之其右具丙亦舍
兵而縛郭最皆衿甲面縛坐於中軍之鼓下 後漢鄭
弘傳 政有仁惠民稱蘇息 陳武帝紀 蔡路養起兵據
南康時蕭勃鎮廣州遣腹心譚世遠為曲江令與路養
相結同遏義軍大寶元年帝發始興次大庾嶺大破路

養軍進頓南康帝發南康灘石舊有二十四灘灘多巨石行旅以為難帝之發水暴起數丈三百里間巨石皆沒隋書揚州南康郡雩都縣注舊廢平陳置南康縣注舊曰贛　周書成為天下逋逃主萃淵藪　後漢公孫瓚傳兵法百樓不攻吾樓櫓千重食此谷足知天下事矣墨子公輸般為雲梯以攻宋墨子解帶為城以牒為械輸般九攻墨子九拒　孫臏傳馬陵道狹而旁多阻隘可伏兵乃斫大樹白而書之曰龐涓死於此樹之下龐涓果夜至斫木下齊軍萬弩俱發涓乃自剄曰遂成孺子之名漢書淮南王安使陳喜枚赫作輣車　後漢何進傳主簿陳琳曰今將軍龍驤虎步高下在心此猶鼓洪爐燎毛髮耳　陳書武帝紀高州刺史李遷仕據大皋遣主帥杜平虜帥千人入灨石魚梁又南史李遷仕遣主帥杜平虜將兵逼南康陳霸先遣周文育擊走之據其城遷仕復擊南康霸先遣杜僧明等擒斬之蜀志馬騰子超率諸戎以擊隴上郡縣據冀城吏民梁

寛等閉城門乃奔漢中依張魯聞先主圍成都密書請
降　晉書流民四五萬家一時俱反以醴陵令杜弢為
湘州刺史　李康運命論張良受黄石之符誦三畧之
説注上中下三計　漢書陳平六出奇計　後漢段熲
傳張奐又言羌一氣所生不可誅盡山谷廣大不可空
静　漢王温舒傳温舒為河内太守捕郡中豪猾相連
坐千餘家盡十二月郡中無犬吠之盜　漢書陳勝吳
廣聚叢祠中夜構火狐鳴呼曰大楚興陳勝王　爾雅
大波為瀾小波為淪　左思吳都賦器械兼儲注兼儲
蓄積也　南史王僧辯乘勝下湓城霸先引兵三萬人
發南康進頓西昌會僧辯於湓城霸先有糧五十萬石
分三十萬以資僧辯于慶等皆棄城走　詩我庾維億
　孟子簞食壺漿以迎王師　漢書宣帝紀大司農中
丞耿壽昌奏設常平倉以給北邊省轉漕　溝洫志漕從
山東西歲百餘萬石更砥柱之艱敗亡甚多　漢武帝
紀舳艫十里注其船多前後相銜不絶　又鄱食其曰夫一

敖倉天下轉輸久矣臣聞其下藏粟甚多 吳都賦 户有犀渠注盾名詩貝胄朱綅 左傳 王子虎盟諸侯於王庭要言曰皆獎王室 又 師克在和不在衆 梁元帝玄覽賦 沿鷁塞於潯陽 漢書 沛公從百餘騎至鴻門謝羽 左傳 公子曰所不與舅氏同心者有如白水 後漢書 銅馬降蕭王輕騎入其營渠帥曰王推赤心置人腹中安得不投死乎 南史 湘東王命僧辯等東擊侯景舳艫數百里霸先率甲士三萬舟艦二千自南江出湓口會僧辯築壇歃血共讀盟文流涕慷慨 漢外戚傳注 師古曰扃短關也 漢書 匈奴有左賢王右賢王 左傳 晉中行穆子敗無終及羣狄於太原為五陳以相離兩於前伍於後專為右角參為左角偏為前拒以誘之 漢鼂錯傳 匈奴之革笥木薦弗能支孟康曰木薦以木版作如盾 漢匈奴傳 自君王以下咸被旃裘 司馬相如上林賦 他他藉藉填阬滿谷 晉惠帝紀 永寧元年趙王倫簒位齊王冏起兵討倫成都王穎河

閒王顒常山王乂新野公歆皆舉兵應之倫遣其將孫輔出鄂坂以拒冏 左傳 西鉏吾曰今將崇諸侯之姦而披其地以塞夷庚 注 夷庚吳晉往來之道也 南史 侯子鑒據姑孰南洲以拒西師僧辯等至子鑒帥步騎挑戰又以鵃䑠千艘載戰士僧辯麾細船皆退留大艦夾泊兩岸子鑒之衆謂水軍欲退徑出趨之大艦斷其歸路鼓譟大呼合戰江中子鑒大敗僅以身免 左傳 子犯曰表裏山河必無害也 漢蒯通傳 金城湯池不可攻也 西京賦 疏龍首以抗殿 注 龍首山名 過秦論 斬華為城 博物志 地有三千六百軸 禮記 軍容不入國 後漢光武紀 司隸官屬衣冠制度皆如舊儀父老舊吏見之莫不垂涕悲喜 左傳 白公勝作亂葉公至北門或遇之曰君胡不冑盜賊之矢若傷君是絶君望也乃冑而進又遇一人曰君胡冑國人若見君面是得父也乃免冑而進 南史 景兵敗入栅其將盧暉畧以石頭降僧辯入據之景與霸先殊死戰衝陣不動

景衆大潰 南史齊將潘樂侵梁圍秦郡霸先與戰破
之斬首萬餘級 晉書鮮卑東胡種名 齊神武帝紀神武
既累世北邊故習其俗遂同鮮卑 漢書注且渠當户
匈奴官名 漢李廣傳上使中貴人從廣 服虔曰内臣
之貴幸者 魏志梁習傳名王稽顙 左傳司馬侯曰冀
之北土馬之所生 晉劉琨傳中夜奏胡笳賊皆流涕
左傳逢丑父與公易位將及華泉驂絓於木而止 左
傳戰於韓原晉戎馬還濘而止 左傳襄十四年衛孫
林父甯殖出其君衎二十六年甯喜弑其君剽 左傳
疆場無主則啓戎心 南史廣陵喬人朱盛等潛聚黨
謀襲殺齊刺史温仲邕遣使求援霸先因進軍圍廣陵
齊主來告曰請釋廣陵之圍必歸廣陵歷陽兩城霸先
引兵還京口江北之民從之濟江者萬餘口 孫盛晉
陽秋秦始皇時望氣者言五百年後金陵之地有天子
氣於是改金陵曰秣陵 晉書諸葛亮造八陣圖 左
傳齊惠欒高之難公使王黑以靈姑銔率請斷三尺焉

而用之 左傳乘丘之役公以金僕姑射南宮長萬 漢書李廣曰吾為隴西守羌常反吾誘降者八百餘人詐而同日殺之 南史譙秦刺史徐嗣徽南豫州刺史任約襲建康不克入於石頭以叛十一月齊遣兵援之霸先及齊人戰敗之嗣徽約奔齊 說苑談叢篇梟逢鳩梟曰我將東徙鳩曰何故梟曰鄉人皆惡我鳴以故東徙鳩曰子能更鳴可矣不能更鳴東徙猶惡子聲 左傳富辰曰狄固貪惏 左傳楚子文曰諺曰狼子野心 漢西域傳公主歌曰穹廬為室兮旃為牆 漢高帝紀蕭何治未央宮立東闕北闕前殿 漢書帝得烏孫馬好名曰天馬 晉書周訪討杜曾使李桓督左甄許朝督右甄 東京賦鵝鸛魚麗箕張翼舒 爾雅彗星為欃槍 詩薄伐玁狁 左傳獲長狄僑如埋其首於子駒之門 漢書李陵衛律皆胡服椎結 白起傳趙括軍敗卒四十萬人降起乃挾詐盡阬殺之 漢高帝紀羽敗漢兵濉水上水為之不流 易鼎折足 左

傳公尹路請曰君王命剥圭以為鏚柲敢請命　詩鉦人伐鼓　說文云鉦鐃也似鈴柄中上下通所以止鼓　魏略王淩自知罪重試索棺釘以觀太傅意太傅給之遂自殺　左傳許男面縛銜璧大夫衰絰士輿櫬楚子焚其櫬禮而命之　後漢光武紀誅王郎收文書得吏人與郎交關謗毀者數千章光武燒之曰令反側子自安　南史前青州刺史程靈洗率兵救僧辯力戰軍敗久之乃降霸先義之　左傳隱公四年衆仲曰州吁阻兵而安忍　左傳子桑曰史佚有言曰無始禍無怙亂無重怒　揚子洪荒之世詳梁禪陳文　左傳呂相絕秦曰虔劉我邊陲　南史霸先吳興長城下若里人自云漢太丘長寔之後　左思蜀都賦揚雄含章而挺生　詩維桑與梓必恭敬止　尚書元惡大憝　老子治大國如烹小鮮　南史杜龕據吳興以叛霸先表自東討仍還都命周文育進討龕龕以城降誅之　後漢光武紀五校賊帥高扈　袁紹傳紹擊賊劉石青牛角黃龍

左校郭大賢李大目于氐根等**魏陳琳檄吳文**七國
之兵瓦解冰泮**水經注**會稽山東有硎去禹廟七里
深不見底謂之禹井**劉猷定軍禮**吳王夫差啓蛇門
以厭越人越為雷門以禳之擊大鼓於雷門之下而蛇
門閭焉**南史**東揚州刺史張彪圍臨海太守王懷振於
剡巖霸先遣兄子蒨周文育襲會稽討彪若邪村人斬
彪傳首建業**漢吳王濞傳**以袁盎為泰常使吳王聞
袁盎來笑而應曰我已為東帝尚誰拜**晏子春秋**不
出尊俎之間折衝千里之外寇恂賈復光武功臣樊
噲滕公夏侯嬰高帝功臣**漢書**武帝有下瀨將軍
說文撊摵也**書盤庚**其猶可撲滅**周禮甸師**王之同
姓有罪則死刑焉**後漢馬援傳**交阯女子徵則徵貳
反拜援為伏波將軍大破之封新息侯**南史**蕭勃起
兵於廣州遣歐陽頠及其將傅泰蕭孜為前軍南江州
刺史余孝頃以兵會之霸先命周文育由間道兼行據
頠及孜泰孝頃之間築城饗士頠等大駭文育遣周鐵

虎等襲顔擒之文育盛陳兵甲與顔乘舟而宴巡蹠口城下使其徒丁法洪攻泰擒之孜孝頃退走勃軍聞之恂懼遂殺勃　隋書揚州豫章郡豫章縣注舊置豫章郡　左傳太叔完聚繕甲兵　隋書揚州南海郡注舊置廣州梁陳竝置督府　漢書武帝時南粵相吕嘉反秋命衛尉路博德為伏波將軍討之得嘉為臨蔡侯　又吳王濞兵敗亡走東越東越鏦殺吳王盛其頭馳傳以聞　魏文帝紀帝聞備兵東下與權交戰樹柵連營七百餘里謂羣臣曰豈有七百里營可以拒敵者乎孫權上事今至矣後七日破備書到　南史周文育送顔等於建康霸先釋而厚待之孜孝頃猶據石頭多設船艦夾水而陣霸先遣侯安都助文育擊之安都潛師燒其船艦水陸攻之孜出降孝頃逃歸霸先以顔聲著南土復以為衛州刺史使討嶺南未至其子紇已克始興顔至諸郡皆降遂克廣州　淮南子九州之外有八埏八埏之外有八紘八紘之外有八極　鮑照蕪城賦出入

三代五百餘載竟瓜剖而豆分魏志注令曰設使國家無有孤不知當幾人稱帝幾人稱王魏略王淩面縛水次曰卿特折簡召我我何敢不至而乃引兵來乎司馬宣王曰以卿非折簡可呼故也晉陽秋劉弘為荆州刺史咸曰得劉公一紙書賢於十部從事也淮南子日出於陽谷浴於咸池西域傳無雷國王治盧城去長安九千九百五十里淮南子凡海外三十六國自西北至西南方有女子民丈夫民山海經丈夫國在維鳥北其為人衣冠帶劒南史齊永元元年扶桑國有沙門慧深來云扶桑東千餘里有女國二三月競入水則任娠六七月產子女人胷前無乳項後生毛根白毛中有汁以乳子百日能行三四年則成人漢司馬相如傳匈奴單于怖駭屈膝受之交臂請和穆天子傳乃膜拜而受注今之羌人禮佛舉手加額稱南膜者即此也漢書宣帝甘露二年匈奴呼韓邪款五原塞願奉國珍朝南史敬帝太平二年領軍將軍徐度燒齊船

舶三千艘夏四月齊遣使通和　漢張良傳沛公入秦宮殿帷帳狗馬重寶婦女以千數欲留居之　魏王延壽魯靈光殿賦序靈光巋然獨存　趙世家武靈王召樓緩謀曰吾欲胡服莊子趙太子悝謂莊周曰吾主所見劒士皆縵胡之纓　漢王莽傳莽好厚履高冠以氂裝衣　尚書大傳微子朝周過殷故墟見麥秀之蔪蔪兮禾黍之蝘蜓也曰此故父母之國乃為麥秀之歌詩彼黍離離南史侯景東奔王克開臺城門引裴之横入宮是夜遺燼燒太極殿及東西堂延閣祕署皆盡羽儀輦輅莫有子遺　書太甲先王昧爽丕顯坐以待旦

所云日經於泉隅是謂高春書無逸文王自朝至于日中昃不遑暇食用咸和萬民漢鄒陽傳孝文皇帝據關入立寒心銷志不明求衣　泰始晉武帝年號永平後漢明帝年號　南史敬帝太平元年起雲龍神武門二年繕廟堂供備祀典　漢王吉傳毆一世之民躋之仁壽之域　老子上德不德是以有德　詩敦彼行葦

牛羊勿踐履　蔡邕獨斷　黃帝樂曰雲門堯樂曰咸池
漢書　猗頓用鹽盬起與王者埒富　揚雄太玄　紫霓
喬雲　晉張華傳　妙達緯象　左傳　楚子使與師言管
仲對曰賜我先君履東至於海西至於河南至於穆陵
北至於無棣　又　吳公子札來聘為之歌齊曰美哉泱泱
乎大風也哉表東海者其太公乎　又　衆仲曰胙之土而
命之氏又子犯曰求諸侯莫如勤王又展喜對曰昔周
公太公股肱周室夾輔成王　詩　王命召虎式辟四方
三皇本紀　女媧鍊五色石以補天斷鼇足以立四極
聚蘆灰以止滔水　淮南子　禹鑿龍門平水土民乃得
而陸處　後漢謝弼傳　爵賞之設必酬庸勳　後漢章
帝八王傳　仰恃明主垂拱受成　隋書　揚州淮南郡注舊
曰豫州梁曰南豫州廬江郡注梁置南豫州宣城郡注
舊置南豫州淮南郡安豐縣注梁置陳留安豐二郡丹
陽郡江寧縣注梁置丹陽郡及南丹陽郡陳省南丹陽
郡宣城郡宣城縣注舊曰宛陵置宣城郡丹陽郡注自

東晉已後置宋曰揚州吳郡烏程縣注舊置吳興郡會稽郡注梁置東揚州陳初省遂安郡雉山縣注舊置新安郡信都郡新興縣注梁置新州新寧郡宋書州郡志晉安帝始分淮北為北徐淮南猶為徐州後又以幽冀合徐青并合兗武帝永初二年加徐州曰南徐而淮北但曰徐文帝元嘉八年更以江北為南兗州江南為南徐州治京口割揚州之晉陵兗州之九郡僑在江南者屬焉故南徐州備有徐兗幽冀青并揚七州郡邑隋書荊州九江郡注舊置江州揚州鄱陽郡鄱陽縣注舊置鄱陽郡臨川郡臨川縣　舊置臨川郡　漢齊懷王傳小子閎受茲青社張晏曰王者以五色土為大社封四方諸侯各以其方色土與之苴以白茅歸以立社　燕世家成王時召公為三公自陝以西召公奭主之自陝以東周公旦主之　左傳鄭武公莊公為平王卿士桓公曰我周之東遷晉鄭焉依　南史王瑒字子瑛梁元帝時位太子中庶子陳武帝入輔以為司徒左長史

漢文帝紀與郡守為銅虎符竹使符應劭曰銅虎符第一至第五國家當發兵遣使者至郡合符符合乃聽受之竹使符者以竹箭五枚長五寸鐫刻篆書第一至第十　管子禮義廉恥國之四維　周禮天官冢宰以八柄詔王馭羣臣　漢王莽傳鸞路乘馬戎路乘馬注師古曰鸞路路車之施鸞者也四馬曰乘戎路戎車也　漢王莽傳衮冕衣裳句履注孟康曰今齊祀履舄頭飾也出履二寸　漢丙吉傳吉曰三公調和陰陽　文選潘勗魏公九錫文注軒縣諸侯樂也　左傳隱公始用六佾　周禮鞮鞻氏掌四夷之樂又象胥氏掌蠻夷閩貉戎狄之國　漢王莽傳朱户納陛注師古曰尊者不欲露而升陛故納之於霤下也　文選注朱户天子禮也　史記蔡　傳不出廊廟　書光被四表　文選注虎賁言其猛也皆百夫長　堯典象恭滔天　左傳無或如臧孫紇干國之紀　漢王莽傳左建朱鉞右建金戚注師古曰鉞戚皆斧屬　漢王莽傳　彤弓矢盧弓矢注師

古曰彤赤色盧黑色玈音盧　孝經　夫孝天之經也地之義也　祭義　春雨露既濡君子履之必有怵惕之心如將見之詳封始興王詔　漢王莽傳　秬鬯二卣圭瓚二　注　師古曰秬鬯香酒也卣中尊也以圭為勺未　書　說命　格于皇天

陳武帝下州郡璽書

詩　天降喪亂　晉佛圖澄傳　劉載已死載從弟曜篡襲僞位　後漢書　獻帝興平二年三月李傕脅帝幸其營焚宮室郭汜攻李傕矢及御前明年正月改元建安　晉書　懷帝永嘉五年劉聰使呼延晏等陷洛陽遷帝於平陽遇害　周本紀　命南宮括史佚展九鼎寶玉　周禮　冬日至祀天於圜丘　晉王濬傳　設宿部分行有次第　陳武帝紀　永定元年冬十月乙亥皇帝即位於南郊柴燎告天先是氣霧雨雪晝夜晦冥至是日景氣清晏　管子　盛魄

重輪六合俱照非日月能乎　呂氏春秋　水之美者有三
危之露　漢書　太初歷晦朔弦望皆最密日月如合璧
詳梁禪陳詔　左　鄭國多盜取人
於雈蒲之澤　書　戎商必克

梁禪陳璽書

書　萬邦黎獻共惟帝臣　未詳按　帝王世紀　黃帝於東
海流波山得奇獸狀如牛蒼身無角能走出入水則風雨
目光如日月其音如雷黃帝殺之以其皮為鼓聞五百
里　神異經　窮奇鋸牙鉤爪遇忠信之人則噬而食之
魏略　侍中陳羣尚書桓階奏曰尺土一民皆非漢有
佐助期　漢以蒙孫亡詭者以蒙孫漢二十四帝童蒙
昏愚以弱亡　高士傳　舜以天下讓支伯支伯遂不知
所之　張衡東京賦　高祖膺籙受圖　左傳　僖公二十
五年秋秦晉遷陸渾之戎於伊川　左傳　晉伐驪戎注
杜預曰驪戎在京兆新豐縣　漢書　中山王勝對曰文王

拘於牖里　張衡東京賦治致升平之德　漢王莽傳策
羣司曰赤煒頌平考聲以律　詩零露瀼瀼　論衡甘露
味如蜜王者太平之應　左傳楚子革曰昔穆王欲肆
其心周行天下皆將必有車轍馬迹焉　史記顓頊紀
北至幽陵南至交阯西至流沙東至蟠木動靜之物小
大之神莫不砥屬　後漢光武紀同舍生彊華奉赤伏
符至曰劉秀發兵捕不道　魏志太祖武皇帝沛國譙人
諱操字孟德初桓帝時有黃星見於楚宋之分遼東殷
馗善天文言後五十年當有真人起於梁沛之門至是
而公始起　孝經援神契孔子海口含海　劉峻辨命論
河目龜文公侯之伯　屈原離騷攝提貞於孟陬　注攝
提星名隨斗柄以指十二辰者也正月為陬　天官書項
羽拔距鹿枉矢西流天狼下有四星曰弧　合誠圖曰弧
主司兵兵弩象也　淮南子本經訓夷羊在牧　注許慎
曰夷羊土神商之將亡見於商郊牧野之地　孝經援
神契德至淵泉則黃龍見　袁宏漢紀獻帝詔曰炎精

之數既終行運在乎曹氏　自魏以後始有九品之制以辨官位之高卑北魏以九品分正從梁分十八班諸亭侯十班詳九錫文

徐孝穆備考

總校官舉人臣章維桓

校對官編修臣嚴　福

謄録監生臣張名林

圖書在版編目（CIP）數據

徐孝穆全集 / (南北朝) 徐陵撰. — 北京：中國書店, 2018.8
ISBN 978-7-5149-2093-2

Ⅰ. ①徐… Ⅱ. ①徐… Ⅲ. ①中國文學－古典文學－作品綜合集－南朝時代 Ⅳ. ①I213.92

中國版本圖書館CIP數據核字(2018)第085131號

四庫全書·别集類

徐孝穆全集

作　　者　南北朝·徐　陵　撰
出版發行　中國書店
地　　址　北京市西城區琉璃廠東街一一五號
郵　　編　一〇〇〇五〇
印　　刷　山東潤聲印務有限公司
開　　本　730毫米×1130毫米　1/16
印　　張　35
版　　次　二〇一八年八月第一版第一次印刷
書　　號　ISBN 978-7-5149-2093-2
定　　價　一二六　元（全二册）